사)대명공연예술단체연합회 기획 대본쓰기 프로그램

대명동엔 작가가 산다

여섯 번째 이야기

사)대명공연예술단체연합회 기획 대본쓰기 프로그램

대명동엔 작가가 산다

여섯 번째 이야기

배진윤·정휴준·경빈·김대환·유지은·윤희·김상동 지음

멘토 김현규·김성희

평민사

이 대본집은 사)대명공연예술단체연합회에서 기획한
대본쓰기 프로젝트, '대명동엔 작가가 산다'(이하 대작)를 통해
만들어진 아마추어 작가들의 작품이다.
대작은 누구나 참여할 수 있는 프로그램으로
두 분의 기성작가를 모시고 수업을 진행하였다.
극작가를 발굴하고 공연의 시작이자,
가장 기본이 되는 대본을 창작하여 대명공연거리의
공연활성화를 위해 기획되었다.

차례

그림자

배진윤

멘토 김성희

등장인물

희준/ 38살/ 집착적인 성격으로 삐뚤어진 사랑관을 가지고 자람.

고은/ 31살/ 희준의 전여친, 쾌활하고 밝은 성격이다.

태준/ 40살/ 희준의 친형, 심장이식 수술의 권위자.

시간

현재

장소

희준의 작업실, 고은의 방, 태준의 사무실

무대

무대를 3등분하여 왼쪽부터 희준의 작업실, 고은의 방, 태준의 사무실이 있다.

희준의 작업실은 책상과 컴퓨터가 있다. 고은의 방과는 칸막이로 가려져 있고 고은의 방은 침대와 옷장, 2인용 소파와 작은 탁자가 있다. 태준의 사무실은 사무적인 분위기로 책장과 책상 컴퓨터가 있다.

무대조명이 환하게 밝혀진다. 화사한 가구가 있는 여자가 사는 집으로 보이는 공간에 2인용 소파에 희준과 고은이 다정하게 앉아 이야기하고 있다.

고은   (웃으며) 아니, 진짜로? 네가 그런 말까지 했다고?

희준   (머쓱하게) 응, 근데 그때 네가 너무 귀여워서 그랬어. 어쩌겠어? 네가 날 이렇게 만들었잖아.

고은   (장난스럽게) 바보 같아.

희준이 장난스럽게 고은의 머리를 쓰다듬고, 둘은 소파에서 서로 기대어 앉는다.

희준   (진지하게) 고은아, 난 너 없으면 안 될 것 같아. 네가 내 전부야.

고은   (웃으며) 또 그런 말 한다. 알았어, 나도 좋아해.

희준   좋… 아… 해…?

고은의 전화벨이 울린다.

고은   (통화 애교 섞인 목소리로) 응응 알지요. 응 나두나두 그래 그때 보자. 아 그때 누구누구 온댔지? 헐 진짜? 오오 그날 완전 미친 듯이 달리겠는데?… 하하하 알았어. 야야 살려는 드릴게. 히히 응 응 그때 보자~

통화를 마친 고은이 희준을 보니 희준의 표정이 어두워진다.

희준   (작은 목소리로) 그런데… 넌 왜 요즘 나보다 친구들이랑 더 많은 시간을 보내?

고은   (당황하며) 뭐? 아니, 그냥… 가끔은 친구들도 만나야지. 너무 붙어 있으면 서로 힘들잖아.

희준   (살짝 신경질적으로) 힘들다고? 난 전혀 안 힘든데. 오히려 널 더 보고 싶은데?

고은   (한숨) 희준아, 우리 서로한테도 공간이 필요해. 너무 집착하는 건 좋지 않아.

희준   (점점 감정이 격해지며) 집착? 난 널 사랑하는 거야. 사랑하는데, 널 보고 싶어 하는 게 집착이야?

고은   (단호하게) 그래, 집착이야. 네가 이러면 솔직히 부담스러워. 나도 내 삶이 있고, 너한테 맞춰주기만 할 수는 없어.

희준이 인상을 쓰며 고은의 손을 꼭 붙잡는다.

희준   (절박하게) 제발 그런 말 하지 마. 네가 없으면 난… 난 어떻게 해야 할지 몰라.

고은   (손을 뿌리치며) 그러니까 그게 문제야, 희준아. 네가 나 없이 못 산다고 하는 그 말이… 이제는 너무 무서워.

정적이 흐른 후, 희준이 고은을 바라본다. 눈빛이 많이 불안하다.

희준   (속삭이듯) 무서워…?

고은   (단호하게) 우리… 좀 거리를 두자 응?

희준 (고은의 손을 잡으며) 아니 우리가 왜 그래야 해? 난 이해할 수가 없어.

고은, 한숨을 쉬며 잡힌 손을 살며시 빼면서 암전.

무대에 희미한 조명이 흐른다. 무대 좌측에 희준의 방처럼 보이는 정리되지 않은 방이 보인다. 방 한쪽에는 책상과 컴퓨터가 있고 책상 위는 사진과 서류 등으로 어지럽혀져 있다.
한쪽 구석에 술병을 손에 쥔 희준이 죽은 듯 누워있다. 옷차림은 흐트러져있고, 머리는 산발한 상태이다. 오랫동안 씻지 않은 듯 꼬질꼬질한 모습이다.

희준 (누운 상태에서) 갑자기 왜 연락이 안 되는 거지… 사라졌어… 아무런 말도 없이… (잠시 침묵) 내가 뭘 잘못했을까… 왜… 아무것도 말하지 않은 거지? 이유라도 알았으면 이렇게까지는 안 됐을 텐데.

목소리 내가 화난 이유를 정말 모르는 거야? 너랑 있으면 답답해 죽겠어. 숨이 막혀 죽을 거 같다구!

희준 (중얼거리며) 사랑한다면서 거짓말이었어? 그게 다… 거짓말이야!? (그가 갑자기 자리에서 일어나 책상을 양팔로 쓸어낸다. 요란한 소리가 울려 퍼지며 책상에 있던 물건들이 떨어진다)

희준 (소리 지르며) 이해할 수가 없어! 내가 뭘 잘못 했는지… 대체 왜!

그는 책상 위에 엎드려 울기 시작한다. 무대의 조명은 점점 더 어두워진다. 음산한 음악이 깔리기 시작한다.

희준 (흐느끼듯) 모든 게 다 부질없어졌어… 난 이제 아무것도 아니야. 넌… 내 전부였는데. 넌 내가 이러고 있는지도 모르겠지. 아니, 알고 싶지도 않겠지. 씨발! 그냥… 사라지고 싶다.

무대 서서히 어두워지며 희미한 조명만 남은 가운데 한쪽에서 고은으로 보이는 형체가 보인다. 희준의 환상을 대변하듯 형체만 희미하게 보이며 누군지는 알 수 없다.

희준 (형체를 보며, 비틀거리며 가까워지며) 왜… 갑자기 왜 사라진 거야? 아무 말 없이 사라지면 내가 이렇게 될 줄 몰랐어? 내가 뭐가 그렇게 잘못했는데? 내가 왜, 왜 이렇게 고통받아야 해? 니가 이별이 씨발 어떤 건지나 알아? 너 땜에 나는 고통 속에 살고 있어! (갑자기 바뀌며 형체에 대고 빌듯이) 미안해 자기야 내가 잘못했어. 모두 다 내 실수야 인정할게. (갑자기 바뀌며) 그래도 내가 집착했다는 건 인정 못해. 우리는 사랑하는 사이였잖아!

희준이 점점 숨이 가빠지고, 몸을 떨며 고은의 형체에 다가간다. 다가서는 만큼 형체는 물러선다.

희준 널 꼭 붙잡고 싶었어… 내가 그렇게 무서웠어? 너한테, 내 사랑은… 그냥 괴물 같았어? 내가 필요해서 다가갔는데, 왜 넌 그만두라고 했어? 그게 네가 말했던 사랑이었어?

희준이 고은의 형체에게 다가가지만 형체는 무대 밖으로 나가 버린다. 희준은 절망감에 휩싸인 듯, 두 손으로 얼굴을 감싸며 절규한다.

희준 (흐느끼며) 넌… 내게 엄마이자 딸이었어… 내가 포기할 것 같아? (형체를 따라 무대를 뛰어나가면 조명이 서서히 꺼진다)

분위기가 바뀌면서 무대 우측 고은의 집이다.
화사한 분위기에 가구가 있고 주변은 잘 치우고 살지는 않는듯 옷가지가 여기저기 널브러져 있다. 침대에는 조명이 비춰지고 잠옷 바람의 고은은 잠이 깬다.

고은 (하품을 하며) 아~함 이게 얼마만의 꿀잠이야? (핸드폰을 보며) 어휴 이 새끼 또 전화왔네. 이게 몇 통이야? 문자까지?… 어휴 정말 구질구질하다. (한숨 쉬며) 휴 이제 좀 그만하면 안 되나. 정말 지겹다.

고은은 핸드폰을 침대 옆 협탁에 내려놓는다. 그리고 화장대에 거울을 보며 중얼거린다.

고은 조용히 사라져주면 무슨 뜻인지 대충 좀 알아 듣지 언제까지 집착하려는 거야? 참… 좋은 것만 보고 싶어하는구나.
그게 더 나빠. (혼잣말처럼) 나도 너한테 미안하긴 해. 근데
이젠 못 견디겠어. (어깨를 으쓱하며 차갑게 웃는다)

고은 그러게 진작 깨달았어야지. 어휴 답답한 게 숨이 얼마나 막
히던지. (고개를 휘저으며) 됐다 됐어. 앞으로도 계속 무시하
면 그만이야. (일어나 화장대에 앉아 간단히 화장을 한다. 이때 전
화벨이 울린다. 전화를 받으며) 응응, 아 말도 마. 오늘도 자고
일어나니깐 부재중이 수십 통에 문자도 10통이나 와 있었
다구. (몸을 떨며) 어우 소름 끼쳐. 걘 진짜 왜 그런대니? 찌질
하게 … 응응 좀 더 지나면 나아지겠지 뭐. 아 몰라 만나서
수다 떨고 쇼핑이나 가자… 응응, 그래 거기서 봐 응~ (전화
를 끊고 화장을 정리하고 물을 한 잔 마시고 겉옷을 챙겨 나간다)

잠시 후 침대 밑에서 희준이 기어나온다.
집안의 냄새를 맡는 듯 크게 숨을 들이마시고 내쉰다.

희준 (감동하듯) 역시… 이 냄새야… 너무 포근해… 너무 그리웠
어… (두리번거리며) 오늘 쇼핑을 간다고 했지? 이런 날은 놓
칠 수 없어. (주머니에서 소형카메라를 꺼내 주변에 설치한다. 설치
를 마친 후 고은의 노트북을 켜고 무언가를 설치한다)
(설치를 하며) 다 됐다. 이것만 설치되면 이제 니가 내 연락
을 안 받아도 상관없어. ㅎㅎㅎㅎㅎ.

희준, 익숙한 듯 자리에서 일어나 냉장고에 물을 꺼내 고은이 사용

한 컵에 마시고 제자리에 둔 다음 화장실 쪽 바닥에 떨어진 고은의 속옷을 하나 집어 들고 냄새를 맡으며 고은의 침대에 눕는다.

희준 (고은의 베개 옆에 누워 팔베개를 하듯 한쪽 팔을 쭉 뻗고 고은의 베개를 쓰다듬으면서) 넌 항상 이렇게 내 옆에 있어야만 했어… 넌 내가 무섭다고 했지만 니가 없는 나는 더 무서울걸? (음흉하게 웃으며 베개를 쥐었다 놨다 한다)

잠시 후 희준이 일어나 침대 끝에 걸터앉아 고은의 옷가지를 쳐다본다.

희준 (옷가지를 집어 냄새를 맡으며) 이 옷은 니가 제일 좋아하는 옷 아니었나? 이 옷도 나처럼 버려지겠구만… 난 아직도 니가 이 옷을 처음 입고 온 날이 기억이 나…

회상하듯 옷가지를 쥐고 있던 희준은 옷가지를 한 손에 쥐고 주머니에서 작은 도촬카메라를 꺼내 커튼, 액자 등에 기웃거리며 설치한 후 고은의 노트북을 향해간다.

희준 (노트북을 조작하며) 됐다. (핸드폰을 확인하며) 이제 난 널 어디서든 볼 수 있어 니가 뭘 하든 간에 말야 ㅎㅎㅎㅎㅎ. (자리에서 일어나 주변을 살펴보며) 넌 니 침대에서 내 온기를 느낄까? (컵을 바라보며) 저 컵을 사용할 때 내 입술을 느낄까? (주머니에서 속옷을 꺼내며) 이걸 다시 너의 집에 숨겨놓으면 넌 이걸 입으며 나를 느낄 수 있을까… 호호호. (핸드폰을 보며) 이제 곧 우린 만나게 될 거야…

희준은 서서 생각에 잠기고 조명은 서서히 어두워지고 희준은 퇴장을 하고 잠시 후 자신의 방에서 모습을 드러낸다. 방안은 어둡지만 모니터와 핸드폰의 조명이 은은하다.
희준은 책상에 앉아 pc를 조작하며 고은의 집을 관음한다. 마침 고은이 집으로 돌아오고, 고은은 자신의 집에서 희준의 대사와 지문에 맞춰 행동한다.

희준 (미소를 지으며) 이제 돌아왔네… 오늘은 어떤 표정을 지을까?

고은이 피곤한 듯 한숨을 내쉬며 가방을 내려놓는다. 희준은 그녀의 움직임을 지켜보며 마치 곁에 있는 것처럼 중얼거린다.

희준 힘들었어? 그래, 많이 피곤했겠지. 그래도 괜찮아. 이젠 내가 곁에 있으니까.

고은이 소파에 털썩 앉아 머리를 쓸어 넘긴다. 그녀는 핸드폰을 집어 들어 알림을 확인한다. 희준은 그녀의 시선을 따라가듯 화면을 바라본다.

희준 (조용히) 그래, 열어봐.

고은이 희준의 부재중 전화와 메시지를 확인한다. 희준은 그녀의 표정을 관찰하며 천천히 손가락을 움직여 새로운 메시지를 보낸다.

메시지 보고 싶어, 자기야. 네가 나를 잊을 수 있을 것 같아? 나는 언제나 네 곁에 있어.

고은은 짜증이 난 듯 한숨을 쉬고 핸드폰을 내려놓는다.

희준 (고개를 갸웃하며) 안 읽었네? 그래도 괜찮아. 넌 결국 보게 될 거야.

고은이 옷을 갈아입으려는 듯 방으로 들어간다. 희준은 그녀가 사라진 화면을 바라보며 천천히 미소를 짓는다.

희준 (나지막이) 이제 네가 얼마나 나를 무시할 수 있는지 한 번 볼까?

희준은 핸드폰을 조작해 또 다른 메시지를 보낸다.

메시지 네가 내 곁을 떠난다고 생각해? 넌 아직도 나와 함께 있어. 우리가 함께했던 그 순간들, 그 냄새, 그 촉감… 다 기억하지?

고은이 방에서 나오며 핸드폰을 확인한다. 그녀의 표정이 굳어지고, 손이 살짝 떨린다.

희준   (속삭이듯) 그래, 이제야 느껴지지?

고은이 핸드폰을 던지듯 내려놓고 주변을 두리번거린다. 그녀는 불
안한 듯 거칠게 숨을 몰아쉬며 방 안을 돌아다닌다. 창문을 확인하
고, 문을 살짝 열어 바깥을 살핀다. 하지만 집 안에는 아무도 없다.

희준   (낮은 목소리로) 넌 혼자가 아니야, 고은아.

고은은 괴로운 듯 손으로 마른세수를 한다. 그러다가 거울 앞에
서서 자신의 얼굴을 들여다본다.

희준   (화면을 응시하며) 저 거울 속 너는 무슨 생각을 하고 있을
까? 혹시… 내 숨결이 느껴지진 않아?

고은이 다시 핸드폰을 확인하지만, 새로운 메시지는 없다. 그러
나 곧바로 화면이 깜박이며 또 다른 메시지가 도착한다.

메시지   지금 네 등 뒤에 있어.

고은이 즉시 뒤돌아보지만, 당연히 아무도 없다. 그녀는 비명을 지
르며 핸드폰을 내던진다. 숨을 가쁘게 몰아쉬며 소파에 앉는다.
희준은 자신의 집에서 화면을 지켜보며 미소를 짓는다. 의자에
천천히 몸을 기대며 눈을 감는다.

희준 (나지막하게) 그래… 이렇게 긴장해야 해. 나 없이도 살 수 있다고? 어디 한 번 해보라고… (말을 마치고 노트북으로 향한 희준은 뭔가를 보더니 흠칫 놀란다)

무대 조명이 점점 더 어두워진다. 핸드폰 화면만이 희미하게 빛을 내며, 희준은 미소를 띄우다가 표정이 급격히 어두워지며 암전.

장소는 태준의 병원으로 바뀐다. 문을 열고 희준이 들어온다.

희준 형, 나 왔어.

태준 그래 왔냐? 다름이 아니고 저번에 검사하러 왔던 환자 니 전여친이랬지?

희준 고은이? 응 맞아… 전여친은 아니고 요즘 좀 사이가 안 좋은 거야! 그냥 전화 좀 안 받고 만나지 못할 뿐이라구…

태준 그걸 헤어졌다고 표현하는 거야 임마. 어쨌든 걔 심근염이야 심장 이식을 해야할지도 모르는 상황이라구.

희준 (충격을 받고 조용하다가 화를 낸다) 그게 무슨 말이야? 야 이 돌팔이야! 니가 뭘 안다고 그런 식으로 말해?

태준 뭐야, 헤어졌다고 한 거 때문이야? 아님 병 때문이야?

희준, 태준의 말을 무시하고 고민한다.

희준 그… 심장이식? 내가 해줄까?

태준 (놀리듯이) 무슨 헛소리야? 심장 이식해주면 너는? 죽으려고?

희준 (진지하고 심각하게…) 아니 예전에 티비에서 보니까 심장이식 하고 인격이 옮겨갔다는 이야기도 있던데… 혹시 알아? 내 가 이식해주고 고은이 곁에 영원히 함께하게 될지?

태준 야 그건 티비잖아. 그걸 믿냐?

희준 (음흉하게 웃으며) 형 그거 알아? 나 사실은 고은이가 쓰는 아 이디랑 비번 다 알거든? 집도 근처라 집에서 보고 있어서 병이 있는 것도 다 알고 있었어. 형 병원에 결과 보러온 날 집에서 우는 모습도 봤거든… 그래서 내가 형 메일로 결과 를 다시 보내 줬지. 심장에 아무 이상이 없다고 크크크크크.

태준 미친 스토커 새끼야. 내 계정은 어떻게 알았어? 그 환자 지 금 위험한 상태야.

희준 걱정 안 해도 돼! 나 고은이에게 내 심장 줄 거야. 오늘 뇌 사상태가 될 거거든. 크크크큭.

태준 (멱살을 잡으며) 미친 거 아냐? 그딴 티비 프로 보고 헤어진 여자를 위해 목숨을 던진다고? 너 제정신이냐? 어떻게… 그 여자한테 미안하지도 않아? 걔가 알면 평생을 너한테 시달리며 살아야 하는 거야. 알아?

희준 이게 왜 스토킹이야? 걔도 날 집착했어. 언제나 날 궁금해 하고 원하던 아이라고. 형은 몰라 이게 사랑이야. 나도 언제 나 걔가 뭘 하는지 무슨 생각을 하는지 누굴 만나는지 알고 싶어. 그리고 걔 옆에 누군가가 있는 게 미치도록 싫은 걸 어떡해! 내가 이상한 거야? 난 정상이야.

태준 개소리 말고 꺼져! 의사로서도 형으로서도 해줄 수 없는 일이야. 제발 상식적으로 생각해. 아니 제발 그냥 지금까

지 하던 것처럼 어둡고 축축한 곳에서 지켜나 보라고. 그

희준　정도만 해도 개한테는 충분히 위협적이라고 미친놈아!
뭐야 그걸 형이 어떻게 아는 거야? 설마 내 집에 온 거야?
그래 잘됐다. 그럼 다 봤겠네… 나는 고은이 사랑해서 그
런 거야. 봤으니 잘 알겠네. (신분증을 꺼내며) 자 봐! 장기기
증 동의도 이미 마쳤어, 이 병원에 이식환자 없지? 고은이
는 이식환자로 형이 등록했을 테고, 크크크크. 간단하네.
내가 고은이 근처에서 죽기만 하면 되는 거 아냐? (자리에서
일어서며 나간다) 동생으로서 마지막 부탁이야. 제발 들어줘
형… 나 갈게.

태준　(쫓아가며) 야 미친놈아 거기 서!

희준, 황급히 병실을 나가 버리고 태준 망연자실한다.

태준　저놈… 한다면 진짜 하는 놈인데… 어떻게 해야 하나…

조명이 밝아진다. 고은이 노트북 앞에 앉아 있다. 스탠드 조명만
켜져 있어 집안은 은은한 분위기다. 조용한 음악이 아주 작게 흐
른다. 고은은 한 손에 커피를 들고 천천히 마신다.

고은　(혼잣말로) 내일은 프레젠테이션… 슬라이드 정리를 해야지…

고은이 노트북 화면을 바라보며 타자를 친다. 고은의 뒷편에서
희준이 조용히 모습을 드러낸다. 조명이 희준에게만 비춘다. 희

준은 움직이지 않고 고은을 바라본다. 희준이 바라보는 것을 관객은 알지만 고은은 눈치채지 못한다. 희준의 스토킹을 직접적으로 표현.

고은   (타자를 멈추고 목을 돌리며 하품한다) 으아함… 이거 정리만 하면 끝이야… (고은이 차를 마시려다가 멈추고, 주방 쪽으로 걸어가며) 식었네…

고은이 차를 타러 간다. 희준은 조용히 거울 뒤에서 사라진다. 조명이 꺼진다. 잠시 정적. 고은이 커피포트에 멈춰서 차를 타는 동안 고은 뒷편의 공간에서 희준이 나타나서 고은을 응시하다가 사라지면 고은은 그쪽을 홱 돌아본다.

고은   (작은 목소리로) … 뭐지… 누가 본 거 같았는데…

고은, 불안한 듯 창문을 조심스럽게 닫는다. 떨리는 손으로 커튼을 반쯤 친다. 한 번 더 창밖을 확인하고, 고개를 가로 젓는다.

고은   (혼잣말로) … 신경 쓰지 마. 그냥 피곤한 거야.

고은이 책상으로 돌아가 앉는다. 노트북을 다시 켜고 일에 집중하려 하지만 잘되지 않는 듯 조금 타자를 치다 주변을 두리번거리는 걸 반복한다.
고은의 시선을 피해서 희준이 나타나며 고은을 관찰한다. 무대에는 약한 숨소리 같은 음악이 나온다.

고은   (등 뒤를 힐끗 보고는 부르르 떨며 한숨을 내쉰다) 에휴, 왜 이래 나…

고개를 좌우로 흔들고, 노트북 화면을 덮는다. 손으로 이마를 문지른다. 숨소리 음악도 멈춘다.

고은   (중얼거리듯) 뭔가 이상한 거 같아… 누가 있는 것 같고… 쳐다보는 거 같기도 하고…

고은은 멍하게 정면을 응시한다. 약간의 침묵 뒤 조명은 점차 어두워지며 고은만 남기고 희준 쪽으로 향하면 희준은 고은을 응시하다가 조용히 무대 뒤로 사라진다.
고은, 혼자 생각하는 듯 관객과 눈이 마주친다. 조명 암전 직전, 문 두드리는 소리와 함께 조명이 밝아진다.

고은   (놀란 듯 벌떡 일어나며) … 누구세요?

대답이 없다. 다시 문을 두드린다.
고은, 경계하며 다가가 문을 바라본다. 조심스럽게 문구멍으로 쳐다보고 아무도 없자 안도의 한숨을 쉬고 문을 열자, 편지가 있다.

고은   뭐지 이건? (편지를 펼쳐본다)

희준의 목소리가 나온다.

희준 (내레이션) 안녕, 고은아. 널 보러 왔어. 마지막으로.
고은 (움찔한다) 마지막? 무슨 개소리야?
희준 (내레이션 이어진다) 나, 이제 곧 떠나야 해. 근데 그 전에 꼭 해야 할 일이 있어서… 너… 심장 안 좋은 거… 맞아…

고은, 움찔 놀라며 눈이 커진다.

희준 (내레이션) 네 기록, 내가 다 알아. 지금 네 심장은 언제 멈출 지 몰라. 너도 매일 고통스러워 하고 있잖아.

고은의 손이 떨리기 시작한다.

희준 (내레이션이 이어지며) 난 그냥… 널 지켜주고 싶었어. 이제… 진짜로 지켜줄게. 고은아… 내가 너한테 줄 수 있는 마지막 선물… 내 심장이야, 니가 이 글을 읽을 쯤이면 난 뇌사 상태에 빠질 거야… 조치는 내가 취해뒀어. 믿을 만한 사람이 있거든, 근데 니 병은 내가 조작한 게 아니야. 오히려 상태가 좋다고 조작한 거지. 못 믿겠다면 다시 검사를 받아도 좋아, 근데 서둘러야 할 거야 살고 싶다면… 이 편지에 있는 병원으로 가서 편지를 보여줘 나머진 내가 다 준비해 뒀으니…

고은, 비명을 지르며 편지를 구겨버리며 조명 암전.

무대는 어둡다. 샤워기 물 떨어지는 소리만 들린다. 조명이 서서히 켜진다. 식탁 위에는 약봉지가 올려져 있다. 고은이 샤워를 마치고 거울 앞에 선다. 무심하게 거울을 보면서 멍하게 가슴에 흉터를 만진다. 심장박동 소리가 희미하게 배경에 깔린다. 고은, 옷을 입고 약을 먹고는 멍하게 있다가 뭔가 이상한 듯 고개를 가로젓기도 하고 핸드폰을 꺼내보기도 하고 집안 곳곳을 찾아보기도 한다.

고은   (한숨을 쉬며) 하아… 수술이 잘 된 거 맞나? 왜 이렇게 불안하지… 심장이 뛰는 것 같기도 하고 아닌 거 같기도 하고… 아냐 아냐 통증은 없잖아. 괜찮은 거겠지… 조금 지나면 괜찮아질 거야…

고은, 남은 약을 한번 더 먹고 물을 마시고 내려놓는다.

고은   괜찮아… 괜찮아질 거야… 일단 이번 주까진 휴가니까 천천히 출근 준비하며 마음 잡아보자.

고은은 노트북을 꺼내 작업을 하며 암전.

전화벨 소리와 함께 조명이 켜진다. 고은이 휴대폰을 손에 쥔 채 침대에 앉아 있다. 핸드폰을 쥔 손이 떨린다.

고은 뭐지… 희준이 죽은 게 아니었어? 어떻게 전화가 온 거야…

고은, 불안한 표정으로 다시 전화를 걸어본다. 방구석에서 전화 벨소리가 울리고 고은은 깜짝 놀란다. 벨소리가 들리는 곳에 가 보니 희준의 핸드폰이 있다.

고은 뭐야… 이게 왜 여기 있는 거지? 나한테 전화를 건 사람은 누구야? 이 핸드폰은 누가 가져다 놓은 거지?

고은, 자리를 왔다갔다 하며 불안해 하다가 뭔가 생각난 듯 희준의 핸드폰을 뒤진다.

고은 (비명을 지르며 핸드폰을 던진다) 뭐야 이건 내 사진이잖아? 어떻게 된 거야 난 잠을 자고 있었는데? 왜 이런 사진이 찍혀있는 거지?

고은, 불안함이 극에 달하며 불안한 얼굴로 주변을 두리번거린다.

고은 이상해 누군가 지켜보고 있는 것 같아… (소리친다) 나와! 누구야! 왜 날 괴롭히는 거냐고!!!!

소리치다 흐느끼는 고은은 뭔가가 생각난 듯 옷을 입고 어디론가 나서며 암전.

희준의 방에 조명이 들어온다. 희준의 방에는 고은의 사진이 도배되어 있다. 막 도착한 고은은 희준의 방에 붙은 사진을 보고 경악한다.

고은 뭐, 뭐야 이게… 내 사진들이 왜 이렇게… 아니 아니 그보다 내가 여길 어떻게 아는 거지? 비밀번호는 어떻게 알았고? 왜 내가 알지도 못하는 기억들이 자꾸 생각나는 거야!! 여긴 어디지? 난 누구야? 내가 고은은 맞는 건가? 이상해… 미치겠어. 누가 내 안에 붙어서 날 감시하고 내 머리 속을 망치고 있는 기분이야…

이때 태준이 등장하고 고은을 보고 놀란다.

태준 고은씨…? 여긴 어떻게…

고은 모르겠어요. 집에서 자고 있는데 갑자기 희준에게서 전화가 왔고 정신 차려보니 여기에 와있었어요… 지금 너무 혼란스러워요. 이거 수술의 부작용인가요?

태준 솔직히 말할게요… 여기는 내 동생의 집이에요 녀석은 고은씨가 심장 수술하기 전 약을 먹고 뇌사에 빠졌고 그 녀석의 심장은 고은씨에게 이식이 됐어요… 수술은 성공적으로 됐어요… 하지만 그게 독이 된 건지 희준의 인격이 고은씨에게도 옮겨간 거 같아요…

고은 네? 그게 무슨 말도 안 되는 소리에요? 심장을 이식했는데 왜 인격이 나한테 와요?

태준　녀석이 생전에 그런 말을 했어요. 고은씨의 병을 알고 자신의 심장을 주고 싶다고… 자신이 고은씨를 사랑했던 기억을 주고 싶다고 하더군요… 녀석의 염원이 지금 고은씨를 괴롭히고 있는 원인일 수도 있죠…

고은　미친놈… 미친놈이야… 왜 날 못 괴롭혀서 안달인 거죠?… 어떻게 방법이 없나요? 저는 제가 점점 이상해지는 게 느껴져요… 내가… 내 스스로가 너무 좋아지는데 그게 이성적으로 느껴지는… 아무튼 말이 이상하지만 그런 미친 기분이 느껴져요. 정말 돌아 버릴 거 같아요.

태준　죄송합니다… 달리 할 말이 없네요… 의사로서도 녀석의 형으로서도 정말 죄송합니다. 제가 방법을 찾아 볼게요… 여기 희준의 집은 제가 정리하겠습니다.

고은　부탁드릴게요…

조명 어두워진다. 잠시 후 고은의 집에 조명이 들어온다. 벽에는 커튼이 쳐져 있고 빛이 들어오지 않는다. 고은의 집 중앙 식탁에 고은이 앉아있다. 고은 약봉지를 보고 생각에 잠긴다.

고은　점점 더 심해지는 거 같아… 이대로 살 순 없어… 어떡해야하지… 지쳤어… 벗어날 수가 없어… 그래서… 끝내는 거야…

고은, 약병을 조용히 흔든다. 안에서 약알이 서로 부딪히는 소리가 난다.

고은   (다시 중얼거리듯) 누구도 몰라… 크큭 아니 그놈은 알겠구나… 내가 얼마나 무너졌는지… 얼마나 무서웠는지… (잠시 멈춘다. 숨을 삼킨다) 하지만… 괜찮아… 아무것도 남지 않으면… 더는 아플 것도 무서울 것도 없을 테니.

고은, 약을 손에 쏟아낸다. 손바닥 위, 하얀 알약들이 소복이 쌓인다. 주저 없이, 약을 한 움큼 삼킨다. 물 없이. 목을 타고 넘어가는 소리가 작게 들린다.
고은, 몸을 천천히 소파에 기대며 쓰러진다.

고은   (희미하게 웃으며) 이제… 끝났네. (숨소리가 가늘어지다 사라진다)

조명이 서서히 어두워 진다.

희준   (암전 직전) 고은아… 미안해… 미안해… 내가… 내가 다… 부쉈어… 내가 한 건 사랑이… 아니었어…

희준의 목소리를 끝으로 암전.

아빠와 조약돌

정휴준

멘토 김성희

"여전히 소년 같고 적당히 아저씨 같기를…
여전히 소녀 같고 적당히 아줌마 같기를…"

등장인물

  아버지(정한수, 정휴준의 부)/ 무뚝뚝하지만 다정하며 유머 있는 성격

  어머니(아빠의 어머니. 김준희 여사)/ 자식을 위해 헌신적이며 많은 모험의 소유자

  아빠(정휴준, 임당이의 아버지)/ 진지하고 다정한 성격 그러나 유별난 성격

  엄마(정지은, 임당이의 엄마)/ 합리적인 성격

  임당이(정휴준 딸. 재은이)/ 아버지의 딸, 호기심 많고 상상력이 풍부한 아이

배경

  현대의 집, 학교 운동장과 20여 년 전 과수원,

주요 장소

  침실
  과수원

프롤로그

아빠와 딸의 일상대화를 그렸다. 하염없이 묻고 묻는 딸아이의 수다와 그것을 하나도 귀찮아 하지 않는 아빠의 이야기이다. 누구에게나 아빠는 있었고 있다. 딸아이가 "아빠"라는 단어를 하루에 수백 번을 불러주었을 때 수백 번 답하던 그 시절을 떠올려본다. "아빠"… "오야… 오야"… 우리가 늙어 노부모의 잔소리에 귀찮아하지는 않았는지 돌이켜본다. 우리는 부모에게 관심과 사랑의 표현을 다소 거칠게 표현하고 있지는 않은지? 나의 유년시절의 가정문화는 권위적이며 과묵한 아버지의 모습 속에서 청소년기를 지내왔었다. 그 당시 아버지가 아무 말 없이 건네는 신문지에 쌓인 통닭 한 마리의 의미를 이제는 알 수 있다. 막의 중간쯤 아빠의 어머니가 등장하여 신경질적인 아빠의 모습을 보여준다. 하루의 스트레스가 묻어 있는 말투… 허나 딸아이 앞에서는 한없이 부드러운 아빠! 이런 모습들이 우리들의 모습은 아닐까?

[줄거리]

세상의 빛과 같은 존재로 감사하게 다가온 자식을 대하는 부모의 마음은 모두 하나같이 한결같다. 모든 사물이 '생로병사(生老病死)'라고 하였던가! 일상 속에서 일어나는 모든 이야기들이 소설이 되고 시가 된다. 모든 아버지는 자식을 위해 제우스가 되어 하늘을 날아다닌다. 스텝이 엉키면 그게 바로 '탱고'라고 했다. 섞여 있으면 그게 바로 '여행'이다. 짧은 소풍같이 다녀갈 세상에 좋은 추억을 남겨주고픈 아빠의 일상을 글로 옮겨 놓았다. 나중 나의 아이가 커서 이 글을 읽어 볼 때쯤 다가와 있을 감정의 공포 앞에 지금의 평온과 안정을 선물하고자 한다. 하루에도 수십 번 체력의 한계 앞에 이런 생각과 마주한다. 필요한 아빠가 될 것인가? 좋은 아빠가 될 것인가? 항상 답은 같다. 두 가지의 모습을 가지고 있는 아빠! 아빠에게도 아빠가 있고 아빠에게도 엄마가 있다. 천년을 죽을 듯이 사랑하더라도 한번은 헤어져야만 하는 것! 부모! 마지막으로 임당이가 4살 때 쓴 자작시로 대신한다.

–방충망이 열려 있던 그날 밤–
임당이랑 누워 동화책을 읽었다.
이미 왼팔은 피 한방울 돌지 않는 중압감에 느낌 없는 고깃덩이 같다.

오늘도 얼마나 뛰어다녔는지
머리에 괴한 냄새를 풍기며 울타리 속으로 파고든다.

윙윙 모기 두 마리의 소리가 새벽 초침시계 같이 임당이 주변을 배회한다.

설득이나 대화가 되지 않는 어떠한 오만한 갑질관계는
더 이상 시도할 필요가 없음을 알기에…
다시 안개 같은 노안의 한숨소리로 동화책을 읽으며 내 새끼 잠들기만을 기다린다.

여러 번의 뒤척임 끝에 잠들어 준
임당이에게 목 밑으로 이불을 감싸고…

아빠는 런닝을 벗고 안개 깔리듯 엎드려 누웠다.

오늘도 여전히 꿈속에서… 내 새끼의 즐거운 시간을 상상하며…
배부른 모기의 트림소리를 기다린다.

#1 모기와 함께한 밤

장면 1. 거실

무대에는 아빠와 임당이가 앉아 있다. 임당이는 여러 가지 물건
을 모아 놓고 보물을 자랑하고 있다. 아빠는 그 옆에서 가만히 듣
고 있다.

아빠 (무대 상수에서 낭독 후 이동) "임당이는 태명이 임당이였다.
태어날 때부터 호기심과 상상력 가득한 아이. 언제나 무언
가를 모으고 있다. 아파트 정원의 너무나도 흔한 돌멩이,
샛노란 은행나무 잎, 누군가 버려둔 조개껍질, 여행 후 남
은 동전들… 어제는 자장면 위에 놓여진 완두콩까지 휴지
에 싸서 와서는 보관한다. 모든 것들이 아름답고 보물 같
다고 이야기한다."

임당 "아빠! 이렇게 소중한 보물을 어디에 보관하지? 보물창고
가 있어야겠어."

아빠 "맞아. 맞아… 그럼그럼."

임당 "아빠, 보물창고가 매우 커야겠어."

아빠 "오야, 오야… 맞아. 맞아… 그럼그럼."

임당 "아빠! 모기! 윙윙!"

아빠 "오야! 오야!"

임당 "아빠, 절대 죽이면 안 된다. 절대!"

아빠 "오야, 오야."

임당 "아빠, 모기 절대 죽이면 안 된다."

아빠 "오야, 오야."

임당 "아빠, 최고!"

아빠 "오야, 오야."

임당 "아빠, 모기가 숨 쉬는데 산소가 부족할 것 같아."

아빠 "오야, 오야."

임당 "아빠, 구멍을 뚫어줘야 하지 않을까?"

아빠 "오야, 오야."

임당 "아빠, 바늘만한 구멍을 뚫어줘야 하지 않을까?"

아빠 "(고개를 끄덕이며) 오야, 오야."

지지지지직, 아버지가 달궈진 바늘로 플라스틱 뚜껑에 구멍을 뚫
었다. 바늘과 라이터를 가져오고, 베란다에서 긴장된 채 모기를
살펴본다.

임당   "아빠, 최고!"

아빠   "오야, 오야."

임당   "아빠, 오늘 모기가 새 집도 생겼는데 같이 잘까?"

아빠   "오야, 오야."

임당   "아빠, 모기가 우리를 보고 있어."

아빠   "오야, 오야."

임당   "(플라스틱 병을 베고 누워) 아빠, 모기가 목마른가 봐. 물을 줘야겠어."

아빠   "오야, 오야."

무대는 서서히 어두워지고, 시간이 지나며 두 사람은 웃으며 이야기를 나눈다.

임당   "(플라스틱 병을 베고 누워) 아빠, 모기가 있는 플라스틱병을 베고 누워 있으니 하늘에 같이 날아다니는 것 같아!"

아빠   "오야, 오야."

임당   "아빠도 베개로 통을 베고 누워봐."

아빠   "오야, 오야."

임당   "아빠, 어때?"

아빠   "오야, 오야. 진짜 하늘을 날고 있네, ㅋ."

임당   "아빠, 우리 오늘을 하늘 구름에서 모기랑 같이 자는 거야?"

아빠   "오야, 오야."

#2 밥은 먹었니?

장면 1. 주방

어머니 (속삭이며) 아침부터 이리 바쁘게 움직여도, 애들은 아직 자고 있겠지… 임당이도 그렇고 아들놈도… (조금 더 큰 목소리로) 어휴, 생선이랑 반찬 준비해야지. 일어나야지. 아이구. 아이구!

어머니 이 생선은 어떻게 구워야지… 음, 그래. 이렇게 구우면 맛있겠지.

주방 소리 속에서 슬리퍼 소리가 점점 더 크게 들려온다. 아빠가 무대 한쪽에서 천천히 일어나는 소리가 난다. 엄마가 거실로 나와 리모컨을 찾고 있다. 엄마는 여전히 주방에서 바쁘게 움직이고 있다.

어머니 (조금 큰 목소리로) 아들! 텔레비전 리모컨이 또 안 된다! 어떻게 된 거야?

아빠 (리모컨을 만지며) 엄마! 이걸 누르면 안 되지! 몇 번을 말해야 하는 거야?

어머니 밥 먹어! 배고프지? 맛있는 거 해놨다. 밥 먹어!

아빠 (불편해하며) 안 먹는다.

어머니 휴대폰 글씨가 잘 안 보인다. 이거 도와줘!

아빠 엄마! 몇 번을 말해야 되는 거야? 이것을 눌러야 한다고!

어머니 긴 옷을 입어. 감기 들겠다. 이거 입어!

아빠 (불편한 목소리) 싫어! 난 이게 편하다고!

어머니 늦겠다. 밥 먹어! 밥상 차려놨다!

아빠   (단호하게) 안 먹는다!! 내가 알아서 한다고!!

어머니   배고프지? 밥은 먹었니?

아빠   (짜증 내며) 배부르다고… 안 먹는다고!

어머니   밥은 먹었니?

아빠   (피곤한 표정으로) 먹었다고!

어머니   밥은 먹었니?

아빠   (짜증을 내며) 먹기 싫다고~~! 매일 밥 타령이고?

20여 년이 지난 어느 날! 임당이가 방에서 나와서 아빠와 마주친다. 아빠는 임당이의 아침을 준비하느라 분주하다.

아빠   밥은 먹었니? 배고프지 않아? 맛있는 거 만들어줄까?

임당   안 먹어! 배불러.

아빠   아침부터 단 거 먹으면 밥맛없어!

임당   난 과자가 아침밥이야!

아빠   이리 와서 앉아! 밥 먹어!!

잠시 침묵 후, 임당이가 다시 고집을 부리며 자리를 떠난다.

아빠   왜 그렇게 밥 먹는 거 싫어하는 거야?

임당   나는 과자, 젤리, 사탕이 제일 좋아.

아빠   밥 먹고 하나만 먹어!

임당   싫어! 이것도 내가 싫어하는 거고! 이것도 내가 싫어하는 거야.

아빠	골고루 먹어야 키가 쑥쑥 큰다.
임당	아빠 나는 작고 귀엽게 키 안 클 건데…
아빠	그래도 골고루 먹어야 더 예뻐져!
임당	나는 지금 예쁘기 때문에 더 안 예뻐져도 되는데…
아빠	임당아! 이거 한 숟가락 먹어봐. 아~~~~ 해봐.
임당	난 유튜브 보면서 먹으면 밥 먹을래!
아빠	그래. 조금만 보면서 서둘러 밥 먹자.

아빠	임당아. 밥 먹을 때 집중해서 밥 먹어야지
임당	어!
아빠	씹어라. 씹어라.
임당	어.
아빠	삼켜라. 삼켜라.
임당	어.
아빠	넘겨라.
임당	어.
아빠	씹어라. 삼켜라. 넘겨라. 씹어라. 삼켜라. 넘겨라. 씹어라. 삼켜라. 넘겨라.

아빠	씹어라. 삼켜라. 넘겨라. 씹어라. 삼켜라. 넘겨라. 씹어라. 삼켜라. 넘겨라.
임당	먹고 있다고!

아빠	씹어라. 삼켜라. 넘겨라.

#3 눈 부신 바닷가

장면 1. 바닷가

무대는 바닷가로 설정된다. 파도가 거세게 일고, 비가 내리고 있다. 아빠와 임당이는 비옷을 입고 바다에서 조개껍질을 주으며 대화를 나누고 있다.

임당 아빠, 미역이 막 날아다녀!

아빠 오야, 오야. 미역이 날아다니는구나!

임당 아빠, 나 이 미역 집에 가지고 가고 싶어!

아빠 오야, 오야.

임당 아빠, 나 이 조개껍질 다 가지고 가서 키울래!

아빠 오야, 오야. 너무 많다!

임당 아빠! 여기 너무 예쁜 조개껍질이 많아!

아빠 오야, 오야! 정말 예쁘다.

임당 아빠, 나 이 조개껍질 다 가지고 갈래.

아빠 오~~~~~~ 야, 오야…

장면 2. 화장실

무대는 화장실로 바뀐다. 아빠는 쪼그리고 앉아 락스로 청소하고 있다. 주변에는 3년 전에 임당이가 모은 조개껍질들이 놓여 있다. 아빠는 청소를 하며 조개껍질을 하나씩 닦고 있다.

아빠 이 조개껍질… 정말 소중한 거야. 임당. 마누라가 만약 이걸 보면… 버릴까 봐 걱정이네.

엄마 (어이없어하며) 왜 조개껍질을 닦고 있는 거야?

아빠 임당이가 다섯 살 때 주운 조개껍질이야. 이게 그냥… 소
중해서 말이지.

엄마 곰팡이 핀 거 아이가 만지면 건강에 안 좋아.

아빠 알았다.

엄마 습기 있는 곳에 놔두면 계속 곰팡이 펴.

아빠 알았다.

엄마 이게 무슨 냄새야?

아빠 임당이가 주워온 미역 냄새.

엄마 버릴 것은 알아서 버려.

아빠 알았다.

엄마 저 어항에 산소 나오는 거 소리가 너무 요란해. 뭘 넣어 둔
거야?

아빠 임당이가 주워온 조개.

엄마 소리가 너무 시끄러워.

아빠 알았다.

엄마 계속 저렇게 틀어두는 거야? 전기요금 많이 나오잖아.

아빠 알았다.

엄마 곰팡이가 저렇게 생기면 호흡기에 안 좋다고.

아빠 알았다.

아빠 그때 임당이 손이 이렇게 작았었지…

임당 아빠, 조개껍질이 왜 그렇게 소중해?

아빠   너랑 내가 함께 만든 추억이니까. 그때 너의 손이 이렇게 작았잖아.

아빠   (독백) 빗속의 바닷가에서 임당이와 미역을 한가득 주웠다. 조개껍질들… 우리집 화장실에는 아직도 3년여 전 조개껍질이 놓여있다.

오늘은 다이소에서 강력락스 4통을 사서 왔다. 대부분의 화장실이 그런지는 모르겠으나 수시로 락스 청소를 하지 않으면 물때가 끼는 일이 많다. 오늘도 쪼그리고 앉아 "싹싹 쓱쓱 x 50 = 싸ㄱㄱㄱㄱ 쓰ㄱㄱㄱㄱ" 팔에 힘이 빠질 때까지 열심히 닦는다. 맨 마지막에는 무슨 의식같이 조개껍질을 비누칠해서 열심히 열심히 닦는다.

마누라가 혹시라도 물때 낀 조개껍질을 보면 카드영수증 버리듯 버려버릴 것 같아 깨끗하고 반짝이게 조개껍질의 물기를 제거한다. 화장실에 쪼그리고 앉아 가끔 조개껍질을 보고 있노라면 보석을 다루듯 소중한 조개껍질을 내밀던 다섯 살 임당이의 조막손이 내게 보인다.

#4 자전거를 탄 풍경

장면 1. 비 오는 날 학교 앞

비가 세차게 내리고 있다. 재은은 학교가 끝난 후 가방을 메고, 우산도 없이 거리를 걷고 있다. 비가 오는 날 아빠와 자전거로 약속한 대로 기다리고 있지만, 점점 우울한 표정을 짓기 시작한다.

임당　아빠가 자전거로 데리고 온다고 했는데… 비가 이렇게 많이 오니까 차로 올 것 같아… 자전거는 물웅덩이에 빠지면 다 젖을 텐데…

임당이는 머리 위에 내리는 비를 맞으며 학교 앞에서 계속 기다린다. 지나가는 사람들이 우산을 쓰고 지나가고 있고 임당이는 우산 없이 아빠를 기다리고 있다. 그때, 멀리서 재은을 부르는 목소리가 들린다.

아빠　재은아~! 우리 꽃당이!
임당　아빠! 자전거 타고 왔네! 진짜 왔네?
아빠　그럼! 약속했잖아! 자전거로 데리러 갈 거라고! 오다보니 비가 무진장 오네!
재은　우와, 정말 멋져! 아빠! 최고!!
아빠　이 비닐을 머리에 써라.
재은　이렇게 쓰면 비 맞아도 걱정 없겠네!
아빠　비닐을 앞쪽을 찢어서 묶어야해. ㅎ
재은　이러면 빗방울이 안 들어가네. ㅎ

재은은 비닐을 머리에 쓰고, 옷 속에는 신문지를 '미라'처럼 칭칭 감는다. 아빠는 자전거에 다시 올라타고, 재은은 자전거 뒤에 올라탄다. 자전거는 물웅덩이를 가르며 달린다. 풀꽃들이 비를 맞으며 샤워를 하고 있고, 길가의 나뭇잎에는 사마귀가 물을 마시고 있다. 하루살이 가족들은 나뭇잎 뒤에서 비를 구경하고 있다. 재은은 그런 모습을 보고 신기해 한다. 버려 둔 종이박스를 주워 재은이 머리에 씌운다.

아빠   준비 완료! 이제 달려볼까?

임당   우후! 야호!

아빠   임당아! 저 앞에 봐! 물웅덩이야

재은   아빠 쎄게 지나가봐!

아빠   자신있나?

재은   어! 어!

아빠   간다… 꽉 잡아!

재은   어! 어!

아빠   와~~~~~~~~~

재은   아~~~~와! 아빠! 풀꽃들이 비를 맞는데 춤추는 것 같아!

아빠   그렇지, 비가 내리면 모든 게 깨끗해지지. 풀꽃도, 나무도, 하늘도 모두 씻겨 나가는 것 같아.

재은   아빠 최고!

아빠   (자전거에서 내리며) 비도 오는데 우리도 춤추자!

재은   이렇게?

아빠   이렇게~~~~ㅎㅎㅎㅎㅎㅎㅎ

재은   ㅋㅋㅋㅋㅋㅋ 진짜 온통 깨끗해! 꽃도 다 씻겨서 더 예뻐진 것 같아! 우후! 물살을 가르고 있어! 아빠, 우리 더 빠르게 달리자!

아빠	살아있네!! 꽉 잡아라! 간다이…
재은	아빠, 비 오는 날 자전거 타는 게 이렇게 재미있을 줄 몰랐어! 비 올 때마다 자전거 타자!
아빠	그렇지? 살아있지! ㅎㅎ 비 오는 날은 뭔가 특별해. 조금 불편할 수도 있지만, 그 속에 새로운 재미가 숨어 있는 거야. 그리고 너랑 이렇게 함께 하면 아무것도 걱정 없지.
재은	맞아! 비가 오면 비닐이랑 종이박스로 체온을 보호해야 한다는 것도 배웠어! 이제 비 오는 날도 두렵지 않아!
아빠	그렇지! 그게 바로 경험에서 배운 거야!
재은	아빠, 오늘 진짜 행복해! 자전거 타는 게 이렇게 재미있을 줄 몰랐어. 다음에 또 비 올 때 자전거 타!
아빠	그럼! 비 오는 날 자전거 타는 거, 우리 둘만의 특별한 약속이니까. 오야, 오야
재은	아빠 최고!

#5 하늘을 나는 임당이

장면 1. 과수원

무대 중앙에 자전거가 놓여 있고, 아버지와 아들이 경직되어 서서 주변을 보고 있다. 배경은 푸른 과수원과 시골 풍경이다.

아빠	(독백) 임당이가 하늘을 날고 있다. 예전 내가 하늘을 날 듯이… 세발자전거에서 네발자전거, 이제는 두발자전거. 드

디어 두 팔로 하늘을 날아 오른 임당이! 아주 예전, 할아버지의 삼천리 자전거를 타고 과수원에서 두 발로 자전거를 처음 탔던 날이 눈에 선하다.

아버지가 아들을 자전거에 태우고 있다. 아버지는 뒤에서 자전거를 잡고, 아들은 두려워하면서도 열심히 페달을 밟고 있다.

아버지 다리에 힘을 꽉꽉 줘라!

아빠 아~~~!

아버지 앞을 보고 쎄게 쎄게 밟아라.

아빠 아빠!

아버지 자슥아. 앞을 보고 계속 밟아라.

아빠 아부지!

아버지 삐딱삐딱 거리지 말고 핸들을 꽉 잡으라.

아빠 아부지요~~~ 아.

아버지 손 놓는다이! 혼자 타봐라. 할 수 있다.

아빠 아빠! 손 놓으면 안 된다이!

아버지 마! 할 수 있다니까…

아빠 손 놓으면 안 된다니까…

아버지 알았다… 계속 앞을 보고 밟아라.

아빠 아부지 손 안 놓았지요?

아버지 그래… 그래.

아빠 아부지 손 안 놓았지요?

아버지 (웃음소리가 점점 작아지며) 하하하하하하! 봐라! 혼자 할 수 있다니까… 하하!

아빠   아버지… 지금 내 혼자 가고 있어요.

아버지   그래. 그래. 잘한다. 더 밟아봐라.

아빠   너무 빨리 가고 있어요 ㅎ

아버지   멋지다.

아빠   (독백) 과수원에 사과가 떨어질 정도로 크게 웃던 아버지가 떠올랐다. 집에 올 때 자전거에서 일어나 아버지 등을 잡고 날개를 휘휘 젓던 기억이 났다. 나는 그때 정말 하늘을 날고 있었다.

장면 2. 현재의 운동장

임당   아빠! 아빠!

아빠   헉헉… 계속 앞을 보고… 밟아라!

임당   아빠!

아빠   오야… 내 새끼! 밟아라… 밟아!

임당   아빠! 절대 손 놓으면 안 돼!

아빠   그래… 그래… 앞을 보고…

임당   아빠! 절대 손 놓으면 안 돼! 아짜 어디 있어?

아빠   알았다. 바로 뒤에 있어.

임당   아빠! 절대 손 놓으면 안 돼. 아짜 어디 있어? 어?

아빠   헉헉! 계속 밟아…

임당   아빠! 계속 잡고 있는 거지?

아빠   그래… 그래…

임당 아빠! 아빠! 어디야…?

아빠 하하하하하하! 봐라! 혼자 할 수 있다니까… 하하하하!

임당 아빠. 지금 나 혼자 가고 있어.

아빠 오야. 오야! 잘한다. 내 새끼.

임당 아빠. 너무 빠르게 가고 있어!! ㅎㅎ

아빠 멋지다. 우리 꽃당이.

아빠 (독백) 과수원에 사과가 떨어질 정도로 크게 웃던 아버지가 아닌, 운동장이 떠나갈 정도로 내가 웃고 있다. 집에 올 때 아버지 등을 잡고 일어나 등 뒤에 매달려 날개를 휘휘 젓던 기억을 뒤로 하고, 내 어깨 위 목마를 한 임당이가 자신감에 찬 얼굴과 날갯짓으로 하늘을 날고 있다. 시간이 지나 임당이가 나의 나이가 되었을 그때, 정말 하늘을 날고 있었다고 느끼기를 바라며…

담연화 1

(부제 하늘의 기억, 연못의 노래)

경빈

멘토 김성희

등장인물

〈대구 안심 점새늪 쉼터〉

할아버지. 80대/ 현재의 안심마을에 살고 있다. 선령이의 외할아버지. 다정다감한 성격. 아재개그의 달인이다.

손녀 선령이. 10대. 초등학생/ 경북 경산에 부모님과 살며 가끔 할아버지 집에서 지낸다. 외할아버지와 친구 같은 사이여서 다소 행동과 말이 버릇없기도 하지만 할아버지를 무척이나 사랑한다.

〈하늘나라 선녀마을〉

버들선녀/ 800년째 하늘나라 선녀 마을에 사는 선녀대표로, 인간 세상에 사랑(인연)을 맺어주는 선녀. 인간뿐 아니라 자신도 찐사랑을 찾는 러브헌터이다.

연이선녀/ 500년째 버들선녀의 양녀로 살고 있다. 인간 세상의 풍요를 담당. 촐싹거리고 덜렁거리는 성격이지만 마음은 한없이 여리다.

하늘대왕/ 인간 세상과 하늘 세상을 관장하는 최고의 신. 책임감이 강하고 신선·선녀와 인간들을 사랑하는 마음이 가득함. 다소 엉뚱하기도 하고 변덕스럽고 까다로운 성격이긴 하나 속마음은 완전 천사 대마왕

〈먼 옛날 안심마을〉

마을촌장. 60대/ 마을의 대소사를 관장하는 만큼 매사 중심을 잘 잡으려는 인물. 항상 대의를 생각하고, 서로 불필요한 다툼을 싫어함.

청년 왕근이. 30대/ 옛날 안심마을의 노부부에게 온 업둥이. 착하고 성실한 성격. 마을을 사랑하는 마음이 가득하여 힘쓰고 어려운 일을 도맡아 한다.

닭주인 아지매. 50대/ 남편을 일찍 잃고 하나 있는 자식은 타지로 멀리 떠나보낸 후 키우는 닭들을 자식처럼 생각하는 여인. 오지랖이 넓다.

그 외, 마을 사람들 (관객이어도 좋다)

시간

아 주 먼 옛날

장소

대구 동구 안심 습지 일대, 하늘나라 선녀마을

무대

병풍의 형식으로 하늘나라 배경과 옛날 마을의 전경을 표현한다. 영
상을 활용하여 설화적, 환상적 배경이 드러날 수 있도록 해도 좋다.

프롤로그

안심 연꽃마을 산책로. 할배와 손녀가 산책을 하고 있다.

할배　(손짓하며) 퍼뜩 오니라~ 니 그케봐야 소용엄따~ 요놈아~
　　　　하하.

손녀　(못마땅한 표정으로) 할부지~ 우리 사이에 꼬옥 이래야 돼요
　　　　~?!

할배　(귀엽게 보면서) 큭~ 와~? 우리 사이가 뭐 어떤 사인데~?

손녀　(조목조목 따져보겠다는 얼굴로) 할부지~ 우리는 서로 노타치
　　　　하는 사이 아입니까~ 노~타치~! 갑자기 이러는 건 반칙
　　　　이잖아~ 할부지~~~!!

할배　(익살스럽게) 나는 모르겠다~ 니 엄마가 시키는 대로 하는
　　　　기다~

손녀　(약 올라서) 아이 참~ 엄마아빠는 출근한다꼬 여기 할부지

집에 며칠 오지도 않는데~~ 우리의 자유와 평화를 꼬옥 이래 망칠 깁니꺼~!

할배 (재밌어 하며) 큭~ 요놈아~ 망치가 있어야 망치지~!! 이 할배는 빈손이대이~

손녀 (더 약올라서 뒷목 잡으며) 우와~ 우와~ 할부지~ 손녀 혈압 올라가는 소리 들립니꺼~? 아이고~ '복'도 '복'도~ 내가 우짜다가~

할배 (씨익~ 웃으며) 니는 말뽄새가 나를 닮아도 너무 닮았대이~ 니 학교 가마. 아~ 들이 영감 같은 말투 쓴다꼬 뭐라 안하드나~?

손녀 (심히 진지한 표정으로) 아니~ 지금 그게 중요한 게 아니고, 그간 할부지랑 나랑 유지됐던 평화와 행복이 지금 심각한 외부세력의 간섭으로다가 깨질 판이라니까요~~! 할부지 ~~ 이 이쁜 손녀가 왜 할부지 집에 기쁜 맘으로 오겠십니 꺼~? 할부지는 세상에서 젤루 이쁜 손녀 봐서 좋고~ 나 는 할부지 보호 아래 마음껏 컴퓨터랑 휴대폰하고~ 뭐 이 렇게 다정한 사이 아닙니꺼~? 나는 할부지가~ 나를 보면 서 행복한 얼굴로 먹고 싶은 것도 다 사주고 싶고~~ 아무 리 늦잠 자도 이쁘고~~ 하루종일 휴대폰 맘껏하게 해주 고 싶은… 뭐… 그런 할부지의 찐사랑을 알기 때문에~ 제 가 이렇게 늘 기쁘게 온다 아입니꺼~~ 우리의 이 찐사랑 과 찐행복을 와 갑자기~ 한순간에~?

할배 (갑자기 말을 가로 막아서며) 아니, 아니~ 나도 그카고 싶지~ 근데 니 엄마가 하루 1시간은 이 안심 습지 일대 연꽃길에 와서~ 꼭 운동 시키라 했따카이~ 약속 안 지키마~ 앞으로 니 안 보낸다 카는데 우짜노… 그라이~ 니도 그냥 눈 딱 감고 1시간만 양보하자~ 오케이~?

손녀 (어이없는 듯) 할부지~ 할부지가 우리집 대빵 아닙니까~? 그런 협박에 지면 어쩝니꺼… 아이고~ 내 팔자야~~

할배 (웃으며) 요놈아~ 아~가 무신 팔자타령이고~ 팔자가 뭔지도 모르는기~ 하하. 팔자 같은 소리 하지 말고 팔자걸음이나 걷지 마라~ 어서 가자~~~ 다 와간다~!!

둘은 연꽃이 만발한 곳에 도착한다.

할배 (주변을 둘러보며) 아이고~ 여~ 는 언제 와도 경치 좋고~ 공기 좋고~ 참~ 좋대이~ 아이고~ 저… 저~ 연꽃 핀 거 봐라 ~ 참말로 이쁘대이~~ (손녀를 톡 치면서) 어이~ 세상서 젤 이쁜 손녀~ 니도 그렇제?

손녀 (퉁명스럽게) 뭐… 그런 거 같기도 하고…

할배 (미소 지으며) 맞다~ 니 휴대폰 가져왔제? 니 분신처럼 여기는데 안 가왔을리 없겠지~ 하하~! 올해는 저 연꽃 옆에서 셀카 몇 장 찍어서 할부지 휴대폰으로 보내도~~

손녀 (썩소 날리듯) 할부지는 촌시럽구로~ 꽃 옆에서 사진은 무슨…

할배 (빙긋 웃으며) 아마 찍는 기 좋을 낀데~ 엄마한테 당당히 자랑도 하고… 그리하는 기 맘고 편할 낀데~~

손녀 (눈을 크게 뜨며) 아~ 맞네~! (장난스레) 와~ 할부지 가끔 보면 나보다 똑똑한 거 같아요~히히~~!

할배 (장난스레) 말은 똑바로 하재이~ 니가 내 머리 닮은 거대이~ 하하~! 그것도 그거지만 나는 우리 령아가 매년 몇 장씩 찍어 보내주는 사진 보는 맛에 일년을 산다아이가~하하하!

손녀 (입을 삐죽거리며) 암튼 할부지는 눈이 높아도 너~ 어~ 무 높아~~ 그럼 뭐 앞으로도 쭈욱 우리의 평화와 행복을 이어 나가는 뜻으로 몇 장 찍어 보겠어요. 히히.

손녀가 사진 찍는 동안 할배는 벤치에 앉아서 손녀를 흐뭇하게 바라보고는 이내 손녀를 벤치로 부른다.

할배 (손짓하며) 령아 여 와가 바나나우유 무라~

손녀 (돌아보며) 네! (할아버지 옆에 앉아 바나나 우유를 마신다)

할배 맛있나?

손녀 (빨대를 입에 물고 고개를 끄덕인다)

할배 (손녀를 보며) 있잖아~ 할부지가 옛날 얘기 하나 해주까?

손녀 (할배 눈치를 보며) 꼬~옥 해야 됩니꺼~?

할배 (익살스레) 니 진짜 이래 나올끼가~? 우리가 평화행복협정을 유지하기로 한 지 10초도 안 지났다. 니 이리 삐딱선 타든, 엄마가 휴대폰 시간도 하루 2시간만 주고 폰 뺏으라했는데… (곁눈질 하며) 우찌 해야 될찌 모르겠네… 흠흠…

손녀 (손녀도 눈 흘기며) 와~ 할부지~ 치사한 것도 우리집 유전인 갑지요~? 아… 아… 알아쓰요~ 대신 할부지 얘기 다 들어주마. 집에 드갈 때 햄버거 쏘기!

할배 (능청스럽게) 하모 하모! 나노 우리 할배한테 들있대이~ 재미질끼다. 하하. 자아~ 시간 없으니까 퍼뜩 해주꾸마~! (눈을 지그시 감고) 보자… 그때가~

1막. 엄마와 딸

하늘나라 방울선녀들이 모여 사는 마을.
심심하고 재미없다는 듯 요령만 만지작거리는 딸 방울선녀 '연이'와 그 옆에서 더 재미없다는 표정으로 연신 하품만 해대는 엄마 방울선녀 '버들이'

연이 (한숨을 내쉬며 엄마에게) 어무이~ 우리가 같이 산 지가 얼마나 됐노?

버들이 (무표정하게) 보자… 니가 하늘나라 대왕이랑 계약직 방울선녀하기로 했을 때가 500년쯤 전이니까… 그 정도 됐는 거 같다. 와~?

연이 (갑자기 신경질적으로) 와~ 이거, 우리 대왕도 너무 한 거 아이가, 응?! 500년 계약직 해줬으마 인자 정규직 좀 시키주마 안 되나?! 정규직 자~들은 지들 맘대로 인간 세상으로 놀러 댕기믄서 재미볼 거 다 보고. 우리는 뭐 같이 정규직 선녀들이랑 밥도 같이 앉아 못 묵는 푸대접을 받아가믄서 인간세상 맘대로 댕기도 못하고 맨날 일은 똑같이 하고…!! 이거 하늘나라가 이래도 되는 기가? 어무이는 우째 생각하노?!

버들이 이것아~ 인간세상으로 따져 500년이지~ 하늘나라서는 인자 5년 지났다. 됐다~ 마!! (머리를 감싸쥐면서) 나는 그라 마 800년째다~!! (고개를 들고 하늘을 보며) 이기~ 마~ 다 자 업자득이다 아이가… 으휴~

연이 뭐라카노? 자… (갸우뚱) 뭐? 자… 뭐? 그기 뭔 말이고?

버들이 (딱한 듯) 어휴~ 이 상태 안 좋은 딸내미 방울선녀야~ 내가 평소에 남자, 남자, 노래만 부르지 말고~ 책 좀 봐라 안카드나… 어이그~

연이 (눈을 똥그랗게 뜨고 바라보며) 옴마? 이게 무슨 하늘대왕 입으로 똥싸는 소리고? 어무이 복장 상태가 어떤지 어무이 눈에는 안 비제? 쳇! 700년 동안 눈 시뻘겋게 남자, 남자, 부르짖다… 하다하다 안되니까 우짤 수가 없이 책본 기… 인자 100년쯤 되나? 내가 참말로 어이가 없어서…

버들이 (급 인정하는 표정으로) 하기사… 내랑 니랑 '오십보백보'지 뭐~

연이 또… 또~! 말 좀 알아듣게 하랬제. 진짜 이칼래?!

버들이 (고개를 설레설레 흔들며) 어이고, 내가 미친다 미쳐. 차라리 저기 들판에 뛰댕기는 말한테 말하는 기 빠르겠다. 어휴~ (표정을 고치며) 그라고 보마 니한테는 내가 쬐매 미안한 기 있다.

연이 (의아하게) 뭐가?

버들이 (미안한 표정으로) 사실은 니는 벌씨로 정규직 되도 됐을 낀데… 내 땜에 하늘 법이 바뀌가꼬 시간이 늘었다 아이가.

연이 (약간 놀라는 표정으로) 그기 뭔 말이고? 으잉?

버들이 (미안한 표정) 그기… 있잖아… 내가 첨에 계약직 방울선녀 됐을 때, 대왕이 나한테 그캤거든. (대왕 흉내 내며) '니는 방울선녀가 되기 전에 세 번의 생을 살면서 암컷, 수컷~노래를 하며 사랑을 찾아 해맸대이~ 니 첫 번째 생은 저 초원을 달리는 수컷 말로 태어나 암말을 맞이하여 함께 부부의 연을 맺고자 했으나 암말을 보자 너의 성급함으로 급히 암말에게 뛰어가다가 그만 발을 접질러 넘어지면서 바위에 머리를 박아 즉사했노라. 그 안타까운 암말에 대한 염원으로 두 번의 생을 하늘이 허락한 바, 또다시 말처럼 긴 다리로 인해 접질러 죽을까봐 이번에는 다리가 짧은 암들쥐로 태어나게 했으나, 야밤에 수컷 들쥐를 탐색하러 나갔다가 우여곡절 끝에 만난 들쥐랑 사랑을 나눌 새도 없이, 달려든 들고양이에게 둘다 잡아먹혀 그만 들고양이 배속에서 부부의 연을 맺고 말았노라~ 이를 하늘이 딱히 여겨, 삼세판이라고, 마지막 기회로 세 번째 생을 허락하여 이번엔 아예 다리도 없고, 암수 구별이 없는 자웅동체, 지렁이로 태어나게 한 바, 그렇게라도 맺힌 한을 풀어주고자 하였으나, 그만 낚시꾼의 손에 고기밥이 되었노라~ 하늘나라에서 이런 안타까운 사연을 알고, 어쨌든 두 번째와 세 번째의 삶을 다른 삶을 위해 희생한 고귀한 삶으로 인정하여, 하늘나라에 불러 일을 시키면서 너의 원을 풀어주고자 하노라~' 이카는기라.

연이   와~ 어무이 사연 완전 개쩌네~!! (엄지척)

버들이 (흘겨보며) 뭐라카노? 그기 말이가 방구가?… 뭔 말이고 그기?

연이   (익살맞게 웃으며) 킥… 어무이, 뭔말인지 모르겠제? 킥킥…
어무이는 알 수가 없지. 요거는 내가 정규직 선녀들 중에

	먼~ 미래로 가가꼬… 뭐 한 2,100년쯤 뒤라카든가… 암튼
	그때 아들한테 배아가 온 기라카드라. 큭큭…
버들이	뭐… 암튼 그건 그렇고. 그래가꼬 우쨌든 계약직 방울선녀
	를 하믄서 대왕하고 한 가지 약속을 했거든.
연이	하기사, 하늘나라 대왕부터 행정 업무하는 신선들도 저거
	들이 쬐매 미안하고 그랬겠네… 그래서, 뭔 약속을 했길래?
버들이	응. 그기… 내가 여~서 맡은 임무가 버드나무를 다스리는
	일이거든. 그래가꼬 내가 버들 방울선녀, 버들이 아이가…
	(살짝 건들대며) 내가 하는 여러 가지 어려운 일들이 있지마
	는, 그중에서도 대왕하고 약속한 기… 내가 보호하는 버드
	나무 아래 연인들이 와서 진정한 사랑을 고백하믄… 음…
	예를 들면 사랑하는 사람에게 버들잎으로 노래를 해준다
	거나 뭐, 그런 거 있잖아. 그러면 그 사랑이 꼭 이뤄질 수
	있게 해주는 거 아이겠나. 사실 이런 말하기는 뭐하지만…
	하늘대왕도 미친놈이지. 세 번의 삶 동안 사랑 코빼기도
	못한 나한테 이럴 수 있는 기가, 진짜~?
연이	(살짝 수긍하는 삐쭉거림으로) 그건 듣고 보이, 대왕이 쫌 그렇네.
버들이	우쨌든, 그렇게 내 역할을 딱 500년만 해주면, 나한테 진
	짜 멋진 남 신선을 짝으로 맺어주고, 이곳 방울선녀 마을
	이 아니라, 독립시켜 주겠다꼬 했거든. 내가 그 말을 듣
	고… 이 꽉 깨물고 옆도 뒤도 안보고 살았거든… 흑흑~ (우
	는 게 아니라 살짝 흐느낌, 콧물 훔침)
연이	근데… 그게 와 500년에서 1000년으로 봉사 기간이 두
	배로 뛰어뿌맀지?

버들이 그것때메, 니한테 미안시럽다 카는 거 아이가. 나도 그렇지만, 니도 그렇다 아이가… 니도 내 맨치로 세 번의 삶을 살면서 한 번도 결실을 못 맺었다 아이가… 경우는 쬐매 틀리지만… (말을 흐린다)

연이 (손사래를 치며) 마~마~ 내 얘긴 됐고~!! 우쩨 된 긴지 얘기해보소, 쫌!!

버들이 그기… 대왕이 나보고 500년 동안 버드나무 사랑을 맺어주는 동안에, 절대로 인간 세상 남자가 아무리 눈 뒤집어질 정도로 잘생기고, 멋져도, 사랑 맺으러 온 인간들에게 사심을 품지 말라 했거든…

연이 (고개를 갸우뚱) 사심? 그기 뭔데?

버들이 (어이없는 듯) 이기~ 진짜… (버럭) 남의 남자한테 껄떡대지 말라꼬~! (진정하고) 암튼… 대왕 말이, 딴마음 묵꼬, 인간들 사랑 훼방 놓으마, 계약직 기간도 1000년으로 늘리고, 남자 신선도 그때 짝 지워준다 카는기라.

연이 (살짝 따지듯) 그라마… 그 말인즉슨! 500년 못 참고 사고 쳤다는 기네?

버들이 (살짝 고개 숙이며 눈치보며) 휴… 그기 마… 그래됐뿌따. 잘 참고 있었거든. 어지간하믄 참겠는데… 444년째 되던 해에 버드나무 아래에 온 가~ 는… 도저히 참을 수가 없는 정도인 기라…

연이 (궁금해하며) 큭~ 뭐~? 가~가 뭐, BTS 지민이만큼 생겼는 갑제?

버들이 마, 가~가 누군지는 모르겠꼬… 암튼 그간 마른침 꼴딱~

꿀딱~ 삼키가민서 잘 참고 있었는데… 휴… 444년째 온
가~ 는 우째 안 되드라… 내가 생각을 하기도 전에… 몸이
먼저 반응을 해뿌가꼬. 마… 으휴… 내가 미쳤지. 내~ 그
사고친 거 땜에 하늘 법까정 바꿰가꼬…

연이   (말을 가로막고~ 놀라며) 어무이~ 어무이~ 저기 뭐꼬? 저~
저~ 저기~

그때 500년 만에 방울선녀 마을에 괴목신선이 찾아온다.

연이   (손으로 눈을 비빈 후, 쌍안경을 만들며) 어무이~ 내가 지금 뭘
보는 기고? 어무이 말 듣고 있다가… 내가 마, 미친 거 아
이가? 헛기, 다 비노?…

버들이   (손을 머리 위로 올려 모자창을 만들며) 야~가… 어데어데? 아…
저번에 대왕 만났을 때 대왕이 한 말이… 저 말인갑네.

연이   (계속 신선 보며) 와? 와? 뭐라 켔는데?

버들이   아니… 다른 기 아이고, 이번에 느티나무 관장하는 신선이
바뀌가꼬… 현장답사 겸 여러 마을 돌아 댕길끼라카데. 가
~ 인 갑네.

연이   (흥분하며) 어무이! 심봤다~ 심봐뿌따~!! 쟈~차은우. 차은
우… 완전 내 스타일이네. (머리를 손질하며 몸을 꼰다) 어머…
엄… 엄… 우짜지… 우짜믄 좋지… (갑자기 괴목신선한테 빨려
가듯이 달려가며) 어? 어? 내 몸이 와 이카노?

버들이   (기가 찬 듯) 야야~ 연이아, 이것아! 야이, 미친 것아~!

연이   (신선만 보며 달려가다 아름드리 나무에 꽹! 부딪힌다) 어이고,머리

야~!

버들이 저… 저… 내 저칼줄 알았다! 어이고… (고개 절레절레) 우째 참한 남자만 보믄 미치는 저 버릇은 저리 한결같노.

연이 (넘어졌다 머릴 잡고 일어나면서) 아이고, 내 바가지야. 아이고… (다시 엄마한테로 다가오며) 아이고… 어무이, 딸래미 죽네…

버들이 (혀를 차며) 나도 남자땜시 요꼬라지라 니한테 뭐라 하기는 쫌 그렇지만, 아무튼… 니도 진짜 어지간하다. 야야~~~ (연이 몸을 둘러보며 갑자기 놀란다) 그래 몸은 괜찮나? 정신은 안 말짱해도 몸은 말짱해야지… 으잉? 근데, 니 방울 우쨌노? 으잉? 니 방울!

연이 (자기 몸을 더듬으며) 여… 어디 달리가 있겠지… 으잉? 어딨지? 어딨지~? 헉, 큰났다! 어무이… 우짜지?

버들이 (삿대질하며) 내 니… 칠렐레 팔렐레 칼 때부터, 사고 칠 거 같더라. (가슴 치며) 내 몬산다, 증말… 이 일을 우짜믄 좋노… 우짜지? 야, 이노무 가쓰나야~ 바우처럼 가만히 있지 말고 퍼뜩 이리저리 찾아보그라. 퍼뜩!!

연이 (머리 박은 곳 주변을 두리번거리며) 우씨, 도대체 어딨노? 와 없노? (잠시 뒤 눈을 번쩍 뜨며) 혹시… 인간 세상으로 내려가는 구멍에 빠졌뿟나? 함 살펴보까? 보자… 그 망원경을 어따 뒀드라… (지상을 살피는 망원경을 가져와 지상을 탐색한다) 어디 보자… 이 구멍으로 빠졌으마 저기 어디쯤 떨어졌을낀데… 보자… 보자… 그렇~ 지! 빙고! 아싸~ 찾았다! 내 저~ 있을 줄 알았다. 히히.

버들이 (연이 쪽으로 다가와 다행이라는 표정으로) 찾았나? 찾았나? 아이고, 그나마! 진짜 다행이대이… (갑자기 심각해지면서) 근데 우짜지… 우째 저걸 가져오지?

연이 (신나서) 우짜긴 우째. 하늘대왕 몰래 잽싸게 내리갔다 와야지!

버들이 (신경질적으로) 이기, 미친나? 우리 계약직들은 대왕 허락 없인 못 내리 가는 거 모리나? 카고, 방울 떨어뜨리가 그렇다고 대왕한테 이실직고 했다가는 지상은 커녕 맞아죽게 생깄는데… 몰래 갔다온 거 들키도 그렇고… 이거… 이거… 돌겠네…

연이 (작전회의하듯) 내 참말로. 그카이까네… 어무이캉 내캉 작전을 짜야지!

버들이 (눈을 크게 뜨며) 뭔… 뭔 작전? 니 또 더 큰 사고칠라꼬?!

연이 참, 내… 이왕 이래된 거, 죽기 아니믄 까무러치기지 뭐. 방울선녀 인생 뭐 있나? 암말 말고, 어무이는 내 시키는 대로 해래이.

버들이 (어쩔수 없이) 오야… 오야. 나도 인자는 모르겠다. 작전이나 말해보그라.

연이 (주변을 두리번거린 후 귓속말로) 있잖아… 내가 후딱 내리 갔다 올 동안… 이라고 있으마 된다… 속닥속닥… 속닥속닥…

버들이 (불안하고 미심쩍은 얼굴로) 마, 대왕이 바보처럼 이 작전을 속아줘야 될 낀데… 마! 모르겠다. 암튼 대신 진짜로 진짜로 후딱 갔다온내이~ 알았제?

연이 (넉살스레) 하이고, 참… 걱정말라카이. 그럼 내 후딱 갔다 오께~

2막. 내 방울은 어디에

연이는 방울이 떨어진 안심마을로 몰래 내려와 주변을 훑어보고 있다.

연이   아따, 여기 괴목나무 천지네… 그노무 징그럽게 잘생긴 신선 땜에 이기 뭐하는 짓이고… 그나저나 여~ 어디 떨어졌을낀데… 어딨노? (두리번거리다) 옳지! 요 있네. 인자 됐다. 갖고 후딱 올라가자.

(방울을 보다가) 근데, 보자… 우째 방울 갯수가 모자란 거 같지?? 한 개… 두 개… 세 개… (넷 다섯 여섯 일곱 여덟) 아홉 개… 으잉? 아홉 개? 이거 뭐꼬… 하나 어디 갔뿐노? 환장하것네. 우짜노… 이게 열 개가 있어야 올라가는데… 열 개가 안되믄 신통력도 안 되는데… 큰일났네… 우짜노… 어디 떨어졌지? 분명 여기 어디 근처에 있을낀데… 에이, 이 마을 어딘가는 있겠지. 금방 찾아야 할 낀데… (근처 어느 집 마당에 요란한 닭 울음소리와 함께 방울소리)

으잉? 이기 뭔소리고? 와 꼬꼬댁 저놈이 울 때마다 방울소리가 들리지? 혹시, 쟈가 내 방울을 묵었는긴가? 보자…

(닭울음, 방울소리)

맞네, 맞네! 저놈이네! 저기 뭔 줄 알고 내 방울을 삼켰지? 우예야 되노…

보자… 쟈가 묵은 방울은 소화가 안 되고 똥으로 나올 낀데 그때까지 기다리야 되나? 아니, 아니다… 쟈가 똥을 자주 싼다 해도 언제 내 방울이 똥으로 나올 줄 알고? 그라마 보자… 똥은 아닌 거 같고. 그냥 닭 들고 튀까? 아니, 아이다. 명색이 선녀가 도둑질을 할 순 없제… 그냥 확~ 잡아뿌까? 어차피 키워가 닭알도 묵꼬 잡아도 물라꼬 기르는 긴데. 내가 몰래 미리 잡아가 방울만 살짝 꺼내고, 양심상 닭주인한테는 길 가다가 서로 부딪히가 내가 닭을 깔고 앉는 바람에 그리 됐다카고, 주인장한테 닭 값 주마 안 되겠나? 아니, 아니, 아니다. 내가 지금 뭔 벼락 맞을 생각을 하노… 다른 거는 몰라도 살생은 하믄 안 되지. 귀한 생명을 함부로 죽일 수는 없제. 만약 하늘대왕 할배한테 살생까지 한 거 들키마, 나는 그 길로! 헉! 생각도 하기 싫다. 보자… 우예야 되노… 우짜노? 아~!! 그카마 되겠네. 쟈가~ 똥을 언젠가는 쌀 끼잖아. 그라니까, 닭주인한테 닭을 팔아라 해가 이 닭을 델꼬, 마~ 하늘나라 올라가가 똥싸기를 기다리는기, 하늘대왕 할배 몰래~ 문제를 완벽히 해결하는 방법인거 같네. 아! 맞네. 그라마 되겠네. 나는 우째 이리 똑똑지? 큭, 그라마 닭주인이 집에 있는가 함 불러보자. (귀엽게 부들 떨면서) 여기요… 이리 오너라~ 여기요~ 보이소~

닭주인 나온다.

닭주인 누~꼬? 누가 이래 콧소리를 심하게 내노? 어라~! 이 색시는 첨 보는데, 누꼬? 색시가 내 불렀나?

연이　네, 언니~

닭주인　뭐? 언니? 야~ 가 뭘 잘못 묵었나… 니 내 머리 히끗히끗
한 거 안 비나? 니캉 내캉 언니 동생 하기에는 쫌 너무 먼
거 같지 않나? 니, 몇 살이고?

연이　아이~ 언니는… 나는 뭐 인자 538살… 아니, 아니 38살이나
무따. 뭐 언니도 인자 한 오십 쪼매 넘어 보이는 구마. 뭘~

닭주인　(몸을 요염하게 비틀며) 홍, 치… 내가 뭐 동안은 무지하게 동
안이지~ 나도 와 나이를 거꾸로 묵는지 모르것대이. 홍~

연이　근데, 언니 언니. 딴기 아이고. 조짜~ 조 닭있제. 나한테 팔
마 안 되나?

닭주인　뭔 닭? 여~ 닭이 어디 한두 마리가?

연이　아니, 아니. 언니야. 저짜 뛰댕기거나 울 때마다 이상한 소
리나는 닭. 저짜~ 저거.

닭주인　(흠칫 놀라고, 바로 표정을 고쳐 천연덕스럽게) 야가, 뭐라카노. 여
~ 그런 닭이 어딨노, (닭주인 방백) 하이고, 이거 우짜지? 저
것이 방울 소리 나는 닭을 와 찾지? 저 닭한테서 어느날
이상한 방울소리가 난 뒤로, 황금알을 낳기 시작하는 걸
누구한테도 들키마 안 되는데… 그래가꼬, 저 닭은 하루에
마당에서 잠!깐 노는 시간 말고는 무조건 방에다 몰래 숨
겨놓고 지내는데, 저 색시가 하필 저 닭이 밖에 있을 때 봤
뿐노? 이거 우짜지, 소문 나믄 안 되는데. 무조건 생까자.
무조건 안 된다 카자. (연이에게) 봐라 색시. 여~ 있는 닭들
은 다~ 내 자식 같은 애들이라 안 된다. 황금을 준다 케도
안된다. (자기가 말하고 자기가 흠칫한다)

연이   (닭주인의 표정을 보고 수상하다는 표정으로) 언니, 혹시 언니…

닭주인 와? 야~ 가 와 이카노. 와 눈을 가재눈을 해가꼬…

연이   언니, 내한테 뭐 숨기는 거 있제? 내가 이래뵈도 눈칫밥 하나로 500년… 아니, 아니. 38년을 살았대이. 이실직고 하시지?

닭주인 이기, 이기. 뭐라카노? 생긴 건 꼬옥~ 닭알같이 생기가꼬. 나는 모린다. 나는 평생을 거짓 없이 닭을 내 자슥처럼 사랑하는 맴으로 산 사람이대이. 쓸데없는 소리 하지 말고 인자 마 가그라, 가그라!!

연이   (눈을 흘기며) 이거, 아무래도 냄새가 난대이. 분명 뭐가 있는데…

닭주인 됐다 마. 시끄럽다. 고마 가그라. 언능 가라. 다시는 오지 말고.

닭주인은 휙 들어가고, 연이도 중얼대면서 퇴장한다.

연이   분명히 저 닭이 내 방울 묵꼬, 뭔 요술을 부렸을 끼야. 분명히 뭐 있대이. 아… 이 일을 우짜지? 저 닭을 우짜지?…

3막. 황금알을 낳는 닭은 누구의 것인가

마을의 큰 괴목나무 아래 평상에서 마을회의가 열리고 있다.

촌장 자, 자. 도대체 뭔 일이길래 마을이 이리 시끄럽노.

근이 아니, 촌장님요. 내 말 좀 들어 보이소. 어쩌고 저쩌고 어쩌고 저쩌고… 이기 말이 됩니꺼? 내 말이 안 맞심꺼?

촌장 그라이까네. 니 말은 그 요상한 닭이 갑자기 황금알을 낳는다는 기제, 그쟈?! 그라고, 뭘 먹었는지, 그 요상한 닭은 돌아댕기거나 울 때마다 이상한 방울소리 같은 게 나고 그쟈? 그 말이제, 그쟈?

근이 네, 그 말입니더.

촌장 그라고, 그 요상한 닭이 황금알을 낳는 걸 본 기고, 그쟈?

근이 네. 맞심더.

촌장 근데 닭주인 아지매가 그걸 알고, 소문날까 봐 몰래 숨긴 기고. 그쟈?

근이 내 말이요. 기가 막히요.

촌장 아니, 근데. 그 닭주인 아지매가 그 닭주인인데…
그니까… 마을 사람들 생각은 그 요상한 닭이 평소에도 온 마을 댕기믄서 벌레도 잡아묵꼬, 플때기도 주워묵꼬… 이 카니까, 그 황금알을 그 요상한 놈이 낳게된 게, 뭘 요상한 걸 집어삼키가 그런 기고… 근데, 문제는 뭘 삼켜서 그렇다꼬 치마, 그걸 도대체 어디서 무겄는지, 이 집서 무겄는지 저 집서 무겄는지. 아니면 동네 어디서 무겄는지 모르니까, 그 황금알은 꼭 그 닭주인 아지매 꺼라꼬 볼 수가 없다~ 그기 마을사람들 얘기고, 그쟈?

근이 예, 그 말이라예. 마을사람들 말이 안 맞심꺼? 그것 때문에 촌장님한테 시시비비를 가려달라꼬 이리 마을회의를 하자

꼬 한 거 아임니꺼. 인자 곧 닭주인 아지매도 올 끼니까, 촌
장님의 현명한 판결을 부탁드립니대이. 아시겠지예?

촌장 마, 알았다. 일단 아지매 얘기도 함 들어보자.

닭주인 씩씩대며 급히 들어온다.

닭주인 아이고, 촌장님예. 제 말 좀 들어 보이소. 이런 법이 어딨
심꺼? 내가 자슥맹키로 애지중지 키운 닭이, 아 뭔 일인지
는 모리겠지마는 갑자기! 황금알을 낳길래, (스스로 감동하
여) 하늘에 평생 부끄럼 없이 착하게 산 내한테 복을 내리
는 갑다… 이런 생각했지, 뭔 다른 생각은 안 들더라꼬예.
그라고, 마을사람들한테 숨긴 기 아이고, 내가 호들갑 떨
면 마을 사람들끼리 괜히 시샘, 부러움, 뭐 그런 걸로 의 상
할까봐 그란 기지, 숨긴 기 아니라예.

촌장 아… 그랬나?

근이 하이고, 아지매. 그라는 기 아입니더. 평소 마을사람들이 아
지매한테 얼매나! 잘했으요. 아지매 닭들이 온마을 돌아댕
기믄서 아무 데나 똥 싸고, 다른 집 닭들 괴롭히고, 아무거
나 집어묵꼬 댕기도 마을서 참아주따 아입니꺼.
집밖에 못나오도록 해달라케도, 아지매가 뭐라 그랬십니
꺼 '자식 같은 내 닭들한테 돌아댕길 자유를 달라~'꼬, 그
리 아지매가 목 놓아 부르짖는 바람에, 이웃끼리 의 상하
기 싫어가꼬 참고 이해하는 거 아입니꺼.

닭주인 아, 마. 근데 그기 황금알이 내 꺼가 아니라는 거 하고는 뭔

상관이 있노, 엉?

근이 아지매, 아지매. 보이소. 그카는 기 아입니더. 그 닭이 어디 서 뭐 묵꼬 황금알을 낳는 긴지 알 수가 없는데, 당연히 그 닭주인은 아지매라 카드라도, 황금알은 당연히 온마을 사람들이 주인인 기지, 그기 와 아지매 껍니꺼? 안 그렇십니꺼? 아지매 닭이 온 천지를 돌아댕기믄서 집어묵꼬 댕기는데. 다시 말하믄! 그 닭은 온마을이 키운 기랑 다를 바 없는 기라예. 안 그렇십니꺼? 촌장님. 촌장님, 내 말이 맞지예?

촌장 음… 아지매, 이라는 기 어떠십니까? 아지매도 평소에 마을사람들한테 닭들 땜에 미안한 기 있어가꼬, 닭들이 알을 낳으마 사람들캉 늘 나눠먹는다 아입니꺼? 이번에도 마, 그리 생각하시믄 안 되겠십니꺼. 백~ 지, 이런 일로 마을 사람들끼리 서로 척을 지는 것보다. 그 황금알을 우리 마을사람들 모두를 위해 쓰마 어떻겠십니꺼? 아지매, 지금 그 닭이 황금알을 몇 개나 낳았심니꺼?

닭주인 촌장님, 그건 와요?

근이 저, 보이소, 촌장님. 저래 사람이 욕심을 부린다 아입니꺼. 기가 찬다, 기가 차~

닭주인 저, 저, 저기 뭐라카노! 내가 잉? 누군 줄 아나 잉? 내가 니 아부지캉 니 어무이캉 살아계실 쪽에 엉~ 밥도 같이 노나 묵꼬 엉~ 니 어무이는 젖이 안 나오니까네! 내가 엉~ 니 젖까지 물리고, 엉~ 그랬다 이놈아 엉~ 내가 엉~ 욕심에 욕~ 자도 모리는 사람이다. 엉~ 욕 카이까네, 욕 나올라카네.

촌장 아, 아, 아지매. 흥분 가라앉히이소. (근이를 보며) 니도 아지매한테 그래 함부로 하마 안 된대이. 언능 사과하그라.

근이 (겸연쩍게 머리 긁으며) 마, 아지매. 조금 전 말은 죄송합니더. 그래도 아지매, 아지매가 지한테 돌아가신 부모만큼이나 소중한 걸 와 모리겠십니꺼. 그라이까네. 아지매도 제 말 섭섭게 듣지 말고, 욕심 쬐매 내리놓고, 황금알이 마, 우리 온마을에 복이라 생각하고 마을을 위해서 복 나누마 안 되겠십니꺼? 황금알을, 아지매 혼자 독차지해도 혼자 복을 다 가질 수 없는 거 안다 아입니꺼?

촌장 (아지매를 잡으며) 이 말은 야~ 말이 맞십니더. 아지매, 아지매, 기억나지요? 우리 마을 여기는 괴목나무도 많지마는, 땅이 안 좋아가꼬 농사지을 수 있는 땅보다, 무성히 자라는 저 묵도 못하는 풀때기가 더 많다 아입니꺼. 그라고, 와 그란지는 몰라도 웃대 어른들 때부터 닭을 와 그리 많이 키운 긴지… 하하~ 그건 그렇고, 그래가꼬 마을사람들도 서로 밥숟가락 몇 개 있는지 알 만큼 몇 안 되는 사람들이 서로 힘 보태가 살아왔다 아입니꺼. 그라이까네. 아지매도 인자 이 마을에 어른 아입니꺼. 그리 좋은 일이 있으마 서로서로 나누마 얼매나 좋심니꺼. 황금알로 우리마을 집집마다 마을 구석구석마다 낡은 곳, 무너진 곳 수리도 좀 같이 힘 보태가 하고, 모자란 농기구들 좀 넉넉히 사 와가 같이 돌려쓰면서 새로 농사지을 땅도 개간 좀 더 하고, 그라믄 얼매나 좋습니까. 아지매도 그리 생각하지예? 그치예?

근이 제 말이 그 말이라예. (아양 떨며) 아지매, 사랑하는 우리 엄마 같은 아지매~. 마, 그라입시더 예?

촌장·근이 (두 손을 잡고) 아지매, 플리즈~

닭주인 (조금 망설이다 웃으며) 마, 마, 와 이카노~ 마, 알았다 마! 그래 그라자 마. 내도 실은 혼자 숨구코 있으민서 맴이 너무 불편했다 아이가. 마, 그래하자. 우리 마을 모두의 복이라 생각하고 그래 하자. 휴, 인자는 좀 속이 후련하네. 내가 이것 땜에 소화도 안 됐다 아이가.

촌장 그지요? 하하, 그기 아지매지, 암~ 오늘따라 우리 아지매가 더 이뻐비네. 하하하.

근이 아지매, 정말 고맙심대이. 그라고, 아까는 정말 죄송합니더.

닭주인 마, 됐다. 다들 와 이카노. (근이에게) 사실, 니 말이 맞다. 내가 황금알을 본 적이 없어노이 갑자기 정신줄이 어디 갔든갑다. 인자보이 이 자슥, 다 컸대이. 차기 마을 촌장 해도 되겠대이. 호호

근이 (쑥스러워하며) 아입니더, 아직 멀었심니더. 촌장님이랑 아지매한테 아직 마이 배아야 됩니더. 하하

촌장 자, 자, 우리 이럴 끼 아이고. 이리 경사스러운 날에 마을 잔치 함 하입시더. 내가 아끼고 아껴왔던 30년 묵은 산삼주 꺼내오께요. 하하.

근이 예? 촌장님 그 신주단지 모시듯 하던 그 술 말입니꺼? 오예~ 아지매, 아지매, 우리 퍼뜩 잔치 준비하러 가입시더.

닭주인 그래 그래 그라자, 내도 기분 쥑인다. 마, 오늘 내 마, 옆 큰 마을에 있는 푸줏간에 가가 꽃등심, 양지머리, 안창살 뭐 닥치는 대로 사가오게. 뭐 묵꼬 싶은가 말만 하그라. 호호.

근이 아지매 사오는 대로 무글 거니까 알아서 사오이소. 하하.

우리 아지매 손 큰 거 마을사람들이 다~ 아는데 오늘 마다들 배 함 두들기민서 자보겠네 하하. 촌장님, 아지매 언 능 가입시더.

촌장·닭주인 그래, 그래.

모두 퇴장하면서 '노세 노세 마음껏 놀아~ 아니 노지는 못하리라 황금알~황금알~ ♪'

4막. 황금알의 비밀

마을사람들이 잔치를 하고 그 모습을 연이가 몰래 지켜보고 있다.

연이 저, 저, 지금 뭐하는 기고? 사람들 소복이 모이가 뭐하노? 저거, 저거, 저 닭. 그 닭 아이가? 내 방울 묵은 닭! 카마, 마을사람들이 몰래 쑥덕대던 게 진짠가베. 저놈의 닭이 그라마 내 떨어진 방울을 우짜다가 묵꼬 황금알을 낳은 기네. 그래서, 마을사람들이 저 닭을 뭐 신 모시듯이 저리 모시놓고 잔치하는 기가? 아이고야, 내 미친다. 이걸 우짜노. 하늘대왕이 이 사실을 알마, 내 실수로 인간세상을 어지럽힌다꼬 불호령이 날 낀데… 나는 인자 죽었다. 우짜지? 안 되겄다. 인자는 죽기 아니믄 까무러치기다. 저, 마을사람들이 술묵꼬 해롱거릴 때 가서 우째 해보구로, 다들 취해 정신없을 때, 가서 몰래 닭을 빼와야겠다. 근데… 저리 철통

같이 사람들이 있는데, 가져올 수 있겠나? 아, 놀라 놀라!
미친 척하고 축제가 한창 무르익었을 때 몰래 가보자. 아
이고, 죽겠네. 내 팔자야~ (연이 퇴장)

마을 잔치가 한창 무르익어간다.
음악─'얼씨구 절씨구 황금알, 지화자 좋구나 황금알~
화란춘성 만화방창 아니 노지는 못하리라 황금알~ 황금알~!'

촌장   오늘 마, 마음껏 무입시다. 이런 좋은 날 우찌 안 취할 수가
　　　　　있노.

닭주인   맞지예, 맞아. 내도 평생 살민서 이래 기분 째지는 날은 첨
　　　　　인 기라예.

근이   그기 다 마, 우리 마을사람들이 다 성실하고 착해서 하늘
　　　　　에서 복을 내린거 아니겠습니꺼.

다들   (이구동성) 그래, 그래.

근이   그라마, 아지매요. 저 반짝거리는 알이 그 우리 닭님이 낳
　　　　　으신 바로 그황금알인 기라예? 카마 제가 올림픽 금메달
　　　　　리스트처럼 저거 함 깨물어 봐도 돼예?

닭주인   그래 해봐라. (근이 깨물어보자) 맞제? 내가 벌씨로 그 짓 해
　　　　　봤다. 하하. 쥑이제?

근이   그라마 우리, 저 하늘이 주신 닭을 가운데 따악 모시고 절 함
　　　　　하고 술 한잔 묵꼬, 절 함 하고 술 한잔 묵꼬, 마 그래보까예?
　　　　　그라마 황금알을 더 많이 낳으실지 누가 압니꺼~ 하하~

다들   (기분좋게 이구동성) 오야, 오야, 그거 좋지.

닭을 고이 모시고 가운데로 옮겨 내려놓는 순간, 닭이 똥을 싼다.
(음향! 뿌직~)

근이 이기 뭔 소리고? 하하. 우리 닭님께서 푸지게 똥을 한판 싸
     싯네. 하하.

닭주인 우리 닭님 한판 싸질렀으니 배고프시겠다. 만난 거 마이
       드리라 호호~

촌장 (닭똥 속에 은은히 새어나온 방울의 빛을 감지하고는) 봐라 봐라.
     이기 뭐꼬?

근이 뭐가요? 촌장님.

촌장 여기 닭똥 속에 뭐가 같이 나온 것 같은데.

근이 어디 어디 함 보입시더. (방울을 들어 올리며) 어? 이기 뭐지?

닭주인 어디 어디, 저거 저거… 방울 같은데. 야야, 저 방울에 묻은
       똥 함 닦아봐라.

근이 (코를 막으며) 누가요? 제가요?

촌장 그라마 내가 하까?

근이 아, 아입니더… 제가 하께요. (코를 막은 채로 똥 묻은 방울을 닦
     는다)

닭주인 엄마야. 방울 맞네. 그것도 황금방울이네.

근이 카마… 닭님이 인자는 황금알에 이어 황금 방울도 똥으로
     싸주시는 강?

촌장 하하하. 이거 하늘이 너무 숨돌릴 틈도 없이 복을 쌔리 논
     스톱으로 내리주시는 거 아인강? 하하하.

근이 보이소, 아지매가 마음을 넓게 쓰시니까 복이 마, 쓰리고

로 온다 아입니까! 하하하.

닭주인 (더욱 신이 나서) 보자 보자, 카마 또 뭐 복 지을 일 어디 엄나. 호호~

촌장 우리 이럴끼 아이고, 하늘한테 감사의 뜻으로다가 닭님한테 술 한잔 올리고 큰절 함 드리고, 우리도 한잔 시원하이 무뿌자~ 오케이?!

모두 (이구동성) 오케이~!! 빠라삐리뽀!!

다들 신이 나서 닭에게 술잔을 올리고 큰절을 하는 동안, 닭이 뽁 ~ 하고 알을 하나 낳는다.

촌장 (절하다 소리를 듣고 엉덩이 엉거주춤 뒤로 빼고 고개를 들며) 잉? 이번엔 또 뭐꼬? 하하. 어디 보자~ (확인하고는 표정이 어두워지며) 이거 뭐꼬? 닭님이 알을 낳으신 거 같은데. (주변을 보며) 황금색이 아인데? 그냥 하얀 닭알 같은데.

닭주인 그럴 리가 있심니꺼. 어디 보입시다. 어? 그러네. 그럴 리가 없는데? (실망한 듯하다 갑자기 흥분하며) 이거 혹시… 이번에는 백옥으로 낳으신 거 아입니꺼?

근이 뭐라꼬예? 어디 어디. (가만히 보더니만) 근데 우째 옥 같지는 않은 것 같은데예. 우리가 살면서 혹시 백옥을 본 적이 있심니꺼?

모두 (이구동성) 아~ 니~ 당연히 본 적 없제.

근이 근데 우찌 그래 자신 있게 백옥이라 캅니꺼? 큭큭.

닭주인 아니, 난 딴 기 아이고. 저 닭님이 황금알에 황금 방울까정

주셨는데 이번에는 흰색이길래 그냥 닭님이 계속 황금색
으로다가 주마 우리가 닭님에 대한 신비감이 떨어질까봐
인기 관리차원에서리 딴 걸로 주신 게 아닌가 했제…

촌장   (아지매 보며) 거 참 묘하게 설득력 있네이.

근이   그라마 우리 아까 황금알 깨물어 보듯이, 저 알이 만약 옥이
라카믄 쉽게는! 안 깨질끼니까 손가락으로 함 톡 때리보까
요? (근이, 말릴 새도 없이 손가락으로 톡 때리니 바로 깨지는 닭알)

근이   (놀라면서) 엄마야, 이기 뭐꼬? 그냥 알인데예? 닭알.

촌장   이기 우찌된 기고?

닭주인   혹시… 우리가 기쁜 나머지 너무 시끄럽게 해가꼬 닭님이
스트레스 받으셨는강?

촌장   긍가? 지금 주무실 시간인데 못 자가, 그래서 이러시는강?

근이   (옆에서 주변을 살피며 곰곰이 생각하다가) 앗! 그런 건 아닌 거
같심니더! (형사 콜롬보 말투로) 아무래도 저 닭님이 황금알
을 낳으셨던 거는 저기 똥에서 발견된 황금방울 때문인 거
같심니더.

모두   (놀라며 이구동성) 뭐라꼬?!

근이   그기… 보이소~ 저 닭이 돌아댕기다가 우연히 황금 방울
을 묵꼬나서 배 안에 방울이 들어 있을 때 그 방울 땜에 황
금알을 낳은 거 같심더.

닭주인   (실망하며) 야야, 그라마 인자 우짜노? 황금알은 더 이상 못
낳나?

촌장   뭔 방법이 있을끼라. 우리의 복을 이리 일장춘몽, 한바탕
의 꿈으로 맹글 수는 엄따 아이가. 다들 진정하고 잘 생각

해 보자.

근이 카마, 촌장님. 아지매. 이런 방법은 어떻십니꺼?

모두 (이구동성 귀를 쫑긋) 뭐, 뭐 무신 방법?

근이 생각해 보마. 땅에 떨어진 방울을 야가 먹어서 그래된 기라 하믄 저 똥 씻은! 방울을 옆에 갖다주면 또 묵을 거 아입니꺼? 그카마 분명 또 황금알을 낳겠지예?

촌장 (엄지척) 오호~ 천잰데! 젊은 야~ 가 나이 든 우리보담 낫긴 낫네.

닭주인 (흥분한 표정으로) 그라마 또 똥으로 방울을 싸지르마 또 씻어가 믹이고, 또 씻어가 믹이고, 그카마 된다는 말이제?!

근이 (아지매랑 하이파이브하며) 아지매 머리도 아즉 쌔라 있네~ 하하.

닭주인 야가 야가, 뭐라카노. 이 아지매가 소싯적에 천재를 너머 만재소리 듣고 자랐다 아이가. 호호.

촌장 (익살스럽게) 그 참, 아지매도. 믿거나 말거나 같은 소리 그만하고, 우리 빨리 닭한테 방울이나 먹여 봅시다.

닭주인 (속삭이듯) 그라마 인자 우리 술판 고만 접고, 닭님이 조용하고 안정된 분위기 속에서 방울을 자시도록 우리 멀리서 지켜 보입시다.

모두 (여럿이 소근대며) 그래 그래, 그라입시다. 쉿. 조용히. 언능. (다들 퇴장)

5막. 방울이 돌아오다

마을 사람들이 자리를 비운 사이 살금살금 연이가 등장한다.

연이 킥킥. 내가 멀리서 숨어가꼬 몰래 다 보고 있는 줄은 몰랐을 끼다. 근데 다들 어디 간 기지? 수군거리는 통에 뭐 땜시 다 들 갔는지는 통 모르겠네. 어쨌거나 저쨌거나 이거 생각보 다 일이 수월해지겠대이. 저 노무 닭이 이 기막힌 타이밍에 내 방울을 뿌직~ 똥으로 싸지르다니 큭. 아고, 내 정신 좀 봐라. 이칼끼 아이고, 사람들 없을 때 후딱 방울 갖고 튀자. 아싸~! (주변을 살피며 닭장에 방울을 집으려는 순간, 근이 등장)

근이 누꼬?! 니 뭐꼬?!

연이 (뽕~ 반한다. 그러다 잠깐 당황하나 능청스레 콧소리로) 아니, 이 잘 생긴 오빠야는 누굴까나? 오모나~ 이 팔뚝에 근육 좀 봐봐. 이거 우짜노.

근이 (뽕~ 반한다. 역시 잠시 당황하다 다시 눈을 부릅뜨며) 이기 뭔 개수 작이고. 니 누꼬? 첨 보는 처잔데… 와 여기서 얼쩡거리노?!

연이 오빠야는 신경질 내니까 더 귀엽네. 히. 내가 있잖아. 이 마 을을 우연히 지나다가 저~ 닭장을 보고, 이기 뭔가 싶어 가, 궁금해서 와봤지 뭐, 딴 거는 엄따.

근이 하아, 요것 봐라. 생긴 거는 야시 찜쩌묵게 생기갖고, 거짓 말도 일사천리로 하네. 내가 니, 저 닭장에 손을 쑤욱 집어 넣는 걸 못 봤는 줄 아나? 이기 어디서 사기를 칠라카노.

연이 하이고, 우리 오빠야 와 이카실까? 우째… 내 눈을 바라봐.

요 초롱초롱한 눈에 믿음이 팍 안 가나? 내가 와 우리 오빠야한테 거짓말하겠노~

근이 시끄럽다 마. 내 니 보이까네… 안 되겠다. (연이 팔을 꼭 붙잡고 소리친다) 여 보이소~ 마을사람들요~ 여 쫌 와보이소.

촌장, 닭주인 등장.

닭주인 와? 와 부르노? 아니, 돌아가면서 조용히 당번서기로 해놓고 이래 요란을 떨마 우짜노. 우리 닭님 놀라시겠다.

촌장 뭔 일 있나? 와 고래고래 고함을 질러쌌노?

근이 촌장님예, 아지매. 여 쫌 보이소. 이 처자 내는 첨 보는데, 아무래도 수상합니더. 닭장 주변을 어슬렁어슬렁 거리드마 닭장 안으로 손을 쑥~ 잡아넣드라 아입니꺼.

촌장 (잠 덜 깬 눈을 비비며) 누꼬? 처자는 눈교?

닭주인 (연이를 이리저리 살핀 후) 니, 니, 니는 며칠 전에 가~ 아이가?!

연이 (고개 돌리며 모른 척하며) 아니요, 저는 오늘 첨인데예.

닭주인 하, 요것 봐라. 어딜 속카물라카노. 니 며칠 전에 내더러 닭 팔라고 한 그 처자 맞제? 틀림없네 엉. 어디서 거짓말이고? 천재는 속이도 이 만재의 눈은 못 속인다. 안 그래도 그때도 쫌 수상타 했더니! (근이에게) 야야, 저거저거 꼭 붙잡고 있으래이. 내 어디 밧줄이라도! 갖고와가꼬 꽁꽁 묶어가 매타작을 해야겠다.

근이 (아지매를 만류하며) 하이고, 아지매요. 쫌 진정하이소. 우선은 내가 저 처자한테 얘길 쫌 해볼께요. 일단 쫌 있어보이소.

촌장 (연이 앞에 근엄하게 다가가며) 음… 처자는 내가 누군 줄 아나?

근이 누군 줄 아나?

연이 (두려움이 섞인 아양조로) 마, 지가 우찌 알겠심니꺼? 여 첨인데.

촌장 (어깨를 으쓱하며) 내가 마, 이 마을의 대소사를 책임지는 촌 장, 촌장 아이가.

연이 (조심스럽지만 밝게 애교스럽게) 아, 그렇십니꺼? (촌장 팔을 만지 며) 저는 그리 높으신 분인지 몰라보고, 죄송합니대이. 하 이고 마, 촌장님 팔뚝도 마무쇠 맹키로, 이봐 이봐, 어머야 ~ 마 이 동네 남자분들은 마카다 와 이캅니꺼?

촌장 (살짝 으스대며) 뭐 별거 있나, 우리 마을 땅 기운이 그런 기 지. 험험.

근이 그람요. 그람요. 험험.

닭주인 (째려보며) 촌장님. 정신 챙기이소.

촌장 (화들짝 놀라며 갑자기 태도 돌변) 엉, 험험 그렇지. 내가 지금 이칼 때가 아니지. 하마터면 저 여우 같은 처자한테 꼴까 닥 넘어갈 뿐했네. (다시 자세를 고치며 연이에게) 이보게 처자. 더 이상 사탕발림으로 이 위기를 구랭이 담 넘듯이 넘길라 하지 말고. 똑띠 이야기해야 할 것이야.

근이 니 똑바로 얘기해라이. 안 그럼 이 팔뚝이 용서치 않을 끼다.

닭주인 니 인자부터 행여나 쬐매라도 거짓말하믄 니는 오늘 우리 손에 살아서 이 마을을 못 나갈 끼다이.

촌장 자, 자 저 처자도 인자는 알아들었을 끼니까 그만하입시다. (연이를 보며) 이보게 처자. 어디 한번 솔직히 얘기해 보게.

연이 (잔뜩 위축된 표정으로) 하, 이걸 우찌 설명하지. 미치긋네. 저, 저, 저기요. 분명히 안 믿으시지 싶은데, 그라마… 내가 사실을 얘기할 테니까 제 얘기 좀 믿어주이소. 예?!

닭주인 마, 시끄럽고 퍼뜩 사실대로 얘기 안 하나!

근이 똑바로 얘기해야 된대이.

연이 알, 알겠심더. 그기 그라니까 우찌 된 기냐 하면예…

음악이 흐르고 연이는 마을사람들에게 그간 사연을 구구절절 얘기한다. 손짓발짓.

연이 그기마, 그래 된 기라예.

근이 그기 말이가 방구가? 야가 소설을 쓰네 소설을 써, 참.

닭주인 그 말을 지금 우리보고 믿으라꼬? 야가 우릴 뭔 바보등신으로 아나? 안 되겠다 니는. 오늘 여서 함 혼쭐 좀 나야겠다.

촌장 자, 자, 다들 진정들 하시고. 그라니까, 처자 이름은 연이고 그쟈? 하늘나라 선녀마을서 사는데, 우리 마을에 방울 10개 달린 요령을 떨어뜨리가, 마 그걸! 찾으러 왔다 이기제, 그쟈?

연이 맞심더.

근이 아, 촌장님예. 저 말을 믿심니꺼. 저래 나사 빠진 선녀가 세상천지 어딨심니꺼. (속으로) 솔직히 생긴 건 내 스타일이긴 한데… 흠흠…

닭주인 그라고, 우리 마을의 수호신, 괴목나무 신한테 뿅 가가꼬 요령을 떨어뜨리는! 그런 우끼고 자빠진 선녀는 어딨고.

촌장 있어봐라. 근데… 연이처자가 가진 10개 방울이 달린 요령이 우리 마을을 풍요롭게도 만들어줄 수 있는 그런 신비한 힘을 가지고 있고, 그 요령에 방울이 10개가 온전히 없으마 마, 그 신통력이 없어져 지상의 모든 생명이 점점 풍요의 생명력을 잃는다는 기고. 그쟈?

연이 네, 맞심더. 여기 분들이 믿기지 않으시는 것도 내는 이해 됩니더. 하지만, 그기 사실인데 우짭니꺼?

닭주인 그라마 좋다. 그 말이 사실이라 치자. 그라믄 연이색시… 아니, 연이선녀는, 내 참. 내가 말하고도 기가 차네. 우쨌든, 연이색시는 그런 신통방통한 방울요령을 가지고 있음시로 와 우리 마을을, 어? 우리마을 사람들이 풍족하고 넉넉하게! 묵꼬 살도록 안 해주노?!

근이 그니까. 와 안 해주노?!

연이 그거는요, 원래 여~ 가, 사람이 들어와 살기 전부터 옆에 강을 끼고는 있지만 땅이 메마르거나 아니면 습하거나 그런 땅이 많아가꼬 인간 외에 다른 동식물들이 풍요롭게 살던 곳이었어예. 근데 인간들은 자연과 더불어 풍요를 누리기보다는 우짜든동 사람들 생각밖에 안 한다 아입니꺼. 사실 그게 결국 인간들 자신을 죽이는 길인지도 모리고.

닭주인 카마, 니 말은 우리 대대로 산 이곳이 우리 땜에 망칫다 이 말이가? 야가 뭔 소리를 하노.

근이 (비꼬듯 썩소 날리며) 아니, 보소. 연이처자. 아니, 연이선녀님 ~ 우리 인간은 만물의 영장이라는 말, 못 들어봤으요. 나 참. 우리가 으뜸인데 우리가 어디를 못 가요, 우리가 어딜 가든 궁디 따악 붙이고 살마. 그기 우리 땅이지. 촌장님 안 그렇십니꺼?!

촌장 마, 모르것다. 나도 인자 헷갈린다. 뭐가 잘못된 긴지 내도 그것이 알고 싶대이.

연이 아니, 그기 아니고예. 인간이 무조건 잘못했다 카는 기 아이고. 인간이 인간들 욕심만 부리는 기 문제라는 깁니더. 안 그래도 여기 마을에도 사람들이 처음 들어왔을 때도 하늘나라서 다 보고있었심더. 그래가꼬, 내가 풍요의 요령을! 흔드는 선녀다보니, 하늘나라 대왕한테 가가 물어봤다 아입니꺼?

닭주인 뭐라꼬 물어봤는데?

연이 지가 이랬심더. '대왕님요, 저짝에 인간들이 새로 들어와 삐대고 살라카는데 우짜까예? 쫓아내야 됩니꺼, 아님 못 본 척하까예?' 요래 물어 봤으예.

근이 카니까 하늘대왕인가 뭐시긴가가 뭐라 하든데?

연이 하늘대왕이 이캅디더. '인간들도 이 우주 삼라만상의 하나 아이가. 연이 니가 풍요의 요령을 저 인간들한테 안 흔들어 주마, 저 들어온 인간들은 굶주림에 지쳐 살기 힘들다 아이가. 마, 이라자. 그전에 살던 동식물들한테 피해가 최소로 가도록 요령을 흔들어 주그라. 너무 씨게 흔들어가 다른 생명들이 위협받으마 안 된대이. 알겠제? 그카다보마 인간들도 다른 생명들캉 어울리가 욕심 안 부리고 서로서로 잘 섞이가 안 살것나.' 하늘대왕이 요래 마, 말씸하셔가꼬, 제가 요령을 최대한 잘 흔든다꼬 흔들은 깁니더.

촌장 카마, 니 말은 지금 그 요령이 없으마 우리 말고도 우리 마을 전체가 생명력을 잃어뿐다 그 말이가?

연이 예, 제 말이 그 말이라예. 안 그래도 내 방울을 하나 잃아뿌가 요령이 제 역할을 못한 지가 벌써 며칠째가 지났다 아입니까. 이대로 두마, 여기 마을뿐 아니라 온세상 천지가 생명의 빛을 점점 잃을 껍니더.

닭주인 (약간 놀래다 부정하며) 뭐라카노? 니 지금 우리 갖고 사기치는 거제? 협박하는 기제? 무슨 그런 말도 안 되는 소리를 믿으라꼬? 고마 때리치아라… 나는 소고기 뷔페 선약이 있어서 먼저 가볼란다. 흥.

닭주인, 연이를 째려보며 퇴장한다. 그리고는 바로 급히 호들갑을 떨며 들어온다.

닭주인 촌장님, 촌장님, 클났씹니더… 저 여물댁에 송아지들이 다 죽어갑니더… 소고기 뷔페를 갔는데 소고기가 없어가꼬 뭔 일인지 여물댁에 가봤더만…

촌장 머라꼬? 며칠 전부터 송아지들이 아프다디마… 점점 더 심해지는 기가?

닭주인 예… 코에서 피가 나가 멈추질 않아가꼬… 인자 마 온몸에서 피가 다 빠지가 사경을 헤맨다 안 합니꺼… 아이고, 우짭니꺼…

근이 큰일이네예. 일단 다 같이 가 보입시더…

연이 잠깐~! 내가 선녀라는 걸 보여드릴 수 있는 절호의 찬스네예… 있어 보이소… (요령을 흔들다 하늘의 묘약 연근을 꺼내

보인다)

모두들 (휘둥그레한 눈으로) 그기 뭐꼬?

연이 이기 바로 하늘의 묘약~! 내가 선녀니까 이걸 휘리릭 순
간이동으로다가 가져 올 수 있는 깁니대이~ 이걸 얼른 먹
여보이소…

다들 의심스러운 표정을 짓는다. 닭주인 반신반의하며 연근을 받
아 들고 모두들 급하게 나간다.

연이 (혼잣말로) 호호… 마침 딱 이 순간에. 호호. 인제 내가 선녀
라는 걸 믿게 될 끼고… 그라믄 인제 방울을 줄 끼고… 나는
인제 그걸 들고 하늘로 갈 끼고… 아무 일도 없었던 것처럼
다시 나는 하늘나라에서 평화롭게 살 끼고… (갑자기 우울해
지며) 그라믄… 저 잘생긴 근이 총각은 못 보게 될 끼고… (슬
픔…)

그동안 마을사람들은 송아지를 구하고 신기해하며 왁자지껄 돌
아온다.

닭주인 엄마야, 니 진짠갑네… 진짜로 선녀가 맞는갑네?

촌장 처자야, 참마로 고맙대이… 니가 준 걸 송아지한테 묵이떠
만 코피가 마 딱~!! 멈차뻐네.

연이 (잘난 척) 예~ 맞다니까예… 나는야 10개의 방울이 달린 요
령으로 세상의 풍요를 관장하는 선녀 연이~! (휘리릭 한바퀴

돌고) 아까도 말했지마는⋯ 내 요령이 제 역할을 못하면 여기 마을도, 온 세상도 생명의 빛을 잃을 끼라예. 그라이 얼릉 내 방울 쫌 주이소.

근이   보자, 보자, 그카고 보이까네 요즘 논과 밭에 심군 것들이 예전 같지 않고 점점 시들시들 해질라케가 이상타 했는데⋯

연이   맞심더. 그기 바로 잃어버린 방울 때문입니다.

닭주인   카마, 우리집에 그 자유를 만끽하며 뛰놀던 자슥 같은 닭들이 요 며칠 뭘 묵도 안 하고, 시름시름하는 것도 그것 때문이가?

연이   예. 맞심더.

닭주인·근이   진짜가? (서로 보며) 이거 우짜노.

촌장   그라마, 니 말은 요 방울을 연이선녀 요령에다가 다시 달믄 된다 이 말이제?

연이   맞심더. 근데 빨리 달아야 됩니다. 시간이 늦으마 늦어질수록 다시 풍요의 생명을 살리기 그만큼 힘이 듭니더.

닭주인   (연이를 응큼하게 바라보며) 카마, 있잖아 연이⋯ 선녀야. 혹시 방울을 요령에! 다시 달아도 조기 조고 닭이 낳은 황금알은 그대로 있는 거 맞제?

연이   그게요, 아마 요령에 다시 달마 알은 다시 그냥 알로 될 낍니더. 원래 이 요령이 정상이 아닐 때 저 닭이 방울 땜에 받은 기운이라 요령이 정상이 되마 황금알도 그냥 닭알로 되는 깁니더.

근이   우쒸, 이기 뭐꼬? 좋다 말았네. 완전 로또 1등 사가꼬 변기통에 빠자가 물 내린 기분이네. 우쒸.

닭주인 내 말이. 서방 복 지지리 없시마 논복이라노 있을낭가 싶었드만 아이고 내 팔자야.

연이 죄송해예. 제 잘못으로 여러분들 힘들게 만들어서.

촌장 자, 자, 여러분들. 좋다 말았네라고 생각들 말고, 더 좋아지는 기라 생각하입시더.

근이 그건 또 뭔 말씀인교?

촌장 우리가 그래도 넉넉지는 않아도 그동안 살아왔던 게, 저 풍요의 요령을 온 자연과 더불어 욕심 부리지 말고 더불어 살라고 잘 흔들어준 덕 아입니꺼.

닭주인 그건 알겠지만도 우째 맴이 이리 뻥 뚫린 것처럼 허~ 하노.

촌장 알지예. 다들 김빠지는 거 와 모리겠습니꺼. 하지만도 저 요령이 빨리 원상복구 안 되믄 황금알이고 뭐고, 우리 마을뿐 아니라 세상천지가 시들어간다는데 그기 더 크다 아입니꺼. 하늘도 살고, 바다와 강도 살고, 나무도 살고, 풀도 살고, 새도 짐승도 여~ 같이 사는 온갖! 동물들도 모두가 살아야 우리가 산다 아입니꺼. 인간들 외에 다 죽었뿌마 인간들이 우째 살겠심니꺼. 안 그래예?

근이 아지매. 촌장님 말씀이 맞는 거 같아예. 우리 마 시원하게 저 연이선녀한테 방울을 돌려 주입시다. 우리가, 우리가 원하는 만큼 사는데 넉넉하진 않아도 저 황금알 같은 건 없어도 서로 위하고 의지하면서 행복하게 살았다 아입니꺼. 그지예?

닭주인 (근이를 삐쭉 쳐다보며) 엄매야. 이 자슥 인자 다 컸뿌네. 하하. 그래. 촌장님 말씀도 맞고 니 말도 맞다. 봐라 연이색시, 아니 연이선녀님~ 언능 방울 다시 달아가 우리가 아니 우리 마을 모든 생명들이, 아니 온 세상!모든 생명들이 무탈하게 서로 잘 살아가게 해주이소. (방울을 가져와 연이에게 주며) 잘 부탁합니대이.

촌장·근이 잘 부탁합니대이.

연이 (꾸벅꾸벅) 고맙심니대이. 감사합니더. 여러분들의 착하디 착한 마음씨 덕분에 인제 온 세상 천지만물이 살았십니더. 진짜진짜 고맙십니대이.

닭주인 야, 우리가 또 첨 보는 이쁜 선녀색시한테 칭찬 듣기는 또 머리털 나고 첨이네. 호호.

근이 저… 혹시, 연이선녀님. 혹시 하늘나라에 바쁜 거 좀 끝내 놓고 내려오실 생각… 없심니까?

촌장 와? 선녀님은 위에서 바쁘실 낀데. 내려오실 시간이 어딨겠노? 니 혹시… 혹시 딴 맘으로 그카는 거 아이가? 하하.

닭주인 어째 아까부터 눈이 새초롬하이 저 연이색시를 보믄서 침을 꼴딱꼴딱 삼키드라니. 이거 이거 시커먼 속이 빤히 보인대이. 호호.

촌장 (근이를 보며) 하하, 야 야. 정신줄은 잡고 있그래이 하하.

연이 (수줍은 눈빛으로 근이를 보다가) 다들 와 이캅니꺼? 호호. 어쨌든 고맙십니대이. 인자 요령도 되찾았으니까 제가 하늘나라 올라가가 대왕한테 가서 저의 잘못과 그간의 벌어진 상황을 자세히 고해야겠습니다. 사실은 저도 제 잘못을 숨길라꼬 몰래 내려와가 요령 찾아가 후딱 올라갈라 했는데, 여러분들이 이리 착하고 고운 마음을 내어주시니까 저도 맘을 착하게 물라꼬요.

촌장 그래 그래. 맞다 하늘대왕님도 연이선녀 용서해 주실끼라. 걱정 말그라.

닭주인 그럼 그럼. 대왕님이 용서 안 하시거든. 우리 마카다 불러라. 우리가 연이색시 용서하라꼬 떼 쓸끼구마는 호호.

근이 (수줍으나 적극적으로) 저, 있지요. 혹시 벌 준다카거든. 지상에서 벌 받겠다카고 우리 마을로 후딱 내리오이소.

닭주인 하이고, 찐사랑 났네 찐사랑 났어. 기가 맥힌다. 호호호.

연이 다들 정말 고맙십니대이. 그라고, 하늘대왕한테 여러분들이 제게 준 따뜻한! 마음을 전할 낍니다. 그라고, 대왕한테 용서 받게되마 제가 여러분들한테 감사의 뜻으로 제가 할 수 있는 풍요의 축복을 하나 선물로 보내께요. 제가 여러분들 힘들게 한 건 제가 드리는 선물로 마 퉁치는 깁니대이. 히히

촌장 우리가 그런 대가 바라고 한 일이 아이다. 말이라도 고맙구면.

닭주인·근이 고롬 고롬, 우리를 뭘로 보고. 히히.

촌장 그나저나, 연이선녀. 이카다가는 자꾸 늦어진대이. 우리가 헤어지긴 마이 아쉽긴해도, 언능 요령 챙기가 올라가소.

닭주인 이리 헤어지마 보고싶어 우짜노.

근이 아지매는 설마 내 마음만 할라꼬요. 엉엉.

근이, 서럽게 울며 연이를 끌어안는다. 연이도 엉엉 울다 순간 부끄럽게 근이를 뿌리친다.

닭주인 (기막힌 듯) 하하하. 아이고, 네 네~ (연이 보면서) 이카다가는

진짜 올리보내기 싫어지겠다. 인자, 언능 가라. 하늘나라서 우리 좀 잘 살펴주고.

근이 엉 엉, 단체사진이라도 찍어놓으마 좋겠구마는 시대 배경이 그기 아닌지라 내 눈에다가 기억이라도 확실히 해야겠소.

촌장 (근이에게) 마 니는 시끄럽고, 자 자 우리 그만 보내주입시다. 빨랑 가소 빨랑.

연이 진짜 다들 감사합니대이. 잘들 계시이소.

닭주인 잘 가그래이. (연이의 손을 잡다 근이에게) 아~! 가는 길, 근이 니가 끝까지 배웅 좀 해주라… 쪼매라도 더 볼라문… 호호

근이 저… 그래도… 될랑가예?… (몸은 이미 연이 옆으로 바짝 가 있다)

촌장 (닭주인에게 눈치주며) 자, 마 우리도 인자 마을 정리하러 가입시더.

닭주인 네 네 그라입시더. (촌장, 닭주인 퇴장하고 근이는 연이를 배웅한다)

근이 (가는 길, 마을을 돌며) 우리 마을이 이래 농사지을 땅이 없네예. 땅이 축축해뿌거나 완전히 메말라뿌거나… 이기 무슨 모 아니면 도라꼬. 중도가 엄노! 중도가… 휴…

연이 중도라는 기 참말로 어렵지예.

근이 (힘있게) 그래도예. 나는 열심히 이 땅을 잘 꼬시가 중도로 만들 낍니더. 이리 파고 저리 메꾸고 하믄서 농사 지을 수 있는 땅으로 맹글어가 온마을 사람들도, 식물도 동물도 같이 어불리가 함 잘 살아볼라꼬예.

연이 아고, 마이 힘들 낀데… 그래도 근이씨라믄 할 수 있을 끼라예. 응원합니더.

근이 고맙심더. 연이씨가 응원해 준다카이 더 힘이 납니더. 꼭

해낼 낍니더. (주저하며) 근데… 옆에서 연이씨가 함께 있어
주면 더 속전속결로다가 가능할 꺼 같은데예…

연이 (부끄러워하다가 훌쩍이며) 흑흑. 지도 이래 갈라니 너무 아쉬
워예. 나도 그냥 여 있고 싶은 마음인데… 내가 하늘로 안
가믄… 흑흑… 내가 선녀인기 참 원망스럽네예. 엉엉

근이 에고… 미안합니더, 제가 괜한 말을 해가꼬. 울지 마이소.
우니까네 내 마음이 마, 마… 흑흑… 연이씨는 보고 있어도
보고 싶고, 안 보고 있어도 늘 보고 있는 그리운… 으흑~!

둘은 애틋하게 이별하고 연이는 방울을 갖고 하늘에 올라간다.

6막. 눈물에 온마을이 잠기다

하늘나라. 연이선녀 등장. 애잔하고 슬픈 음악.

연이 (서글피 울며) 흑… 보고시포… 촌장님~ 흑흑… 언니~ 흑
흑… 근아~ 으혁… 안심마을로 다시 돌아가고 싶다… 너무
너무 보고 싶어가 하루하루가 너무 힘들고 슬프다 엉엉…

버들이 야가 와 카노 참말로… 몇날 며칠을 밥도 안 쳐묵고 이카
다 니 죽는다 참말로… 정신 좀 차리라, 참말로… (결심하듯)
안 되겠다. 내가 이래 치다보고만 있어가 될 일이 아니다.
당장 하늘대왕한테 가가 결판을 지야겠다.

버들이는 급히 외모를 가다듬고 결연하게 하늘대왕에게 달려간다.

버들이   하늘대왕님예~~ 보이소~~ 좀 들어보이소~긴급긴급!
           SOS!!

하늘대왕 와? 먼일이고? 니 또또?! 또 불륜을 맹글어뿐기가? 사랑을
           이어주라 했더만 맨날 정신줄 놓고 댕기가 씰데없는 불륜
           만 맹글고… 내가 니땜시 지상에서 올라온 내를 원망하는
           민원이 어찌나 들어와 쌌는지… 하늘대왕의 위엄이 말이
           아니게 되가꼬… 아휴…

버들이   그기 아이고예~ 제가 명색이 사랑을 이어주는 버들선녀
           아잉교~ 수많은 사람들이 서로 알콩달콩 사랑을 나누게
           하는 제가 정작 우리 딸내미는 상사병이 나가 저카고 있으
           니 도저히 참을 수가 없심더… 하늘대왕이 챆임지이소~

하늘대왕 뭐라카노? 야가 또 무신 자다가 봉창을 이래 뚜드리 쌌노?
           알아듣구로 얘기해라

버들이   그기예…

버들이는 이러쿵저러쿵 온갖 손짓발짓 몸짓으로 그간의 자초지
종을 하늘대왕에게 고한다.

하늘대왕 (대노하며) 뭐라고? 요령을 잃어뿌리? 몰래 지상에 갔다 와
           뿌리? 인간하고 사랑에 빠져 뿌리? 뭐 잘했다고 울고 자빠
           져 뿌리?

이때 하늘대왕의 폰들이 여러 개 요란하게 울린다. 하늘대왕은 폰들을 하나하나씩 동시에 받으며 격노한다.

하늘대왕 (폰을 동시에 받아가며) 여보세요. 뭐라꼬? 장마?/ 예~ 뭐라꼬? 홍수?/ 물난리?/ 뭣? 식물하고 동물이 다 떠내리가고 있다고?/ 아, 쫌 천천히. 도대체 우째된 일이고?/ 아, 진짜. 또 뭐?/ 으잉? 연이선녀가 울어싸가 그렇다꼬?/ 연이 눈물이 바가지로/ 물폭탄으로 땅에 떨어지고 있다꼬? (폰을 다 내던지며) 에잇, 못 참겠다. 당장 연이를 내 앞에 끌고 오라~!

연이가 힘없이 퉁퉁 불은 눈으로 여전히 울며 하늘대왕 앞에 나온다.

하늘대왕 네 이놈~ 연이야!! 지상의 풍요를 담당하는 니가 오히려 니 눈물로 지상을 망치게 하고 있으니 이걸 우짤끼고?

연이 엉엉… (울면서 뭔 소린지도 모르게) 용서 해당랑는 흑흑… 망도 흑흑… 몽하겠써용. 잉자 흑흑… 징능… 마음의 병잉 깊어성… 흑흑… 풍용의 흑흑… 싱잉 됭 슝 엄썼용… 흑흑… 어떵… 병도… 흑흑… 달겡… 받겠썽용… 흑흑흑… 앙앙~

하늘대왕 당체 머라카는 기고? 아, 당장 그치고 똑띠 말 몬하겠나?

연이 엉엉… 울웅이… 흑흑… 멍춰지지강… 앙아용… 흑흑… 가승잉 아팡용… 엉엉…

하늘대왕 (당황하며) 아이고… 너의 눈물이 땅으로 가 지금 지상에 난리가 났다. 당장 그치지 못할까!

연이, 더욱 큰소리로 목 놓아 운다.

하늘대왕 안 되겠다. 내 특단의 비상조치를 내려야겠다. (근엄한 목소리로) 나, 하늘대왕의 비상 직권으로 연이의 눈물을 멈추게 해야 할 터이니, 지금 당장 하늘의 모든 대신들에게 이 상황을 고하여 이 조치를 가능할 수 있게 하라~! 시급한 문제이니 빛의 속도보다 빠르게, 그러나 모든 대신들이 빠짐없이 긴급 비상조치 회의에 참석하게 하라.

관객이 하늘 대신들이 된다. 관객과 비상회의를 진행한다.

하늘대왕 오잉? 그래 벌써 도착해 있구나… (각 대신들 출석체크 후) 참으로 훌륭한 우리 대신들이로다. 험험… 상황은 이미 들었을 것이나, 지금 지상은 난리가 났다. 이러다가 지상의 물이 하늘까지 넘쳐날 터 나의 비상 직권으로 당장 연이의 눈물을 강제로 멈추게 해도 되겠느냐? (관객들의 대답을 들으며—즉흥적 대사 추가) 그래그래… 나도 그렇게 생각한다. 땅의 모든 것을 관장하는 우리에게 지금 이보다 더 시급한 것이 어디 있겠느냐… 대신들의 말이 모두 옳다. 나의 뜻을 헤아려 주니 참으로 고맙다. 그래그래 이거는 뭐 내 마누라를 위한 거도 아이고 모두 땅의 모든 것들을 위한 것이니… 헤헤 (위엄있게) 그러면 나의 비상 직권을 발휘하마. (졸싹거리며 당부하듯) 아! 참참… 회의록 똑띠 작성하고 대신들 서명 빠트리지! 말고… 절차와 법에 위배되면 절대절대 안 된대이… 이런 시급하고 중요할 때일수록 단디단디 해라. (다시 위엄있게) 흠흠… 당장 연이의 눈에서 나오는 눈물을 멈추게 하라! (마른 천둥소리와 함께 연이의 울음이 멈춘다)

연이 읍! (울음을 그치고 눈이 동그래진다)

하늘대왕 뭐 잘했다꼬 눈을 똥그랗게 뜨고 치다보노? 니가 지금 저~ 앞에부터 지금까지 지은 죄가 한두 개가 아니다. 요령 잃어뿌리. 지상에 몰래 내리가 뿌리. 인간하고 사랑에 빠져 뿌리… 그보다 더 큰 죄는 눈물로 마 지상을 온통 물바다로 만들어뿌가 땅의 모든 것들을 다 적싸뿐 기다. 니를 우째 벌할지 생각할 동안, 당분간 니는 감금이다. 니는 특별히 건식 감옥방이다. 눈물의 씨를 말라뿌야지 원…

하늘대왕, 연이를 끌고 감옥으로 간다.
감옥 같은 느낌의 조명과 죄를 벌하는 듯한 음악이 흐른다. 조명이 바뀌고 안심마을.
마을회의. 촌장 등장.

촌장 자, 다들 뭐하노 언능 나온나.

근이 등장.

근이 네 네 갑니더 갑니더. 우째 이리 바쁘노.

닭주인 등장.

닭주인 하이고 하이고 내가 마 젤로 꼴찌 해뿟네. 죄송합니더.

촌장 마카 다들 바쁘제. 하하 그래도 이래 바쁜 건 좋다 아이가.

닭주인·근이 그럼예 그럼예.

촌장 다른 기 아이고, 아무리 바빠도 할 일은 해야제. 우리가 누구 때문에 이리 건강하고 행복하게 사노? 연이처자가 왔다 간 뒤로 비도 간간히 골고루 내리주고, 곡식도 잘 영글고 다 그 연이선녀처자 때문 아이가 그쟈?

닭주인·근이 그럼예 그럼예.

촌장 우리가 이카지 말고 감사의 인사라도 전해야 안 되근나? 거하게 상이라도 차리가 하늘에 제라도 함 올리뿌자.

닭주인 하모예. 우리 닭들도 그 뒤로 어찌나 튼실하게 자라고 하루에도 열두 번 우찌! 그리 알을 낳아쌌는지… 다 연이선녀 때문 아이겠능교? 아이고 연이선녀가 올라간 지가 벌써 3년이나 됐뿐네.

근이 휴 그러게요. 내가 얼굴 안 까물라고 삼 년을 하루같이 매일매일 생각하는데도! 얼굴이 가물가물해예. 우째 꿈속에서라도 함 안오노.

닭주인 어이고, 저 청춘은 힘이 남아도네 남아돌아. 하하. 이리 정신없이 바쁜데도 그칼 틈이 있드나? 하하

근이 하이고, 아지매요. 말도 마이소… 연이선녀가 그리버가 그리버가… 헉!!

갑자기 하늘에서 천둥소리인 듯, 대성통곡인 듯 울음소리와 함께 억수같이 비가 쏟아진다.

닭주인 아이고, 이기 뭔일이고?

촌장 갑자기 비가 이리 퍼붓노? 아이고마 바가지로 마 쎄리 퍼
붓네… 오늘은 안 되겠다. 날 다시 잡자.

모두 쫓기듯 퇴장했다가 다시 한 명씩 등장한다.

촌장 (한숨을 쉬며) 이기 도대체 며칠째고? 감사 인사할라캤더만
하늘에 무슨 일이 생긴나?

닭주인 (울상을 하며 호들갑스럽게 들어온다) 엄마야, 미치겠다. 닭들이
마당에서 수영을 합니더… 당체 무슨 일일까예?

근이 (아픈 몸으로 급하게 뛰어 들어오며) 클났습니더… 그동안 일궈
놨던 땅들이 전부 다 마 못이 되뿌쓰예. 메마른 땅이나 축
축한 땅이나 마 전부 다~ 습지로 변했습니더. 이를 우짭니
꺼? (기침…)

촌장 아이고… 니는 몸도 안 돌보고 마을 일을 그래 해쌌더만
결국은 탈이 나뿐네…

근이 (더욱 아픈 말투로) 아입니더… 지는 개안십니더. 우리 마을이
먼저지예… 그동안 하늘이 돌봐 주신 우리 마을 아입니꺼.

닭주인, 근이를 토닥거린다.

촌장 그래 맞다. 그나저나 마을의 동물들도, 식물들도 마 둥둥
떠다닌다카이. 어허… 이를 우짜면 좋노.

닭주인 닭들이 마 전부 수중분만을 하고, 닭알들은 또 어디로 떠

내리 갔는지 하나도! 못 건졌어예. 이라다 참말로 큰일나
겠심더.

근이   물길을 내고내고 아무리 내도 인자 마 물길을 아예 낼 수
도 없을 지경입니더! 이라다가는 우리 마을이 곧 다 잠길
끼라예…

모두 안절부절, 불안불안, 난리법석이다.

근이   (아프지만 결연하게) 아입니더. 우리가 이래 걱정만 할 때가
아입니더… 포기하지 말고 뭐라도 해야 합니더.

촌장   그래 맞다. 우리가 하늘에 감사 인사할라는 찰나에 비가 억
수같이 내리기 시작 안 했나? 하던 거 마저 하자. 감사의 인
사도 하고… 부탁의 인사도 하고…! 용서도 구하고…

닭주인   맞아예. 지성이면 클렌징을 더 잘해야 한다꼬… 아이 그기
아이고, 지성이면 감천이라꼬 마 빌어뿌자…

근이   맞심더… 하늘과 땅이 이어져 있는 긴데… 하늘에서 무슨
일이 일어났는지 우리가 해볼 도리는 다 해보입시더…

모두 서둘러 준비를 하고 정성 들여 제를 지낸다.

촌장   (절) 유세차 모년 모날, 해동의 동쪽 안심마을, 마을 사람들
이 함께 모여 하늘에 정성으로 고합니다. 사람이 살아가기
팍팍하던 우리 마을에 선녀를 보내주신 하늘의 큰 은덕으
로 그간 우리 마을이 풍요롭고 인심 좋아 살기 좋은 마을이

되었습니다. 그 은덕에 감사하고자 하늘에 감사의 제를 올리고자 하였으나, 몇 날 며칠 내리는 비에 감사의 제는 올리지 못하고 온 마을이 물바다가 되어가고 있습니다. 이에 그간 하늘의 큰 은덕에 비해 저희의 정성이 많이 부족하다 여겨 마을의 아이, 어른 할 것 없이 모두 모여 하늘의 하늘 같은 사랑에 궂은 날씨를 무릅쓰고 하늘에게 감사를 올립니다. (절) 다들 인사 올리라.

닭주인 (절) 마을이 요 며칠 새 엉망이 되어 준비한 음식은 넉넉지 않으나 저희를 어여삐 여겨 저희의 정성을 받아 주시어 비 좀 적당히 오고, 모든 만물이 잘 자랄 수 있도록 보살펴 주십시오. (절)

근이 (절) 예. 연이선녀로 인해 하늘대왕님의 은덕도 알았십니더. 참말로! 감사합니더… 부디 저희를 보살펴 주시고예, 에… 또… (주저하다가 애절하게) 연이선녀한테 안부도 좀 전해 주이소. 선녀가 우리 걱정 많이 할 낀데 우리도! 선녀가 많이 보고 싶다고 꼭 좀 전해 주이소. 플리즈. (절)

촌장 끝으로, 우리 안심마을을 한결같이 보살피고 사랑해 주시는 하늘대왕님 사랑합니다. 안심마을 촌장 아무개와 안심마을 사람들 일동 상 향~

닭주인 (급하게 끼어들며) 끝으로… 우리 닭들이 더 튼실하게 크고, 알도 마이 낳구로! 해주이소…

근이 (급하게 끼어들며) 끝으로, 제 꿈으로 연이선녀 외출 한번 시키 주이소…

닭주인 진짜 끝으로, 진짜 우리 쫌 살리주이소…

근이 진짜 끝으로…

촌장 대따 마, 콱 마, 고마해라…

근이 (머쓱해하며) 그라모, 인자 지는 가서 다시 물길 한번 더 내 볼께예… 이리 제를 지내니 연이선녀가 더 보고 싶네예… (쓸쓸해한다)

닭주인 그래, 우리 이야기가 분명히 하늘까지 다 올라갔을 끼다… 마카 다 힘내자.

근이 예~ 절대로 포기 안 하고 끝까지 해볼랍니더… 연이선녀 생각해서라도예…

모두 정리해서 나가려는데 하늘에서 신비한 음악과 함께 하늘대왕의 울리는 목소리가 들려온다.

하늘대왕 (에코) 오~ 그대들이여~ 참으로 기특하도다다다다… 근이도 마을사람들도 마음이 참으로 이~ 쁘구나. 내 그대들의 마음을 깊이 헤아려 보겠노라라라라~

모두 어리둥절, 감동? 하며 멍하니 서 있다. (암전)

7막. 연이와 다시 만나다

연이와 건이의 해후. 온통 습지로 변한 안심마을. 여전히 근이는 습지를 개간하려 애쓰고 있다. 그때, 갑자기 하늘에서 연이선녀가 **진흙밭**으로 절퍼덕 떨어신다.

근이 으악~ 이게 머꼬?

연이 (진흙 투성이 얼굴을 감추며) 어? 어? 저기…

근이 (동시에) 어? 어? (연이임을 알아보고 놀라서 쳐다보다) 연, 연…
연이… 연이선녀!

연이 (부끄러워하나 곁눈질로 뚫어지게 근이를 보며) 아잉… 부끄러버
예… 떨어지도 우찌 이래… 정면으로 엎어지까고… 보지
마이소…

근이 아입니다… 꿈에도 그리던 연이선녀… 여전히 너무 아름답
습니다… 머드팩 한 연이선녀의 얼굴이 반짝반짝 여전히
빛이 나네예~ 보고 싶던 얼굴 얼굴 좀 보여주이소.

연이 아잉… 몰라에… (근이를 쳐다본다)

둘은 얼굴을 마주하고 반가움의 눈물을 흘리며 얼싸안는다. 그리
움의 끝, 깊은 반가움에 둘의 울음은 더욱 커지고… 근이는 연이
의 얼굴을 어루만지며 진흙을 닦아준다. 순간, 연이의 눈에서는
닭똥 같은 눈물이 흐르는 가운데 갑자기 굵은 씨앗이 바닥으로
떨어지고 둘은 씨앗을 주워 보는데… 순간, 하늘에서 소리가 들
린다…

하늘대왕 (에코) 둘의 연정과 그리움이 그리 깊었구나나나나. 내 너희
의 인연을 인정하여 연이를 안심마을로 보낸다. 그러나 연
이가 선녀로서 한 잘못은 용서받지 못한 바, 앞으로는 요

령으로 풍요를 관장하던 선녀의 능력을 박탈하겠노라. 또
한, 그래도 긴 시간 동안 하늘에서 선녀의 역할을 열심히
수행했던 바 나의 마지막 선물을! 내리노라. 그 씨앗으로
이미 습지가 된 곳에 진흙을 써서 꽃을 피워 그 잎과 꽃과
열매와 뿌리를 취하라라라라라…

연이 아… 하늘대왕님… 감사합니다… 죄를 용서받을 수 있도
록 꼭 꽃을 피워내겠습니다.

근이 감사합니다. 감사합니다… 반드시 꽃을 피워내겠습니다.
연이선녀를 끝까지 지키겠습니다. 감사합니다.

촌장과 닭주인 등장.

촌장 뭔 소리가 이리 요란스럽노?

닭주인 니는 또 뭐가 그리 감사한데?

둘은 연이선녀를 발견한다.

촌장·닭주인 앗! 이게 누고?

닭주인 엄마야~ 연이야~~ 연이선녀~~

촌장 아이고, 연이 처자, 아니 연이선녀, 선녀님~

연이 안녕하세요… 다들 잘 계셨지예?

근이 (기쁨에 넘치는 목소리로) 연이선녀가 우리 곁으로 돌아왔어
예… 인자 우리하고 같이 살라꼬 우리한테로 완전히 와뿄
어예…

닭주인　잉? 이기 뭔 소리고? 인자 완전히 와뿠다고?

촌장　인간 세상으로, 우리 안심마을로 와뿠다고?

근이　예~ 인자 우리캉 우리 마을에서 같이 살 낍니더.

촌장·닭주인　(덩실덩실 춤을 추며) 오잉? 경사났네. 경사 나뿠어…

촌장　아이고, 인자 걱정 없겠다. 우리 마을에 몇 날 며칠 동안 비가 오는 통에 온통! 물바다가 되가, 땅은 전부 습지로 변해가꼬 농사도 못 짓게 되뿠는데… 인자 선녀님이 왔으니 물도 마르고 습지는 비옥한 땅으로 만들고…

닭주인　그라이, 갑자기 비가 미친논 널뛰듯이 와가꼬 온통 난리가 났다 아이가… 그 바람에 우리 닭들은 수중분만해가 알도 떠내리가고… 닭들은 물에 젖어가 겉은 통통 부어 오르는데 속은 바짝 마르고.

촌장　뿐이가… 동물도 식물도 마을 사람들도 다 젖어가…

근이　고마고마~! 고만하이소. 이 좋은 날 푸념은 말라 합니꺼?

연이　저기… 여러분들… 미안합니더. 제가 여러분들이 너무 보고 싶어가 몇 날 며칠을 너무 울어가꼬 그 눈물이 안심마을로 내리와가꼬 그리 됐으예.

닭주인　(살째기 째려보며) 우리? 근이가 아이고? ㅋㅋ 마 선녀는 다르네… 선녀가! 울어뿌면 그 눈물이 비가 되는갑네… 아이고, 얼매나 울었쓰믄 이 난리가 나도록… (갑자기 정색하며) 야야… 니 때문에 우리 클날 뻔했다. 참말로 우찌나 놀랬는지…

촌장　(발끈하며) 그 눈물이 내리와가 우리 땅이 이래 전부 습지로 변했다꼬? 우리가 얼매나 큰일 당할 뻔했는지 아나? (미안한 듯 웃으며) 그래도 이만하길 다행이대이… 이래 우리 마을에 내리와가 참말로 다행이대이.

닭주인 그그… 그래… 우리도 얼매나 보고 싶었다꼬… 근이는 마말도 몬하고…

촌장 자자, 우리가 연이선녀를 보고 싶어하고 얼매나 좋아하는지는 차차 또 얘기하기로 하고… 지금 시급한 기 있다. 우리 마을에 땅이란 땅은 모조리 마~! 습지로 변해가꼬 농사를 지을 수가 없다 아이가. 이대로 가다가는 우리 마을! 사람들 다 죽게 생기따. 연이선녀님아~ 빨리 습지를 비옥한 땅으로 돌려도. 그그, 요령을 빨리 흔들어 제끼봐라…

연이 그기… 죄송합니대이…

닭주인 아, 뭐가 죄송하단 말이고? 아이, 빨리 흔들어 도.

촌장 혹시? 니… 또 방울 이자뿟나?

연이 그기 아니고예… 제가 방울을 이자뿌고, 몰래 인간세상에 내리와뿌고, 여러분들 생각에 쌔리 울어뿌가 마을에 난리가 나뿌가… 그 죄로 요령을 압수수색 당하고 풍요의 능력도 박탈 당해뿌가 선녀로서 아무 능력이 없어졌뿌쓰예. 흑흑…

촌장·닭주인 (놀라고 실망하며) 뭐라꼬?

촌장 능력이 없어져뿟다꼬?

닭주인 아이고~ 이 일을 우짜노… 선녀가 선녀가 아이라니… 아이고…

촌장 큰일이대이… 우린 이제 망했대이… (연이를 원망하듯) 그래 참을성이 없어가꼬… 참내…

닭주인 아무 힘없이 다시 내리오믄 뭐하노. (연이에게 따지듯이) 아,

사랑이! 밥 먹이주나?

연이   (너무 미안해 어찌할 바를 모르며) 참말로… 죄송합니다… 참말
로… 흑흑.

연이는 너무나 미안한 마음을 견디지 못하고 울음을 머금은 채
자리를 떠난다.

근이   참말로, 와 이캅니꺼, 다들. 긴 시간 우리를 그리워하다 이
래 어렵게 우리 마을로 다시 내려온 연이선년데… 지금 원
망만 하고 있는 깁니꺼?

닭주인 아이, 그게 아이고… 반가운 건 반가운 거지만… 지금 이
난리통을 우찌 해결하노 말이다…

촌장   아! 답답해서 그렇지 답답해서…

근이   걱정마이소. 제가 더 열심히 물길 내가 물도 퍼내 가면서
땅을 일구겠심더.

닭주인 그래 노력하는 거 우리가 모르는 게 아니지만도 지금 당장
이 어려분데…

근이   연이선녀가 선녀의 능력은 박탈당했지만도 그래도 열심히
일해온 하늘에서의 공을 인정받아가 하늘대왕이 선물을
내리셨습니더…

촌장   선물?

근이   예. 작은 씨앗을 주셨고예… 하늘대왕이 직접 하늘의 소리
를 우리한테 전달도 하셨심더…

닭주인 하늘의 소리? 참말이가?

촌장 니가 직접 들었단기제?

근이 예. 그라이 아무 걱정 마이소. 제가 연이선녀캉 같이 습지도 잘 가꾸고, 선물로 받은 그 씨앗도 심어가 잘 키아 볼 낍니더. 분명히 우리한테는 대단한 선물일 낍니더… 그라이 하늘대왕을 믿고, 연이선녀를 믿어 보입시더.

닭주인 그기… (미덥지 않은 느낌으로) 잘 된다면야…

촌장 (반신반의하며) 습지에서도 잘 키울 수만 있다면야…

근이 (단호하게, 결연하게) 걱정마이소. 지를 한번 믿어 보이소… (연이가 나간 쪽으로 나가며 큰소리로 연이를 부른다) 연이선녀~ 연이선녀~

닭주인 (근이의 뒷모습을 보며 촌장에게) 믿어도 될랑가예?

촌장 뭐 지금은 다른 방도가 있능교? 믿고 우리도 열심히 해보는 수밖에요…

촌장과 닭주인은 힘없이 궁시렁대며 나가고, 근이는 연이를 위로하며 다시 들어온다.

근이 연이선녀, 미안해하지 마이소… 다들, 지금 상황이 너무 답답해서 그라시는 거니깐, 섭섭해 하지도 마시고예.

연이 섭섭하기는예… 아입니더… 미안한 건 우쩔 수 없는데… 지는 다 이해합니더… 얼매나 좋은 분들인지 잘 아는데예 뭐, 저 때문에 마을이 이래 된대다가, 마을이 걱정되니 충분히 그라실 수 있다 생각합니더.

근이 역시 마음까지 아름다운 우리 연이선녑니더… 우리 같이 습지를 일굽시더… 귀한 씨앗도 잘 키아봅시더… 씨앗이 싹이 트고 잘 영글면 분명히 소중한 뭔가! 나오지 싶습니더… 그라믄 하늘에서도 용서해주실 끼고, 마을 사람들도 더는 원망 안할 낍니더.

연이 예. 맞습니더. 하늘대왕이 성질은 쪼매 고약해도 인간을 귀하게 생각하는 마음은 지가 잘 압니더. 꼭 이 씨앗을 싹 티아가 하늘대왕한테도 용서 받고 우리 마을 사람들이 더 살기 좋게 할 겁니더. 근이씨가 있으니깐 하나도 겁 안 납니더. 우리 힘 합쳐서 잘 해보입시더~화이링~!

근이 (눈을 마주치며 함께) 화이링~!

8막. 꽃이 피다

근이와 연이는 힘을 합쳐 밤낮없이 열심히 습지를 일구며 씨앗의 싹을 틔우기 위해 노력한다. 이를 본 사람들 (촌장, 닭주인)도 하나 둘씩 힘을 합친다. 노동요와 일하는! 몸짓들, 마을 사람들(관객들)이 하나둘씩 함께 힘을 보태는 모습을 노동요와 함께 하는 간단한 4박자 동작들로 함께 논다. 노동요와 관객과 함께 노는 동안 조명은 아침, 낮, 저녁으로 바뀌는 것을 표현, 여러 날이 지남을 보여준다.

⟨노동요! '씨앗이여, 깨어나라'⟩

(후렴)

씨앗이여, 깨어나라, 햇살 따라 꿈틀대라!
손에 손을 맞잡고, 우리 함께 일어나자!
하늘이 준 선물이니
땅을 적시자, 맘을 열자
씨앗 틔워 세상 밝혀라!

(1절)
자, 흙을 고르고 고운 물을 뿌려요
바람 부는 노래 따라 씨앗도 웃어요
조심조심 품고서
간절한 맘 심어요
오늘도 우리는 꿈을 심어요!

(2절)
함께 걸어가며 믿음을 심고
서로의 손을 맞잡고 나아가요
세상의 모든 싹을 틔우기 위해
우리 힘을 모아 계속 나아가요

(3절)
땀방울은 보석처럼 빛이 나고
우리 웃음 가득하면 씨앗도 웃죠
힘을 내어 손잡고
노래 부르며 나아가요
희망의 꽃길을 함께 열어요!

(4절)
새싹이 뽀송뽀송 햇살 속에서

바람에 흔들려도 꿋꿋이 자라요
우리의 꿈처럼 희망의 싹이
점점 자라나 꽃을 피워가요

(5절)

깊은 땅속에서도 빛을 찾아
힘겹게 자라는 그 모습을 보며
우리도 함께 이 길을 걸어가며
작은 꿈들을 하나씩 이뤄가요

(6절)

비가 내려도 우리는 흔들리지 않아요
바람이 불어도 우리의 꿈은 꺾이지 않죠
서로의 마음을 잇는 힘이 되어
함께 더 큰 세상을 만들어가요

(7절)

눈부신 세상에 우리의 꿈이
꽃처럼 만개할 그 날을 기다려
함께 일어선 우리는 힘을 모아
새로운 길을 열어가요

(8절)

세상 끝까지 우리의 목소리가
퍼져 나가며 사랑을 전할 거예요
이 땅에 희망을 심고 노래 부르며
함께 꿈을 향해 나아가요

노동요와 동작으로 표현하며, 사람들과 함께 열심히 일을 하지만, 시간이 흐르고 아무리 노력해도 씨앗은 여전히 그대로다. 지친 몸으로 실망하는 연이와 근이.

연이 (좌절한 말투로 혼잣말) 대체 왜 이런 걸까? 뭐가 문제고? 습지에서 싹을 틔우는 거는 역시 불가능한 긴가?

근이 (혼잣말) 안 되는 기가? 이기 뭐꼬… 하늘대왕이 주신 이 씨앗은 도대체 우째야 싹이 트는 거지? 설마… 우리 둘 다 벌 주느라 그러신 건가? 아이다, 암만 그래도 하늘이 거짓말을 할 리가… (연이에게는 격려하듯) 그리 쉽게 되는 거면 그기 우찌 하늘의 선물이겠능교? 아직 우리 노력이 부족한 깁니더… 좌절하지 말고 더 힘내가 열심히 해보입시더…

연이 그래도… 1년이 넘어가는데… 이래 안 되는 거는 분명 문제가 있지 싶어예… 그냥 이래 무턱대고 노력해서 되는 기 아닌가 싶은데…

근이 안되는 기 어디 있습니꺼? 내 혼자도 그래 해 왔는데… 인자는 연이낭자도 있으이 지는 하나도 안 지칩니더… 될 때까지 해보입시더…

으차으차… 근이는 다시 열심히 흙을 파고… 잡초를 뽑고 일을 한다. 연이는 옆에서 그 모습을 지켜보기만 한다. 깊은 생각에 잠긴 듯하다. 그러다가 문득, 뭔가가 떠오른다.

연이 앗~! 잠깐만예!

근이 예? 뭔 일 있습니꺼?

연이 아… 제가 처음에 하늘나라에 풍요의 선녀로 계약직에 합격했을 때가 생각납니더.

근이 하하. 난 또 뭐라꼬… 와예? 이래 힘드니 그때로 다시 돌아가고 싶습니꺼?

연이 아니예… 그기 아니고…

근이 놀래라…! (빌 듯이) 안 됩니더~ 혹시라도 다시 돌아가고 싶단 말 하지 마이소… (힘있게) 아무리 힘들어도 지는 연이선녀랑 같이 있어서 너무 행복합니더… 고생 끝에 낙이 온다고… 쪼매만 더 견디면 좋은 날 올 낍니더. (다시 일에 열중한다)

연이 (한참 동안 생각에 잠긴 듯 멍하게 있다가 하늘대왕의 말을 되새겨 혼잣말처럼 이야기한다) '니는 마 촐싹거리기도 하고 산만하기도 하고… 생각이 너무! 많아가 정신이 한 개도 없지만… 니 맘 속에는 따뜻한 마음이 가득하다… 니 품이 너무 따뜻하이 니 품성을 반영하여 니를 풍요의 선녀로 임명하노라~'

그렇게 한동안 연이는 생각에 잠겨 있고, 근이는 여전히 씨앗을 틔우기 위해 몸이 부서져라! 일한다.

근이 (여전히 일하면서) 연이낭자… 지는 하나도 안 힘들어예. (자신의 팔근육을 보인다) 이렇게 연이낭자하고 같이 있는 시간이 아직도 꿈 같아예…

연이 …

근이	지금은 이래 고생스러버도, 분명히 좋은 날 올 낍니더… 지는 분명히 믿습니더…
연이	…
근이	그때 하늘대왕님 목소리 들으면서 지는 느낌이 팍~! 왔심더… 연이낭자가 그동안 얼마나 착하게 살았는지… 하늘대왕님 목소리에 연이낭자에 대한 애정이 듬뿍 담겨 있드라 아입니꺼…
연이	…
근이	마이 힘들지예…? 쉬고 계시이소… 내가 오늘 일은 다 할 낍니더… 끝나면 우리 뭐 먹을까예? 연이낭자, 오늘은 뭐 먹고 싶어예?
연이	…
근이	또… 또… 하하. 연이낭자는 항상 내 묵고 싶은 거 무라 할 끼지예? 그래도 오늘은… (뒤돌아 보고 놀란다) 연이낭자~!

연이가 씨앗을 꼭 품어 안고 눈을 감은 채 말없이 습지의 한중간에 있다. 근이는 연이에게! 달려간다.

근이	연이낭자… 여서 뭐하는교?
연이	…
근이	왜 암말도 없이 이라고 있냐꼬요~?
연이	쉿… 지가예… 방법을 알 것만도 같아예… 내 쫌 가만히 둬보이소…
근이	방법? 진짜라예? 알아낸 거라예?

연이 예… 아마도예… 쉿…

근이 암만케도… 벌써 저녁입니더… 인자 드가서 저녁 묵고 자고 나옵시더.

연이 (고개를 저으며) 아입니더… 잠시만 이라고 있을께예… 근이 씨는 얼릉 드가 밥 묵고 쉬이소… 나는 쪼매만 더 있다 갈께예…

근이 뭐라카노… 연이낭자캉 같이 드가야지. 우째 혼자 드간단 말입니꺼?

연이 쪼매만… 쪼매만예…

근이 또 고집 세우네. 연이낭자 고집을 누가 꺾겠노. 하… 알았심더… 그라믄 내 얼른 집에 가가 밥 좀 싸가 올께예…

근이는 서둘러 하던 일을 멈추고 집으로 향한다. 연이는 씨앗을 품은 채 가만히 눈을! 감고… 때론 씨앗을 다독거리기도 한다… 점점 연이의 몸은 낮아진다. 근이가 도시락을 싸서 돌아오나 연이는 여전히 그 자리이다.

근이 여 와서 밥 좀 묵고 하이소…

연이 …

근이 당최 뭔 일인지 모르겠네… 무슨 방법이 있는 건지 쫌 갈쳐나 주이소. 나도 뭐라도 돕구로.

연이 …

근이 아따, 답답아라~! 쫌~!

근이는 옆에서 안절부절, 애걸복걸하나 연이는 미동도 않는다…

근이   그래, 연이낭자가 뭔 생각이 있으니 저리 하는 거겠지. 연이낭자를 믿어보자.

근이는 연이를 믿고 연이 곁을 지켜준다. 끼니 때마다 밥을 가져오고, 수시로 연이의 몸이 괜찮은지 지켜본다. 단지 그것만 할 수 있을 뿐이다. 그렇게 날이 간다. 그러던 어느날 아침.

근이   연이낭자, 오늘은 제발 아침 밥 좀 무소… 이라다 큰일납니더.

순간, 연이의 몸은 줄기로 잎으로 자라게 되고 아름다운 꽃까지 피어난다. (음악과 함께 몸짓이나 춤으로 표현) 근이는 놀라 연이를 살펴본다.

근이   연이낭자… 이기… 이기 뭔 일입니꺼? 몸이… 몸이… 낭자 몸에서… 옴마야, 옴마야…

연이   (목소리가 울리며) 제 발밑도 한번 쳐다보세예~

근이   잉? 연이낭자, 목소리가 와 이렇노? (연이의 발에 맺힌 열매를 보며) 어? 이건 뭐꼬? 송아지 피를 멈추게 했던 그 하늘의 묘약 아이가? 아고… 연이낭자…

연이   (울리는 목소리) 근이씨… 이제사 알았어예… 하늘대왕이 저를 이리 보낸 이유를예… 그리고, 제가 지은 그동안의 잘못에 용서를 구할 길을 알아냈어예. 저는 이미 풍요를 빌어주는 풍요의 선녀. 그게 제 평생의 과업입니더… 제 품으로 씨앗을 품어 이리 꽃을 피우고 잎을 자라나게 했어예… 거기에 열매도 맺었고예… 이기 제가 이 땅에 내리와가 할 수 있는 일입니더… 제 품에서 씨앗을 싹 틔우고, 꽃을 피우고 열매를 맺는 일…

근이 아이고, 이게 무슨 말인교… 인자 평생을 연이낭자캉 함께할라했는데… 연이낭자 몸이 꽃이 되고 잎이 되고 열매가된다는 기… 도대체 무슨 말이라예? 엉엉.

연이 울지 마이소… 제가 피워낸 잎과 꽃과 열매가 모두 마을에큰 도움이 될 낍니더… 안심마을은 인자 풍요로운 마을이될 낍니더… 제가 근이씨와 마을사람들께 드리는 선물입니더… 받아주이소…

순간, 하늘의 소리가 들린다.

하늘대왕 (웅장하게 울리는 하늘의 소리) 연이야… 역시 너는 나의 기대를 저버리지 않는구나… 너의 아름다운 마음, 너를 희생하는 마음으로 하늘의 씨앗이 안심마을의 척박하고 습한 땅에서 싹을 틔우고 꽃을 피우고, 열매까지 맺게 되었구나. 너의 그 마음이 마을사람들과 영원히 함께 하고 기억될 것이다. 근아~ 앞으로 연이의 이름을 따 그 꽃은 연꽃이라부르고, 거기서 맺게 된 뿌리의 열매는 근이 너와 연이의사랑을 생각하여 연근이라고 부르라. 또한 꽃이 지고 난 자리에 귀한! 씨앗이 연연세세 맺힐 것이니 그것은 안심마을 사람들의 밥이 될 것이다. 그 이름을 연밥이라고 명명하여 길이길이 소중하게 기르도록 하라… 또한 연이는 이곳 안심마을 습지에서 인간들이 이를 키우는 동안은 함께 살게 될 것이다다다.

하늘의 소리가 마을 곳곳에 퍼지고 마을사람들이 놀라 뛰어 나와 이 광경을 보게 되고 연이를 목놓아 부른다.

촌장   아이고 연이야~ 연이야…

닭주인   말라꼬 이리 무모한 짓을 하노… 잉? 연이야, 연이야.

연이의 주변에는 연이를 닮은 또 다른 연꽃들이 피어난다. (관객들이 연꽃들로 되게 한다). 그렇게 아주 넓은 연밭이 만들어진다.

촌장   (하늘에 절하며) 하늘대왕님~ 감사합니다. 참말로 감사합니다. 연이선녀 고맙대이. 연이야… 미안하대이…

닭주인   감사합니다… 이 귀한 열매를 내려주셔서 참말로 감사합니다… 연이선녀, 고맙고 미안타. 우매한 우리를 용서해다고…

연이   아입니더. 제가 할 일을 할 뿐입니더… 연꽃과 연잎, 연근과 연밥은 하늘에서도 여러모로 쓰임이 많은 귀한 작물입니더. 부디 저를 생각하시며 잘 키워주시고 마을 사람들 모두 풍요롭게 행복하게 사시길 바랍니더… 여러분들 곁에 제가 항상 있을 낍니더…

사람들 모두 감동의 눈물과 함께 감사의 인사를 한다. (암전)

에필로그

다시 대구 동구 점새늪쉼터… 할배와 손녀.
'연방울의 전설'을 끝까지 들은 손녀는 연신 찍어대던 휴대폰 셀카를 관두고, 두 손을 모으고 활짝 핀 연꽃을 바라보며 감사의 기도를 드린다.
할배는 그런 손녀가 대견한 듯 흐뭇하게 웃고는 손녀의 손을 잡고, 천천히 집으로 향한다.

신령   (눈물과 웃음이 함께) 할부지~ 넘 재밌다… 슬프기도 하지만… 나름 교훈도 있고이~ (투덜거리며) 학교에서는 와 이런 거도 안 갈치주노?…

할배   이거는 역사도 아이고, 믿거나 말거나, 설화다 설화… 그라이 학교에서는 이거를 못 다루지…

신령   그래도 마, 근거가 쪼매 있는 거 아이겠나?

할배   맞다. 대대손손… 이래 전해져 오는 거도 있고… (혼잣말) 내가 보기에는 너거 증조할매가 워낙에 이바구를 좋아해서 지~ 낸 거 같기도 한데…

신령   할부지~ 내 오늘 할부지한테 들은 얘기 잘 기억해가 방학 끝나고 학교 가면 친구들한테 얘기해줄 끼다! 연꽃 사진도 마이 찍어가 다 보이주면서… 친구들이 옥수로 좋아할 꺼

같다… 이래 재미난 얘기 해주면 나는 스타~! 될 끼고… 헤
헤…! 할부지 참말로 감사합니대이~ (조잘조잘…)

암전. (가능하면 연꽃사진을 무대 배경에 띄우는 것도 좋을 듯하다)

끝.

받는이 민준

김대환

멘토 김현규

등장인물

김민준(남 33세)/ 긍정적인 에너지의 소유자로 남을 배려하는 이타적인 성향을 가지고 있다. 6년 차 출판 에디터(편집자)이며, 드림출판사에서 과장으로 근무하고 있다.

이연우(여 30세)/ 감정적인 편이며 밝고 쾌활한 성격이다. 파이팅 넘치는 MZ스러움이 있다. 지방에서 일을 하다가 작가의 꿈을 이루기 위해 회사를 그만두고 고향인 서울로 상경했다.

김범준(남 33세)/ 민준의 오랜 친구, 언제 연락해도 어색함이 없는 친구이다. 말은 짓궂게 해도 가장 현실적인 말을 골라서 해줄 수 있는 민준 맞춤형 친구이다. 민준도 이 친구에게만큼은 본인의 모습을 가감 없이 보여줄 수 있을 정도이다.

박지우(여 30세)/ 학창시절 연우처럼 작가가 되는 게 꿈이었다. 남들보다 이른 나이에 결혼을 하게 되면서 카페를 운영하며 아이를 키우고 있는 워킹맘이다. 지우의 가장 친한 고민 상담 상대이다.

김창현(남 31세)/ 드림출판사 편집부 대리, 민준과 2살 차이 입사 2년 차이의 후배이다. 일을 잘하는 편도 아니고 불평도 많지만 미워할 수 없는 성격의 소유자이다.

서연정(여 38세)/ 드림출판사 편집부 차장, 민준과 같은 부서의 8년 선배, 오지랖이 넓은 편이라 주변에 관심이 많다. 눈썰미가 좋고 말주변이 좋은 편이다.

백승원(남 52세)/ 드림출판사 편집부 팀장, 상명하복에 익숙한 전형적인 회사원이며 주변에 흔히 볼 수 있는 평범한 가장의 모습이다.

0. Prologue

민준의 집,

오래된 외관과 달리 깔끔하게 정리된 집 내부의 모습이 민준의 성격을 보여주는 듯하다.

민준은 평소 규칙적인 생활을 하는 덕에 여느 때와 다름없이 컨디션이 좋은 모습이다.

알람 소리가 들리고 날이 밝아온다.

알람 소리가 멎고, 아침을 여는 맑고 잔잔한 분위기의 음악이 흐른다. 책상 위엔 손목시계와 노트북이 올려져 있고, 의자엔 외투가 걸쳐져 있다.

민준, 출근 준비를 하고 있다.

민준   (셔츠 단추를 채우며) 내 이름은 김민준. 33세. 드림출판사에 입사하자마자 독립을 시작해 혼자 산 지 벌써 6년 차 프로 자취러다. 오늘도 평소와 다름없이 6시 30분 알람에 눈을 떴고 부지런히 출근 준비 중이다.

민준, 손목시계를 집어 들고 갸우뚱하더니 벽시계를 한번 바라보고는 손목시계의 시간을 살짝 조정한다.

민준   (시계를 차며) 7시 10분, 딱 좋은 시간이다. 출근 시간이 9시까지인 걸 감안하면 조금 빠르다고 생각할 수도 있겠지만 여유 있게 출근하는 걸 좋아하는 편이다. (외투를 입으며) 지하철이 붐비는 게 싫기도 하고. (옷매무새, 머리를 가다듬으며) 회사에서 지하철로 여섯 정거장 거리의 20년도 더 된 아파트. 집이 조금 더 크면 좋겠지만 지독한 서울 집값 시세를 생각하면 이 정도도 나쁘지 않다.

민준, 출근용 서류 가방을 챙긴 뒤 집을 나온다.

민준 (걸으며) 오늘은 날씨도 유난히 맑고 좋은 일이 생길 것만 같은 날이다.

민준, 지하철 승차장 스크린도어 앞에 선다.
열차 진입하는 알림음이 들린다. 스크린도어가 열리는 소리가 들린 후 민준, 열차 안의 빈자리를 발견하고는 들어가 자리에 앉는다.

민준 시작이 좋다. 앉아서 갈 수 있는 날은 일주일에 한 번 있을까 말까 하다.

노인, 상체의 절반 정도 되는 크기의 보스턴백을 들고 들어와 민준의 옆에 선다. 꽤 버거운 모습이다.

민준 (자리를 양보하며) 할아버님, 여기 앉으세요.
노인 (자리에 앉으며) 아이고. 고마워요.

민준, 자리를 양보한 후 노인 옆에 선다.

민준 이제 또 다른 누군가의 하루도 (노인을 힐끗 쳐다보고) 좋게
시작되었을 것이다.

열차 도착 알림음, 스크린도어가 열린다.
민준, 열차에서 내려 회사로 향한다.
회사 문 앞에 도착한 민준, 주머니에서 사원증을 꺼내 목에 건다.
연정, 회사 정문으로 출근해 게이트 쪽으로 온다.

민준 (사원증을 태그하며) 이곳은 내가 근무하는 드림출판사. 출판
에디터로 6년째 근무 중이고, 올해 과장으로 승진했다.

연정, 사원증을 찾아보았지만 없다. 하지만 계속 찾는 중이다.

민준 (사원증을 한 번 더 태그하며) 안녕하세요. 차장님.
연정 (게이트 통과하며) 고마워 민준씨. 또 놓고 왔나봐. (웃음)

연정, 사무실로 들어간다.

민준 평소와 다를 것 없는 소소하고 평범한 기분 좋은 아침이다.

민준, 사무실로 들어간다.
다리가 보이지 않게 아래가 막힌 형태의 업무용 데스크와 사무용

의자가 있고, 노트북과 연필꽂이, 서류봉투 더미, 상자 하나가 놓여있다.

민준   (밝게) 좋은 아침입니다.

1. '받는이 민준'

자리에 도착한 민준, 외투를 의자에 걸다 책상 위의 상자를 발견한다.
양손으로 쉽게 들어 올릴 수 있을 정도 크기의 평범한 택배 박스 재질로 된 상자다.
상자는 같은 색의 종이 마스킹테이프로 깔끔하게 포장되어 있고 왼쪽 위에는 '받는이 민준'이라고 적혀있다.

민준   (상자를 응시하며) 평소와 다를 것 없는… 소소하고 평범했던 아침은… 이 의문의 상자가 내 책상 위에 놓여있을 때부터 특별해지기 시작했다.

민준, 상자를 들어 올린다.

민준   (상자에 적힌 글씨를 읽는다) '받는이 민준'. (상자를 둘러보며) 뭐야? 운송장도 없이? 선물인가?

창현, 사무실로 들어온다.

소매를 걷어 올린 셔츠차림에 한 손에는 가방과 얇은 아우터가 들려있다.

창현   (가볍게 목례하며) 좋은 아침입니다. 선배님. (숨을 몰아쉬고) 후, 좀 있으면 10월인데 왜 이렇게 더워요? 여름이 끝나질 않네.

민준   (웃는 얼굴로) 야. 너냐?

창현   뭐가요?

민준   (상자를 보이며) 이거 네가 준 거 아냐? 민망하게 포장은 또 왜 했대?

창현   무슨 소리예요. 저 방금 왔잖아요. 그리고 포장은 무슨 그냥 택배 박스구만.

민준   아냐? 그럼 누구지…

창현   열어보면 되죠. 거기 떡 하니 이름도 적혀있네요. (상자에 가까이 다가가 보며) '받는이 민준'. 딱 봐도 선배 거네. 오~ 혹시 누가 선배 좋아하는 거 아니에요? 헐! 아니면 혹시 폭탄 같은 거 아니에요? 선배한테 앙심을 품고 있는 사람이 암살을 시도…

민준   (상자를 창현 눈앞에 가져다 대며) 펑!!!

창현   아악! 아 깜짝이야! 놀랐잖아요.

민준   (상자를 열며) 지가 먼저 헛소리 해놓고는…

민준, 상자 안의 물건을 보고 놀란다.

민준 어어… 어어!!!

창현 그만해요.

상자 안에는 원로작가 상현의 낡은 초판본 서적 『보은』이 들어 있다.

민준 (책을 꺼내 들고) 창현아! 이거…!

창현 (책을 잡아채며) 이 책 선배가 엄청 찾던 거 아니에요? 저한 테도 출장 갈 때마다 혹시 있는지 찾아봐달라고 했던 그거 잖아요. 와 대박이다… 진짜.

민준 (책을 다시 가져오며) 나 이거 진짜 오랫동안 찾던 건데. 이거 찾으려고 중고서점이랑 헌책방 수십 개는 더 돌았을걸?

창현 이 정도면 진짜 선배를 좋아하는 사람이 있는 거 아니에 요? 아니 왜 얼마 전에 총무팀에 여직원분이 선배한테 퇴 근하고 뭐 하는지 물어본 적 있다면서요. 혹시 그분인 거 아니에요?

민준 아냐. 나랑 같은 동네인 거 알고 카풀 해 줄 수 있냐고 물 어본 거더라고. '차가 없어서요'라고 한 뒤로 한마디도 안 해봤어.

창현 그럼 그분 아니에요? 관리팀에 선배 언제 들어오는지 맨 날 와서 물어보시는 분 있잖아요! 지혜씨였나?

민준 아냐. 내가 법카 쓰는 날이 많잖아. 카드랑 영수증 때문에 그래.

창현 와. 진짜 누구지. 선배… 나 두고 혼자 연애 시작하는 거 아니죠…?

민준 그런 거 없어 임마. 근데 너 회의 준비는 안 하냐? 오늘 회의 있잖아.

창현 (시계를 보며) 아이 진짜. 오늘은 진짜 억울해요. 늦으면 선배 때문이에요.

창현, 회의 준비를 위해 자기 자리로 간다. (out)
민준, 자리에 앉아 책을 다시 집어 들고는 숨겨왔던 감정을 폭발시키듯 격하게 기뻐한다.

민준 (격하게 몸부림치며) 예쓰!! 예!! 아자자자!! 웬일이야 진짜!! (자리에 앉으며) … 누구지?

2. 민준의 퇴근길

횡단보도 앞,
퇴근 후 집에 가는 지하철을 타기 위해 신호를 기다리고 있는 민준.
행운처럼 찾아온 선물로 종일 기분이 좋아 하루가 눈 깜짝할 새 지나갔다.
선물 받은 소중한 책을 손에 꼭 쥔 채, 집 가는 길에 읽을 생각에 설레어 있다.

민준 (신호등을 보며) 빨리. 빨리. 빨리. 빨리. 빨리 바뀌어라. 빨리.

(책과 신호등을 번갈아 보며) 오늘따라 지하철역이 왜 이렇게 머냐 후…

전화벨 소리가 울려 퍼진다. 소리가 한껏 키워진 핸드폰 기본 벨 소리다.
민준, 발아래에 핸드폰을 발견하고는 집어 든다.
연우, 집에서 안절부절못하며 누군가에게 전화를 걸고 있다.

민준   (핸드폰을 보며) 똥강아지?

민준, 전화를 받는다.

민준   여보세요?

연우   여보세요? 어? 누구세요?

민준   아. 지나가던 사람인데요. 바닥에 핸드폰이 떨어져 있었는데 전화가 오길래 받은 거예요. 핸드폰 주인 되세요?

연우   아… 어쩐지 전화를 엄청 안 받더니만… 죄송해요. 그거 저희 할아버지 핸드폰인데 떨어뜨리셨나 봐요. 죄송하지만 어디서 주우셨어요?

민준   (주변을 둘러보며) 여기 홍제역 근처 횡단보도에서 주웠어요.

연우   시장 갔다가 떨어뜨리셨나 보다! 어… 저기요. 정말 죄송한데요. 저희 할아버지가 혼자 사시거든요. 그래서 연락할 방법이 지금 들고 계신 핸드폰밖에 없어서요. 제가 받으러 가야 하는 게 당연한데, 제가 타지에 살아서 당장에 갈 수가 없어서요. 정말 이런 말씀 드리기 너무 죄송한데요.

민준　먼 곳에 계신 게 아니면 제가 할아버지께 가져다드릴게요.

연우　정말요? (허리를 숙여 인사하며) 정말 감사합니다. 진짜 너무 감사드려요. 제가 원래 이런 부탁을 드리는 편이 아닌데 도저히 방법이 없어서 염치없지만 한 번만 부탁드릴게요. 정말 죄송하고 감사합니다.

민준　괜찮아요. (웃음) 그럼 어디로 전달드리면 돼요?

연우　혹시 하나아파트라고 아세요? 그 동네에서 제일 오래된 아파트인데…

민준　아. 네네 알아요. 여기서 별로 안 머네요. 몇 동 몇 호로 가면 될까요?

연우　저희 할아버지가 그 아파트에서 경비원으로 일하고 계셔서요. 아마 이 시간이면 경비실에 계실 거예요. 만약 안 계셔도 그냥 안에 넣어놓으면 될 거예요.

민준　네. 전달드리고 손녀분한테 연락드리시라고 할게요. 너무 걱정하지 마세요.

연우　정말 감사드려요. 제가 사례라도 해드리고 싶은데…

민준　아니에요. 괜찮아요.

연우　아뇨. 연락처나 계좌번호 알려주시면 제가 사례금이라도 보내드릴게요.

민준　정말 괜찮아요. 정 그러시면 다음에 누군가가 난처해 보일 때 꼭 한번 도와주세요. 그럼 제가 받은 걸로 할게요.

연우　천사 같은 분이셨네요.

민준　쑥스럽네요. 하하. 그럼 출발할게요.

연우   네. 잘 부탁드리겠습니다.

민준, 핸드폰을 꺼내 지도 어플로 검색을 한다.

민준   (검색하며) 하.나.아.파.트. 오케이.

민준, 지도를 보며 걸어와 하나아파트로 간다.

3. 집에 도착한 민준, 또 다른 선물상자

민준의 집,
해가 저문 저녁, 핸드폰을 찾아주느라 평소보다 귀가가 많이 늦었다.
문 앞엔 민준이 주문했던 택배들이 쌓여있다.

도어록 열리는 소리, 민준이 택배 더미를 들고 집으로 들어온다.
어깨와 귀에 핸드폰을 끼운 상태로 친구인 범준과 통화를 하며 짐을 들고 있는 중이라 꽤 불편한 모습이다.

민준   진짜라니까? 아니 왜 내가 저번에 말한 적 있잖아. 도저히 못 찾겠다고 포기한다고 했던 그 책.

범준, 범준의 집에서 민준과 통화를 한다.

범준　그니까 누구냐고. 썸타냐 새끼야? 치사하게?

민준, 택배들을 책상 위에 내려놓고 가방과 겉옷은 의자에 걸쳐
둔 뒤 택배를 하나씩 확인한다.

민준　나도 모른다니까? 그런 거 아니라고.

범준　치사한 새끼. 말 안 해주려고 숨기는 거 봐. 하나도 안 부러
워 새끼야. 회사에 썸녀 심어놨냐? (시계를 한번 보고는) 이거
봐. 이거 봐. 썸녀랑 데이트하고 온다고 집에 이제 온 거네.
딱 걸렸네. 의리 없는 새끼야.

민준　(택배들을 잠깐 내려놓고는) 야. 퇴근하다가 핸드폰 하나를 주
워서 주인 좀 찾아주느라고 늦은 거야.

범준　여자?

민준　할아버지.

범준　오~ 취향 존중.

민준　(실소) 미쳤냐?

범준　왜? 잘해봐. 같이 능이백숙도 먹고 게이트볼도 치고 좋지.

민준　(택배를 다시 정리하며) 너랑 정상적인 대화를 하려고 한 내가
등신이지. 얼른 정리하고 저녁부터 먹어야겠… (상자 하나를
잡아 들고) 어?… 야 내가 이따 다시 전화할게.

민준, 전화를 끊고 핸드폰을 내려놓고 택배 상자 하나를 유심히
본다.

민준 받는이… 민준…? 뭐야 이거?! 이건 아까 회사에서 받았던 그 상자잖아… 이게 어떻게 여기…

민준, 상자를 조심스럽게 상자를 열어본다.
상자 안에는 시계 케이스가 들어있다. 케이스를 열어보니 민준 취향에 꼭 맞아 보이는 시계가 들어있다.

민준 (시계를 꺼내 들고) 시계잖아… (차고 있는 시계를 쳐다보며) 시계 고장난 건 어떻게 알고…? 아니 그것보다 우리 집은 어떻게 알고…?

전화벨 소리, 소리가 꽤 크다.

민준 (놀라며) 으아! 깜짝이야. 아 진짜 놀랬네. (핸드폰을 들여다보고) 웬일이야 이 시간에… (전화를 받고) 어. 무슨 일이야?
범준 야. 생각해보니까 내가 물어볼 게 있어서 전화한 건데 니 이야기만 실컷 하고 니가 끊냐 임마?
민준 뭔데?
범준 그거 있잖아. 그 뭐냐 그 남자가 여자 담궈가지고 저거 하는 거 있잖아.
민준 뭔 소리야 그게…
범준 그거 있잖아. 네가 저번에 재밌다고 보라고 한 책.
민준 내가 너한테 남자가 여자 담그는 책을 알려줬다고?
범준 아. 그게 아닌데 뭐라 그랬더라. 냄새 맡는 남자 있잖아.

민준 (한숨 쉬며) 하아… '향수' 말하는 거야?

범준 어어!! 그래 그거! 맞지? 그 냄새 나는 남자 이야기.

민준 냄새 안 나는 남자라고. 선천적으로 몸에 냄새가 안 나고 냄새 맡는 것에 예민한 남자가 향수를 만드는 일을 하는데, 매력적인 체취를 가진 여자를 발견해서 그 향을 뽑아 내려고 여자를 살해해서 증류기에 담근 거라고…

범준 맞네. 담근 거.

민준 아휴 됐다. 갑자기 그 책은 왜?

범준 이번에 소개받은 여자가 있는데 취미가 독서라잖냐. 나도 책 보는 거 좋아한다고 거짓말을 해버려서. 급하게 몇 권이라도 읽어보려고.

민준 (웃음) 잘한다. 그런 거짓말을 왜 하냐? 임마.

범준 아휴 몰라 임마. 내일 너희 집에 갈 테니까 유명하고 쉬운 거로 몇 권만 좀 빌려주라.

민준 맡겨놨냐?

범준 응. 그러니까 내놔.

민준 어휴… 알겠다 그래. 야 근데 나 오늘 좀 이상해.

범준 왜 아까 만난 할아버지 생각나?

민준 아니라고! 아까 내가 상자 이야기했잖아… 집에 오니까 집 앞에 또 그 상자가 있네?

범준 썸녀가 너 많이 좋아하나 보네.

민준 야. 농담하는 게 아니라, 회사에서 우리 집 주소 아는 사람 아무도 없다니까?

범준 그 상자엔 뭐가 들어있는데?

137

민준 손목시계.

범준 … 많이 좋아하나 보네.

민준 농담 아니라니까. 나 진짜 지금 이 상황을 어떻게 해야 될 지 모르겠다. 이걸 경찰에 신고를 해봐야 되는 건지…

범준 관리사무소 가서 CCTV 돌려보면 되잖아. 그러면 누가 두 고 갔는지 알 수 있을 거 아냐.

민준 말도 마라. 이 낡아빠진 아파트. 지난번에 택배 없어져서 CCTV 돌려보려고 갔더니 가짜라더라. 수리하는 데 돈 많 이 든다고 모형을 달아놨어! 모형을.

범준 야. 근데 솔직히 난 '오예 땡큐.' 할 것 같은데?

민준 뭐? 야 넌 안 무섭냐? 집까지 알아내서 집 앞에 물건 갖다 놓는 게?

범준 사내새끼가 뭐 그런 걸 갖고 무섭다 그러냐? 어? 만약에 해 코지할 거였으면 기다렸다가 방망이로 네 머리를 후려쳤겠 지. 박스를 냅둬도 안에 협박 편지나 똥이나 쓰레기를 넣어 놔야 맞지. 네가 갖고 싶던 책이랑 손목시계를 넣어놓은 거 면 완전 땡큐 아니냐? 널 좋아하는 사람이 너한테 주는 선 물일 텐데. 그럼 너는 그냥 '오예 선물이다.' 하고 받으면 되 는 거라고. 그 사람이 부끄럼이 많겠지.

민준 그러니까 부끄럼도 많은 사람이 어떻게 우리 집을 알고 찾 아와서 집 앞에 갖다 놓냐고.

범준 부끄럼이 많으니까 집 앞에 갖다 놓지. 없었으면 직접 줬 겠지 임마. 줘도 지랄이냐 너는.

민준 하. 말이 안 통하네.

범준   아니면 너한테 온 게 아닐 수도 있지. 세상에 민준이 너 하나냐? 윗집이나 아랫집에 이민준씨, 박민준씨 건데 집으로 잘못 간 거면 어쩔 건데?

민준   됐다. 도움이 안 되네 하여튼.

범준   정 그러면 다시 문 앞에 내놔. 며칠 두고 보고 아무도 안 가져가면 너한테 온 게 맞겠지.

민준   (사이) 아… 그럴까… 그래…! 다시 내놔야겠다.

범준   복에 겨워서 앓는 소리를 하는구만 아주. (핸드폰 화면을 보고) 야야!! 나 소개받은 여자분 전화 온다. 그 아까 그거 뭐라 그랬지? 냄새나는 남자?

민준   향수. 냄새 '안' 나는 남자. 냄새 맡는 남자.

범준   오케오케 야 끊는다. 내일 갈 테니까 책 챙겨놔.

범준, 전화를 끊는다.
민준, 서랍에서 테이프를 꺼내 박스를 다시 포장한다.
한숨을 한번 쉬고는 박스를 들고 현관 밖에 놓는다.

4. 연우와의 만남, 세 번째 선물

지하철,
좌석에 앉아 출근 중인 민준, 어제 생긴 일들로 밤새 생각이 많아 잠을 설친 탓에 피곤한 기색이 역력하다. (아침에 상자는 그대로 있었던지라 마음이 뒤숭숭하다)

민준의 옆엔 커다란 숄더 토트백에 캐리어, 서류봉투까지 손에 쥔 연우가 서서 지하철을 타고 있다. 많은 짐을 가지고 있는 사람을 평소의 민준이 본다면 비켜줄 법하지만 민준도 졸음과 사투를 하느라 정신이 없다.

연우 네, 할아버지 거의 다 와 가요. 네. 3호선이요. 이제 한 정 거장 남았대요. 아. 저 지우네 카페 갔다가 출판사 갔다가 들어가면 음… 저녁은 돼야 들어갈 것 같아요. 죄송해요. 끝나는 대로 일찍 들어갈게요. (웃음) 아침 일찍부터 좀 설 쳐서 피곤하긴 해도 괜찮아요. 네. 오랜만에 서울 오니까 좋아요.

열차 멈추는 소리, 열차 알림음.
연우 내리려고 하다가 서류봉투를 떨어뜨린다. 짐도 많고 통화 중이라 떨어뜨린 지도 모르고 열차에서 내린다.
서류봉투가 떨어지는 걸 본 민준, 얼른 주워서 주려고 했지만, 연 우는 이미 열차에서 내렸다. 민준도 일단 따라 내린다.

민준 저기요!
연우 네? 저요?
민준 (봉투를 건네며) 이거 떨어뜨리셨어요.
연우 (깜짝 놀란 뒤 90도로 인사하며) 어머! 정말 감사해요. 큰일 날 뻔했네… (한 번 더 인사하며) 정말 감사합니다.
민준 아니에요. 좋은 하루 되세요.

연우   (꾸벅) 네. 감사합니다. 좋은 하루 되세요.

연우, 승차장 밖으로 나간다. (out)
민준, 시계를 한번 보더니 갸우뚱하고 핸드폰을 꺼내 시간을 다시 본다.
배를 한번 쓸어내린다. (배가 고픈 모양이다)

민준   걸어가야겠다.

민준, 시계를 다시 맞추며 승차장 밖으로 걸어나간다. (연우의 반대 방향) 민준, 빵 봉투를 하나 들고 사무실로 들어온다.
사무실에 들어와 외투, 가방을 정리하고는 자리에 앉는다.
창현, 민준에게 인사한다. 손에는 디자인된 인쇄물이 하나 들려 있다.

창현   선배님, 좋은 아침입니다.
민준   뭐야? 웬일로 이렇게 일찍 왔어?
창현   (인쇄물을 건네며) 하. 이거 때문에요…
민준   뭔데? 아~ 연말 판촉 홍보지네. 근데 이걸 왜 네가 해? 기획팀 거잖아.
창현   똥 맞은 거죠. 뭐. 기획팀 말로는 결국 홍보지에 들어가는 도서들은 다 편집팀에서 선정하는 거 아니냐면서 뭐. 협업하자. 초안 잡아서 보내줄 테니까 수정해달라. 그래서 넘어온 건데 초안이 무슨… 대놓고 짬처리 하는 거 티 내는 것도 아니고 완~ 전 엉망진창으로 온 거 있죠?

민준 이건 괜찮은데?

창현 제가 새벽부터 나와서 다시 만들고 있으니까요…

민준 뭐? 팀장님한테 말해봤어?

창현 기획팀이 협업 요청한 거 어제 팀장님이 승인하고 저한테 하라고 하셔서 넘겨받은 거예요. 아니 근데 진짜 어이없는 게 어제 오후 3시 넘어서 넘겨줘놓고 오늘 오후 3시까지 시안 제출해 달랍니다. 이거 자기들이 빵꾸 내고 마감 못 맞출 것 같으니까 저희 팀에 똥 던진 거라구요.

민준 그걸 팀장님이 오케이 하셨다고?

창현 YES맨이 어디 가시겠습니까. '어려운 거 아니잖아? 민준이는 금방 하던데?' 그러시는데 제가 뭐 할 말이 있나요.

민준 아이고.

창현 선배 그래서 말인데 이거 검토 한 번만 해줘요. 이거 초안 무조건 오전 안에 끝내야 돼요.

민준 컨펌받고 수정까지 하려면 오전에는 힘들 텐데?

창현 제발 그러니까 빨리요.

민준 알겠어. 알겠어. (초안을 들여다보며) 어디 보자.

민준, 펜을 꺼내 인쇄물에 동그라미를 몇 개 치며 설명한다.

민준 메인 문구는 여기보단 중앙 상단에 붙는 게 좋을 것 같고, 도서 리스트는 책 제목 길이가 다 다르니까 통일감 살리려면 우측 하단보다는 좌측 하단에-. 아, 그리고 팀장님은 출판사 로고 크게 들어가는 거 좋아하시니까 조금 더 키우고, 그리고 이쪽에 그림 깨져 보이는데 큰 사이즈로 출력하거나 홍보용 이미지 파일 만들면 티가 많이 날 것 같은데. 이건 기획팀에 요청해서 원본으로 받은 다음 직접 편집하는 게 낫겠다.

창현 (박수 치며) 와… 괴물 괴물. 선배는 진짜 일하려고 태어난 사람 같아요.

민준 지금 말해준 것만 수정해도 팀장님이 커트할 일은 없을걸?

창현 크으. 고마워요. 선배. 저도 오후에 멘토링 들어가려면 빨리 해야겠어요.

민준 어? 이번 멘토링에 수필 파트는 없지 않았어?

창현 박과장님 육아휴직 가셨잖아요… 제가 동화 담당입니다…

민준 (웃음) 야 뭐? 네가 동화 담당이라고? 어쩌려고 그래?

창현 저도 몰라요… 이제 저 부를 때 드림출판사 공식 똥받이라고 불러주세요.

민준 (웃음) 힘내라. 공식 똥받이

창현 아 근데 신춘문예 멘토링 이거 꼭 해야 돼요? 매년 몇 달씩 작업이 쉬운 것도 아니고, 하필 제일 바쁜 시즌에 편성되어 있잖아요.

민준 선정해서 검토하고 계약하고 내년에 출판까지 하려면 지금 시작해야지. 어쩔 수 없는 거 알잖아. 그래도 신춘문예작 매니아층도 꽤 생겼고 매년 판매량도 괜찮은 편이라서 난 계속해도 좋을 것 같아. 그리고 되게 뿌듯하지 않냐? 세상에 나오지 못했을 이야기를 책으로 나올 수 있게 도와주는 작업이잖아.

창현 그렇—게 노력해도 책에는 이름 한 줄 안 들어가는데요 뭐.

민준 바라고 하냐 뭐. 그냥 좋으니까 하는 거지.

창현 아휴. 일하려고 태어난 거 맞네.

연정, 상자 몇 개와 비닐로 된 택배들을 들고 사무실로 들어온다.
창현, 들어오는 연정을 발견하고 물건을 받아 든다.

창현 차장님 저 주세요.

연정 고마워 창현씨.

창현 (상자들을 받아 들고) 어쩌다가 차장님이 이걸 다 들고 오세요?

연정 아 원고 받을 게 있어서 문서수발실 간 김에 우리 팀한테 온 거 다 들고 온 거야. (상자를 하나 건네며) 아, 민준씨. 이거 민준씨 앞으로 온 거 같은데? 그거 뭐야? '받는이 민준'?

민준, 창현 동시에 놀란다.
창현은 호기심에 놀란 표정이지만 민준은 당황하듯 화들짝 놀란다.
민준, 상자를 받아 든다.

창현 이거 그 상자 아니에요? 책 들어있던 거? 누가 준 건지 적혀있어요?

민준 아니… 또 내 이름만 적혀있어. 이거 다시 갖다 놔야겠다.

창현 아니 왜요?

민준 누가 보냈는지 모르잖아. 잘못 온 거면 어떡해.

창현　우리 팀 구역에 '받는이 민준'으로 온 거면 무조건 선배 거
　　　　죠. 열어봐요.

민준, 살짝 고민하다가 상자를 열어본다.
상자 안에는 사무실용 슬리퍼가 들어있다.

창현　슬리퍼네? 이번엔 책이 아니네요?
민준　응…
연정　깔끔하고 좋네. 신어 봐~
민준　그치만 저한테 온 게 아닐 수도 있으니까…
창현　맞다니까 그러네. 얼른요.

민준, 슬리퍼를 신는다. 발이 꼭 맞다.

연정　이야 사이즈까지 알고 있네. 누가 준 거야~?
민준　잘 모르겠어요. 제 이름 말곤 안 적혀있어서…
연정　누가 준 건진 몰라도 민준씨는 좋겠다~ 선물도 받고~
창현　부럽다-. 누구는 선물도 받고, 누구는 똥만 받고…

민준, 슬리퍼를 다시 벗어 정리하려고 한다.

연정　그냥 계속 신고 다녀. 사이즈까지 알아서 선물해 준 사람
　　　　성의가 있는데~
창현　그러니까요. 선배한테 선물하신 분은 선배가 그거 신고 있

는 것만으로도 엄청 행복할걸요?

민준, 슬리퍼를 다시 꺼내 조심스럽게 신는다.

민준   ··· 그럴까?

5. 지우의 카페를 찾아간 연우

지우의 카페,
테이블이 몇 개 없는 아담한 사이즈의 카페이다. 곳곳에 비치된 손으로 직접 만든 아기자기한 소품들이 카페 주인의 손재주를 보여주는 듯하다. 메뉴판도 직접 찍은 사진이 붙어있고 손으로 눌러쓴 글씨로 메뉴 이름과 설명들이 적혀있다. 쇼케이스엔 직접 만든 수제청과 케이크, 생과일주스를 위한 과일들이 보인다.

연우, 지우의 카페로 들어온다.
두 사람 반갑게 인사한다.

연우   지우야!

지우   너?! 야 네가 여기까지 웬일이야! 말도 없이?!

연우   서프라~ 이즈.

지우   (자리를 내어주며) 일단 앉아 앉아. (옆에 붙어 앉아서) 너 뭐야? 평일에 이 시간에 네가 왜 여깄어? 회사는?

연우 (실없이 웃으며) 그만뒀어.

지우 뭐? 왜?

연우 전에 신춘문예 멘토링 이야기한 적 있잖아. 나 그거 붙어서 오늘 이 첫 멘토링 날이야.

지우 (연우의 등을 때리며) 미쳤어! 미쳤어! 진짜! 언제 철 들려고 그러냐, 언제! 멀쩡히 잘 다니고 있는 회사를 왜 그만둬! 글이 그렇게 쓰고 싶으면 회사 다니면서 퇴근해서 쓰고 하면 되지! 미쳤다고 일을 그만둬?! 그것도 공무원이라는 애가! 어? 그리고 멘토링 그거 하면 다 성공한대니?

연우 (지우를 말리며) 아니이! 뭐 꼭 그것 때문에 그만둔 게 아니라. 사실 뭐 일도 내 성격에 너무 안 맞는 것 같기도 하구… 아무 연고도 없는 대구에 혼자 내려가서 사는 것도 싫구… 그리고… 사실 너무 좋은 기회잖아… 맨날 퇴근하고 혼자 글만 쓰다 보니까 더 욕심이 생기더라고. 근데 여기저기 투고해봐도 연락 오는 곳도 없고, 뭐가 잘못된 건지 알 수도 없고 말해줄 사람도 없고… 나도 너무 답답하고 너무 잘하고 싶어서 그래서… 한 거야.

지우 할아버지 좋~ 아 하시겠다. 아주 너무 좋아서 비보잉을 하시겠어. 어?

연우 너무 뭐라고 하지만 말고-! 친구가 마음잡고 열심히 해보겠다는데 응원을 해줘야지 어?! 이렇게 혼내기만 할 거야?

지우 더 혼나야 돼. 더. 손모가지를 부러뜨려 놔야 했어. 아휴 그냥 휴가를 쓰거나 휴직을 하지 왜 그만뒀어! 왜.

연우 그래야. 더 미련 없이 어? 저… 집중해서… 벼랑 끝에 있다는 마음으로…

지우 됐다 됐어. 아휴… 언제 왔어?

연우 (웃음) 금방… 헤헤. 서울 오자마자 바로 여기로 온 거야. 오늘 3시부터 멘토링이라서 여기 있다가 출판사로 바로 가려구. 여기서 가깝던데?

지우 할아버지는?

연우 와서 전화드렸어. 나 한동안 할아버지 댁에서 같이 지내.

지우 그만둔 거 말씀은 드렸고?

연우 아니. 절대. 난리 나실걸. 휴직했다 그랬어.

지우 진짜 휴직을 하지 그랬냐 으이구. 아유 난 모르겠다.

연우 너도 같이했으면 좋았을 텐데. 너도 작가 되고 싶어 했잖아.

지우 됐네요. 카페에서도 바쁘고, 퇴근하면 애들 보느라 더 바빠. 글 쓸 시간이 어딨냐. 볼 시간도 없어.

연우, 봉투에서 원고 하나를 꺼낸다.

연우 이거는 시간 좀 내서 읽어봐 줄래?

지우 뭐야?

연우 투고했던 초고. 너한테도 보여주려고 일부러 챙겨왔지~ 한 줄 한 줄 고민하고 고민해서 심혈을 기울여서 쓴 거니까 꼭 다 읽어봐야 돼?

지우 못산다 못살아. 알았어. 한 번 읽어볼게.

연우 (핸드폰 시계를 보며) 나 이제 슬슬 출발해야겠다.

연우, 짐을 챙기고 갈 준비를 한다.

지우   잠시만.

지우, 투명한 포장백에 수제과일청 두 병을 담아 연우에게 건넨다.
유리병에 담겨있는 자몽청, 레몬청이다.

지우   그거 내가 직접 만든 거야. 좋은 걸로 골라서 하나하나 살
         균 세척도 하고 껍질도 벗기고 수제로 다 만든 거니까 바닥
         까지 싹싹 긁어서 먹어야 돼. 할아버지도 꼭 챙겨드리고.
연우   (웃음) 고마워. 너밖에 없다. (핸드폰 시간을 보며) 늦겠다. 이제
         가볼게. 그거 꼭 읽어봐.
지우   알겠어. 얼른 가. 조심히 가구. 연락해.

연우, 카페에서 나간다.

6. '신춘문예 프로그램 신인 발굴지원 멘토링'

출판사 회의실,
회의실 중앙엔 테이블 하나, 테이블 위엔 노트북과 펜, 노트, 연
필꽂이가 비치되어 있다. 그리고 의자 두 개가 마주 보듯 놓여있
다. 신춘문예 프로그램 신인 발굴지원 멘토링 첫 회차로, 민준은
멘토링을 위해 회의실에서 준비 중이다.

민준, 노트북으로 멘티의 자소서를 보고 있다. 어딘가 익숙한 느낌이다.

연우, 회의실에 들어와 밝게 인사를 한다.

민준, 자리에서 일어난다.

연우 (90도로 인사하며) 안녕하세요! 이번 조언 프로그램 멘티로 참가하게 된 이연우라고 합니다!

민준 (놀라며) 어?

연우 어?!

민준 맞죠? 아침에 서류봉투!

연우 네! (서류봉투를 흔들어 보이며) 이거!! 이거에요!

민준 (웃음) 와~ 너무 신기한데요? 어떻게 이렇게 뵙죠?

연우 그러게요! 이렇게 뵐 줄 알았으면 아침에 그냥 드릴 걸 그랬나 봐요. (봉투를 건네며) 이거 제 원고인데 드리려고 가지고 온 거였거든요.

민준 (웃음) 시작이 좋네요. 아. 소개가 늦었습니다. 저는 김민준이라고 하구요. 이번에 멘토링 프로그램에서 소설 파트 멘토를 맡게 되었어요.

연우 그… 호칭을 어떻게 해야 할까요?

민준 편하신 대로요. 편집자님? 담당자님? 아님. 그냥 호칭 없이 민준씨라고 부르셔도 돼요.

연우 (수줍게) 민준씨로 할게요. 그래도 이 정도면 보통 인연이 아닌데 편집자님이나 담당자님은 뭔가 너무 딱딱한 느낌인 것 같아서요.

민준　(머쓱) 좋아요. 그럼 저도 연우씨라고 할게요.

연우　네. 좋아요!

민준　자 그럼 시작해 볼까요? 메일로 보내주셨던 원고랑 지금 이 원고랑 다른 부분이 있나요?

연우　중간에 스토리 연결이 매끄럽지 않은 것 같아서 수정한 거 조금 있구요. 임시로 적어놨던 인물들 이름을 뒤늦게 정해서 수정해 놓았어요.

민준　네, 그러면 수정한 부분부터 조금만 읽어볼게요.

민준, 원고 읽기에 여념이 없다.

정적이 찾아온다.

연우, 숙제 검사받는 학생처럼 조마조마한 마음이다. 괜스레 주변을 둘러보기도 하고 몸을 가만히 두질 못하고 계속 꼼지락거린다.

연우　아직 날씨가 많이 덥다 그쵸!?

민준　네? 에어컨 좀 낮춰드릴까요?

연우　아뇨아뇨. 괜찮습니다.

다시 찾아온 정적, 연우가 또 정적을 깬다.

연우　식사는 하셨어요!?

민준　네? 아. 네. (계속 읽으며) 잠시만요.

연우　(작게) 죄송… 네…

꽤 긴 정적이 흐른 뒤, 정적을 깨고 민준이 입을 연다.

민준 (원고 한 부분을 짚으며) 여기 이건, 독백인가요?
연우 (들여다보며) 아! 네.

또 정적이 흐른다.
민준, 페이지를 넘기며 읽고는 이내 여러 장을 앞뒤로 오가듯 읽
으며 갈무리한다.

민준 네. 어느 정도 본 것 같아요.
연우 네!
민준 연우씨가 쓰신 글을 보면 전반적으로 캐릭터의 감정이나
상황에 대한 묘사는 굉장히 좋은 편이에요. 하지만, 문제
는 전개가 매력적이지 않아요. 다음 장면이 예상된다고 해
야 될까요? 오늘 가지고 오신 원고가 수정본이라고 하셨
잖아요. 중간에 스토리 연결이 매끄럽지 않아서 바꾸셨다
구요. 사실 바꾸기 전과 후가 차이가 없는 것 같아요. 이미
이야기 초반부터 필연적으로 희망적인 결말을 정해놓고
써내려가는 글로 느껴져서 다음 페이지에 기대감이 생기
지 않거든요.
연우 (주눅 든 목소리로) 네…
민준 (페이지를 넘기며) 어릴 적부터 책을 좋아하던 '혜은'은 작가
가 되는 것이 꿈이었다. (페이지를 넘기며) 가난한 집에 태어
나 가정의 생계를 위해 고등학생 때부터 안 해본 일이 없는

그녀였다. (페이지를 넘기며) 하지만 혜은은 그 꿈을 포기하지 않았다. (페이지를 넘기며) 나의 글을 알아봐 줄 누군가를 위해 끊임없이 투고해왔다. 이게 처음 5페이지 안에 있던 핵심문장이에요. 사실 이미 이때 어떤 식으로 전개될지, 어떤 결말이 주어질지 예상됐고 그대로 흘러가더라구요.

연우 (잔뜩 풀이 죽은 목소리로) 재미없나요?

민준 그렇다는 게 아니라, 혹시 주인공 '혜은'이 혹시 연우씨인가요?

연우 (머뭇거리며) 네… 혹시 문제가 되나요…?

민준 아뇨아뇨. 자신의 모습을 등장인물로 투영해서 글을 쓰는 작가분들은 많이 계세요. 그래서 그 인물을 통해서 자신이 숨겨왔던 감정을 표현하기도 하고 다른 인생을 살아보기도 하고 꿈을 이뤄보기도 하구요. 그런 글의 최고 장점은 등장인물의 감정에 대한 묘사가 굉장히 섬세하고 입체적이라는 거죠. 제가 개인적으로 정말 좋아하는 작가님이 계시는데, 그분은 항상 그런 방법으로 글을 쓰세요.

연우 (의아해하며) 그럼 괜찮은 건가요?

민준 문제는 대중적이지 않다는 거예요. 지나치게 사실적이거나 이야기 흐름의 높낮이가 크지 않은 작품들은 쉽게 이목을 끌지 못합니다… 거기다 연우씨는 지금 멘토링 프로그램을 참여 중이시고, 최종 당선되어 출간되는 작품들은 참여 작품들 중 좋은 성적이 나올 것으로 예상되는 작품을 선정해서 출간하니까요.

연우 그럼 어떻게 해야 할까요?

민준 지금의 이야기가 누군가 쓴 자서전처럼 경수필 같은 형태
라면 조금 더 소설스러워지면 어떨까요? 조금 더 판타지
적이거나, 우연하거나, 흥미롭게요.

연우 판타지라면… 용사가 찐따로 환생하는 회귀물이나, 초능
력자, 신데렐라, 백설공주 스토리 같은 거요?

민준 아뇨. 그건 이미 너무 레드오션인걸요. 지금 저희 출판사
에서 정기 출간하고 있는 회귀물, 신데렐라, 개구리왕자
스토리만 모아도 분기에 20작품은 넘을 겁니다. 정식으로
출간되지 않은 원고들은 10배는 넘을 거구요. 요즘 트렌
드는 일상에 작은 판타지가 녹아있는 것들이 인기가 많은
편이거든요. 사람들은 반복되는 일상에 작은 선물 같은 변
화가 찾아오길 바라니까요.

약간의 정적이 흐른다.
연우는 잔뜩 풀이 죽은 모습이다. 앞서 들었던 혹평에 충격이 큰
듯 민준의 조언에도 딱히 감이 잡히지 않는다.
민준, 침묵을 깨고 말을 꺼낸다.

민준 음… 저 그냥 떠오른 생각인데요. 만약 갑자기 연우님에게
출처를 모르는 선물이 온다면 어떨 거 같으세요?

연우 출처를 모르는 선물이요?

민준 네. 누가 보냈는지 모르는 선물이요.

연우 전 조금 무서울 것 같은데요?

민준 열어 보실 거예요?

연우   아뇨. 제 건지 아닌지 어떻게 알아요.

민준   선물상자에 '받는이 연우'라고 적혀있다면요?

연우   그럼… 열어보겠죠?

민준   그럼 그 선물은 왜 온 걸까요?

연우   글쎄요. 나를 마음에 두고 있던 사람이 있어서?

민준   만약 그런 게 아니라면요?

연우   그럼… 마니또?

민준   (웃음) 엄청 오랜만에 듣네요. 그거.

연우   그럼 왜 온 건데요?

민준   모르죠. 출처를 모르니까요.

연우   에이 뭐에요 그게. 선물상자엔 뭐가 들어있는데요?

민준   (슬리퍼를 가리키며) 음… 이 슬리퍼요!

연우   '받는이 민준'이라고 적힌 상자예요?

민준   아뇨. 하하 예를 들자면 그렇단 거죠.

상자에 대한 이야기를 이어갈수록 연우의 표정이 점점 밝아진다.

연우   재밌네요. 그럼 막 이쁘게 포장이 되어있나요? 포장지나 리본으로요!

민준   아뇨. 그냥 깔끔한 택배 박스 같은 느낌이랄까요? 종이상 자에 깔끔하게 마종이 마스킹테이프로 포장해서. 송장도 없이 매직으로 눌러쓴 글씨만 적혀 있어요.

연우   엄청 디테일하네요?

민준   이런 디테일을 하나씩 추가하면 독자들은 좀 더 명확하게 상상을 할 수 있으니까요?

연우 음… 그러면 그 상자는 어디서 발견한 거예요!?

민준 출근해서 자리에 있었는데 동료가 가져다줬어요.

연우 그 사람이네요!!

민준 아니에요. 택배 더미에 있었대요. 이름이 적힌 걸 보고 전달만 해준 거죠.

연우 또 다른 선물도 받은 적이 있어요?

민준 (머리를 감싸고 생각하는 듯) 음… 상상력을 좀 더 발휘해보자면 다른 상자를 두 번 정도 받은 적이 더 있어요. 거기엔 책도 들어있고, 시계도 들어있었어요.

연우 책이랑 시계가 든 상자는 어디에 있었는데요?

민준 사무실 책상 위에 얹어져 있기도 하고, 집 앞 택배 더미에 같이 있기도 했어요.

연우 (놀란 얼굴로) 설마 진짜 일어난 일이에요?!

민준 아뇨아뇨. 그냥 지금 그런 설정을 해본 거죠. 떠오르는 대로요.

연우 아 뭐에요~ 너무 진짜 같잖아요. 막힘없이 술술-

민준 꼭 요정이 나오고 다른 차원의 세계가 나와야만 판타지가 아니라 일상에 이런 작은 설정을 넣는 것만으로도 판타지가 될 수 있는 거죠. 독자들에게 흥미나 궁금증을 유발하기에도 충분하구요.

연우 저… 이거 재밌는 것 같아요. 출처 모르는 상자 이야기. 이거 제가 써보면 안 될까요?

민준 이거를요?

연우 네. 느낌이 딱 왔어요! 너무 좋은 소재인 것 같단 말이에요.

민준 쓰시는 건 괜찮은데, 이런 설정을 지금 스토리에 맞게 설정하기는 쉽지 않을 것 같은데요?

연우 해볼게요! 할 수 있을 것 같아요. 저… 그래서 말인데 혹시 정해진 멘토링 일정 외에 연락을 드려도 되는 걸까요? 쓰다가 막히거나 아이디어가 필요할 때 여쭤보고 싶어서요!

민준 (명함을 꺼내 건네며) 네. 그럼요. 멘토링 기간 동안에 대면으로 하는 일정이 몇 번 없다 보니까 주로 메일로 원고를 받아서 전화로 피드백하는 방법으로 진행하는 편이에요. 업무시간 외에도 연락이 잘 되는 편이니까 부담 갖지 말고 언제든 편하게 연락주세요.

연우, 명함을 양손으로 받아들고 눈으로 한번 읽는다.

연우 저는 회사를 그만둬서요. 명함이 따로 없네요. 문자로 번호 남겨 놓을게요! 저 혹시 레몬티나 자몽티 같은 거 좋아하세요?

민준 아, 괜찮아요.

연우 아뇨. 제가 드리고 싶어서요. 사실 저도 친구한테 받은 거라 둘 다 드리긴 뭐해서요.

민준 정말 안 주셔도 돼요.

연우 아뇨. 감사해서 뭐라도 성의 표시를 하고 싶어서요.

민준 (곤란해하며) 어… 음… 자… 몽?

연우 다행이네요! 전 레몬티가 더 좋거든요!

민준   네. 다행이네요. 하하.

연우   잠시만요!

연우, 매직을 꺼내 자몽청이 담긴 병뚜껑에 '받는이 민준' 이라고
적는다.

연우   여기요. 선물이에요.

민준   (받아들고) '받는이 민준'. (웃음) 고마워요.

연우   (핸드폰 시계를 보며) 몇 시 퇴근이세요? 저 때문에 길어진 거
          같아서 죄송해요.

민준   (손목시계를 보며) 아직 5시도 안 됐는 걸요?

연우   ⋯ 6시 넘었어요.

민준   아. 안 맞네요.

연우   죄송해요. 저 이만 가볼게요.

민준   (웃음) 괜찮아요. 그럼 다음 멘토링 때 뵐게요. 앞으로 대면
          멘토링은 3번 더 있으니까요. 그 사이에 여쭤볼 거 있으시
          거나, 검토 필요하시면 메일이나 전화 주시구요.

연우   네! 감사합니다. 조심히 들어가세요!

연우, 회의실에서 나간다.
민준, 자리를 정리하다가 자몽청을 집어 든다.

민준   '받는이 민준'

7. 선물을 받아들인 민준, 글을 써 내려가는 연우

드림출판사 사무실.

매월 5일은 도서 분류를 하는 날이다.

업무 특성상 돌아서면 사무실이 원고와 책이 잔뜩 쌓여버려서 달에 최소 한 번은 폐기할 것과 보관할 것으로 나누어 분류작업을 하게 되어있다.

연우의 집, 편한 복장의 연우는 집에서 집필을 하고 있다. 접이식 좌식 간이테이블에 원고와 노트북, 머그컵을 올려놓고 양반다리로 앉아 있다.

소매를 걷어붙이고 있는 민준, 짐을 옮기느라 흘린 땀을 살짝 닦고 있다.

연정, 물을 가지고 들어와 민준에게 건넨다.

민준, 목이 마른 듯 시원하게 물을 마신다.

연정 민준씨 고마워. 나도 이제 나이가 들었나, 나는 한 박스도 못 들겠더라.

민준 차장님 손목도 안 좋으신데 제가 하면 금방 하니까요.

연정 (민준의 손목을 가리키며) 시계 바꿨네?

민준 아, 고장이 나서요. 자꾸 퇴근이 늦어지더라구요? (웃음)

연정 오우~ 비싸 보인다. 잘했네. 시계 사는 데는 돈 아끼는 거 아니랬어. 시간을 사는 거라고. 얼마야?

민준　글쎄요. 선물 받은 거라.

연정　이야~ 시계 선물할 정도면 특별한 사이인가 봐?

민준　아, 아니에요. 그런 거. 근데 차장님 기분이 되게 좋아 보이시네요. 오늘?

연정　나 이번 달 대명문고 룰렛 문상 만원 됐거든! 그거 알아? 나 입사 이후로 처음인 거? 매월 5일만 기다렸어. 어떨 땐 월급날보다 더 기다려진다니까? 민준씨는 뭐 나왔어?

민준　(손으로 5를 해 보이며) 5천 원이요.

연정　이야~ 민준씨. 역시 운이 좋네. 근데! 오늘은 내가 이겼네? (웃음) 수고해~

민준　(웃음) 네~

연정, 사무실을 나간다.

연우, 필통을 뒤지는데 무언가 없어진 듯하다. 민준에게 전화를 건다.

민준, 자리에 앉아서 업무를 하다가 연우의 전화를 받는다.

민준　네. 김민준입니다.

연우　민준씨, 출근하셨어요?

민준　네. 연우씨는요?

연우　네. 저도 노트북 앞으로 출근했습니다. 어제 멘토링 해주신 뒤로 구성을 바꿔보려고 시도해 보는 중이에요. 기존 스토리는 그대로 가고 혜은이 꿈을 이룰 수 있게 도와줄 인물과 선물이라는 요소를 추가하는 방법으로요.

민준 큰 결심 하셨네요. 잘 생각했어요. 근데 지금 구상해서 추가하려면 제출일까지 일정이 조금 빠듯하실 텐데 괜찮으시겠어요?

연우 해봐야죠! 그래서… 자주 연락드릴 것 같아요… 헤헤… 아! 민준씨 사실 오늘 전화드린 게… 제가 어제 멘토링때 펜을 두고 온 것 같아서요. 혹시 확인해 봐주실 수 있나요?

민준 잠시만요.

민준, 회의실로 가서 (out) 펜을 가지고 돌아온다.

민준 (돌아오며) 회의실에 있었네요.

연우 정말 다행이에요!! 저는 잃어버린 줄 알고!…

민준 특별한 펜인가 봐요. 되게 오래돼 보이네요?

연우 저 고등학생 때 할아버지가 선물로 주신 펜이에요. 제 보물 1호.

민준 잘 보관했다가 다음 멘토링 때 드릴게요.

연우 정말 고마워요. 휴. 민준씨한테 도움을 많이 받네요.

민준 뭐 이런 걸 가지구요~

연우 그래서 말인데요. 도움받은 김에 아이디어를 조금 더 얻어볼까 하거든요.

민준 (실소) 네?

연우 혹시 오늘도 선물 받으셨어요? '받는이 민준'

민준 (웃음) 뭐에요. 진짜로 일어나는 일이라고 믿는 거예요?

연우 아뇨. 어제 즉흥으로 상자에 대한 설정을 척척 해주시길래 오늘도 새로운 아이디어를 얻을 수 있을까 싶어서 물어본 거예요.

민준 글쎄요. 아. 오늘 대명문고 추첨에서 도서할인권 받았어요. 5천 원이요.

연우 와… 대박. 오늘도 선물 받으신 거 맞네요.

민준 매월 500명이나 당첨되는 오천 원짜린데요 뭐. 저희 차장님은 만원이나 당첨되셨는걸요?

연우 네. 그리고 저는 2000명 당첨되는 책갈피를 받았구요.

민준 지난달엔 꽝이었는걸요? 그리고 이번 책갈피 되게 이쁘던 데요?

연우 전 책갈피만 모아도 책이 한 권 나오겠어요.

민준 하하하. 뭐…

짧은 정적.

연우 민준씨 펜 찾아줘서 고마워요. 덕분에 마음 놓고 집중할 수 있을 것 같아요. 그리고 아이디어도 감사해요.

민준 이제 제 일인걸요. 파이팅입니다.

연우 고마워요. 또 연락해도 되죠?

민준 네. 얼마든지요.

연우 넵! 바쁘실 텐데 얼른 업무 보세요. 감사해요

민준 네~

민준, 연우 전화를 끊고 둘 다 핸드폰을 바라보고 살짝 미소를 짓

는다.

연우, 음료를 마시려다 다 떨어진 걸 알고 컵을 들고 주방으로 간다. (out)

민준, 원고를 정리하다 서랍을 열었고, 안에 있는 상자를 발견한다. 어김없이 상자 상단엔 '받는이 민준'이라고 적혀있다.

상자를 열어보니 안에 찻잔 세트가 들어있다.

찻잔 세트를 잠깐 쳐다보더니 다시 정리해서 넣고 퇴근 준비를 한다.

민준　(손목시계를 보고는) 칼퇴.

암전.

8. 집필을 하는 연우

연우의 집,

노트북 앞에 앉아서 열심히 집필을 하고 있는 연우

기존 쓰고 있던 평범한 스토리에 민준의 아이디어가 합쳐져 글이 물 흐르듯 나오는 중이다. 이렇게 열정적으로 글을 써본 적이 있을까 싶다.

연우　(글을 써 내려가며 속삭이듯) 혜은이 첫 번째 원고의 마침표를 찍었을 때, 그녀의 두 뺨 위로 뜨거운 눈물이 흘러내렸다.

하지만 그 원고가 볼품없는 졸작으로 여겨지기까지는 그리 오랜 시간이 걸리지 않았다.

연우의 전화기가 울린다.
연우, 무선이어폰을 꺼내 한쪽 귀에 끼우고 전화를 받는다.

연우 여보세요? 어 지우야. (사이) 뉘예뉘예. 작가님께서는 지금 엄청난 대작을 쓰고 있는 중입니다. (사이) 응. 다 읽어봤어?

연우의 표정이 살짝 어두워진다.

연우 이야… 너도 편집자로 취업해도 되겠다… 민준씨가 한 말이랑 거의 똑같네. 칭찬할 건 없고? (사이) 야박하다 야박해. 안 그래도 이미 멘토링 받으면서 제대로 깨지고 바닥 한번 찍고 왔습니다. 예. (사이) 응? 아~ 민준씨라고 내 멘토링 담당자님이셔.

지우의 말에 연우의 표정이 부끄러워진다. (몇 살인데? 잘해봐)

연우 음… 또래 같아 보이던데? (사이) 잘해보긴 무슨! 내가 작가 되려고 멘토링 받으러 간 거지 연애 사업하려고 시작한 줄 알아?

민준, 집으로 가는 길이다. 횡단보도 신호를 기다리고 있다.

연우 첫 멘토링에 내가 쓴 원고 읽자마자 엄청 쏘아붙이는데 나 진짜 완전 주눅 들었잖아… 진짜 표정 변화도 없이 계속 말로 두들겨 패는데 괜히 얄밉기도 하고 좀 너무한다 싶더라니까.

민준, 귀를 후빈다.

연우 뭐 외모는 평범해. 성격은 좋은 것 같고, 친절하고, 키도 좀 크고… 왜 나 얼마 전까지 일하던 곳엔 배 나온 아저씨들 뿐이었잖아. 그래서 그런가 뭔가… 좀 멋있더라.

민준, 연우가 말하는 타이밍에 맞춰서 액션을 취한다.
(헛기침, 양보하는 모습, 뒤꿈치들기, 배에 힘주기, 팔뚝에 힘주기 등)

연우 (사이) 에이 무슨~ 일이니까 잘 해주시는 거지. 멘토링 하시는 거니까. 뭐 그리고 사실 나는 서울 남자는 질렸어. 딱 별로야. 경상도 남자가 성격도 시원시원하니 좋더구만 뭐.

민준, 갑자기 전화를 걸고 사투리를 한다.

민준 (경상도 사투리로) 그래. 웬일은 무슨 오랜만에 생각 나가 전화해봤다. 그래 별일 없으면 됐다. 끊어라.

민준, 집으로 들어간다. (out) 편한 옷으로 갈아입는다.

연우　그치. 경상도 남자한테 시원시원하게 차이긴 했지. 뭐 민준씨랑 연락은 자주 할 것 같아. 멘토링도 3번이나 남아있고 원고에 대대적인 수정을 할 핵심 아이디어를 민준씨가 준 거거든. 그래서 자주 연락드리겠다고 했어. (사이) 에이 무슨 고백이야 그게. 그런 거 아니야. 그냥 도움 주시고 나는 도움받고 그런 거지 뭐. (사이) 너도 계속 글 쓰면 좋을 텐데… 하긴 카페며 육아며 시간이 없는 것도 사실이긴 해. 그래도 애들 좀 크면 다시 시작해 봐. 너도 글 쓰는 거 좋아하잖아. (수화기 너머 아기 우는 소리가 들린다) (사이) 어? 어 알겠어. 응. 얼른 가봐. 놀러 갈게. 응~

연우, 전화를 끊고 민준이 계속 생각나는 듯 생각에 잠긴다.

연우　(핸드폰을 보며) 민준씨는 퇴근했으려나.

연우, 고민하다 민준에게 전화를 건다.
민준, 편한 옷으로 갈아입고 머그컵에 자몽티를 태워 스푼을 저으며 거실로 나와 연우의 전화를 받는다.

연우　여보세요?
민준　네. 연우씨 무슨 일이세요?
연우　퇴근하셨어요?
민준　(웃음) 시간이 몇 신데요. 당연하죠.
연우　아! 늦은 시간에 죄송해요. 실례가 많았습니다.

민준 괜찮아요. 연우씨가 준 차 마시고 있어요.

연우 맛있죠? 친구가 운영하는 카페에서 받아온 건데 애가 워낙에 손재주가 좋아요! 엄청 좋은 재료만 엄선해서 쓴대요! 하나하나 살균세척도 하고! 껍질도 벗기고! 또 숙성하고…

민준, 마침표마다 대답하려다가 말이 맞물려 계속 막힌다.

민준 맛있… 어요!

연우 네.

민준 네.

짧은 정적이 흐른다.

민준 추가한다던 인물 설정은 좀 해봤어요?

연우 네. '혜은'의 글쓰기 솜씨를 알아준 선생님을 한 명 추가했어요.

민준 유~ 명한 희곡에서 본 것 같은 설정인데요?

연우 조금 다를 거예요. 저는 저희 할아버지를 생각하고 설정했거든요.

민준 할아버지요?

연우 저희 할아버지는 작가셨어요. 지금은 글을 더 이상 안 쓰시지만요. 하지만 덕분에 제가 어릴 때부터 글 쓰는 것에 관심이 많아졌어요. 제가 작가가 되고 싶다고 했을 때 극구 반대하셨지만 제 글을 진심으로 대해주고 읽어주신 분이에요. 그래서 할아버지가 선생님이 된다면 이라고 생각하고 설정을 해봤어요.

민준 그런데 할아버님은 왜 작가가 되는 걸 왜 반대하셨어요?

연우 작가로 사는 게 힘들다구요. 할아버지는 글 쓰는 걸 좋아하셨지만 유명한 작가가 되진 못하셨거든요. 먹고 살기도 많이 힘들었구요.

민준 그렇군요.

연우 그런데 그것보다 꽉 막혀있는 하나가 풀리질 않네요.

민준 어떤 거요?

연우 선물을 받는다는 게… 무서울 것 같다는 생각이요. 집은 굉장히 개인적인 공간이잖아요. 또 회사는 보는 눈도 엄청 많구요. 그런데 내가 모르는 누군가가 아무에게도 들키지 않고 정확히 내가 필요한 선물을 한다… 좀 무서운 설정 같아서요.

민준 음. 저도 생각을 많이 해봤거든요. 그러니까 만약 제가 아니라 그 글의 주인공인 혜은에게 이런 상황이 생겼다면 어떤 설정이었을지요. 혜은에게요.

연우 네. 혜은에게.

민준 선물을 받아들이는 계기가 있었을 것 같아요.

연우 선물을 받아들이는 계기요?

민준 선물이 오는 걸 이해할 수는 없지만, 그 상자 안의 물건이 나에게 꼭 필요한 선물이라는 점에서 의도가 굉장히 긍정적인 것으로 받아 들여지구요. 또, 무슨 이유로 선물을 받게 된 것인지 명확하지 않지만, 물리적으로 닿은 적 없이 굉장히 안전하게 받게 되었어요. 또, 그 누구도 본 사람이 없다고 하니, 무형의 존재가 준 게 아닐까. 예를 들자면 '신'이 주신 게 아닐까 하는 거죠. 그리고 그렇다면 그 선물을 준 이유가 있지 않을까? 하는 생각을 하게 되더라구요.

연우 이유요?

민준 이런 식으로 선물을 받아들이는 과정에서 무서움보다는 호기심으로 다가가면 어떨까 한다는 거예요. 왜 이 선물을 나에게 준 것일까. 내가 필요한 물건이었단 걸 어떻게 알았을까. 무엇을 하면 나에게 이런 선물이 생기는가. 이걸 중점적으로 바라보고 선물을 받는 방식이 안전하다면, 혜은이는 생각보다 쉽게 받아들일 수 있지 않았을까요? 그리고 연우씨가 쓰는 소설이니까 설정도 얼마든지 넣을 수 있죠. 어떤 선물인지 또, 무엇을 할 때 받게 되는지요. 받은 선물이 내 꿈을 이루는 데에 도움을 준다거나, 내 꿈을 위해 어떤 노력을 했을 때 선물이 보상으로 돌아온다거나, '선생님'이라는 인물과 연관이 있다거나요.

연우 와… 민준씨는 정말 대단한 것 같아요. 이렇게 풀어낼 수 있다는 게… 민준씨는 왜 작가가 되지 않으셨어요?

민준 도전을 안 해본 건 아니에요. (미소) 제가 책 보는 걸 엄청 좋아했거든요. 오죽하면 학창시절에 제가 제일 좋아하던 힐링이 대명 문고 B-4 열에 걸터 앉아서 책을 보는 거였어요. 거기가 유난히 책장 사이가 넓어서 사람들이 지나다니는데 거슬리지 않는 저만의 소중한 전용석이었거든요. 그 정도로 책 보는 걸 좋아하다 보니까 자연스레 '나도 작가가 되어서 내 이야길 써보고 싶다'라는 막연한 생각이 들더라구요.

연우 책을 썼나요?

민준 책을 너무 많이 읽은 게… 그게 문제가 되더라구요. 아무리 참신하게 글을 써보려고 해도 내가 언제인가 봤던 페이지에서 이야기를 꺼내와 글을 쓰고 있더라구요. 그래서 글 쓰는 건 포기했어요. 그래도 워낙에 많이 읽다 보니 보는 눈이 좋아져서 그런지 출판사 에디터로 근무하기에는 딱 적성에 맞는 거 있죠?

연우 제가 살짝 양심이 없어지네요.

민준 네?

연우 사실 지금 쓰고 있는 글도 민준씨 도움으로 쓰고 있는데 저만 힘들고 저만 창작의 고통을 겪는 것마냥 유난스럽게 군 것 같아서요.

민준 아니에요. 연우씨. 이래 봬도 제가 에디터 경력이 좀 되거든요. 연우씨 글 잘 써요. 표현이나 묘사만큼은 그 누구보다 뒤지지 않아요. 저는 그저 연우씨의 글이 조금 더 독자들에게 신선하게 다가갈 수 있게 하기 위해서 약간의 양념만 추가 해드린 것일 뿐인걸요.

연우 그게 지금의 저에게 가장 큰 도움이에요. 정말이요. (사이) 민준씨. 기대하세요. 제가 베스트셀러 작가가 되면 절대 민준씨 은혜 잊지 않을 거예요.

민준 말씀만으로도 고맙네요.

민준의 집 현관 벨소리가 울린다. (띵동)

민준   응? 이 시간에 누구지? 저 누가 온 것 같아서요.

연우   얼른 가보세요. 정말 감사했어요. 오늘.

민준   도움이 되었다니 다행이에요. 그럼 쉬세요.

민준, 전화를 끊고 현관으로 달려간다.

민준   네. 잠시만요~

민준, 현관 앞에 놓여있는 상자를 가지고 들어온다.
상자에는 어김없이 '받는이 민준'이라고 적혀있고 상자를 열어보니 안에는 단종돼서 더 이상 구하지 못하는 브랜드 향수가 들어있다.
향수를 뿌려본다. 향이 마음에 든다. 연우에게 톡을 남긴다.

민준   (자판을 두드리며) 음… 연우씨. 연우씨가 걱정하는 것보다 혜은이는 선물을 좋아하고 있을 겁니다. 잘 자요. 좋은 꿈 꾸세요.

민준의 핸드폰에서 카톡 알람이 울린다.

민준   (톡을 읽으며) 고마워요. 민준씨두요.

민준, 수줍어하는 모습을 보인다.

9. 신춘문예 프로그램 멘토들의 이야기

드림출판사 사무실.
어느덧 첫 멘토링을 한 지 한 달이라는 시간이 지났다.
창현, 연정과 민준이 멘토링에 대해서 이야기를 한다.
창현은 멘토링이 영 쉽지 않은 모양이다. 본인 전문 분야로 멘토링을 하고 있는 게 아니기 때문이다. 창현은 동화파트 멘토가 되었지만, 겉으로 봐도 티가 날 정도의 ESTJ 성향이 뚜렷한 그는 동화작가에게 공감을 못 해주고 있다.

창현, 테이블 옆에 서서 설명에 열중이다.
연정과 민준, 창현의 이야기를 들어준다.

창현 동물 친구들이… 똥이 마렵대요. 토끼랑 말이 똥이 마려워서 반달곰네 집에 가서 몰래 똥을 누는데 반달곰 옆집에 사는 쥐가 냄새가 너무 많이 나서 싫대요. 똥이 많아지니까… 그러더니 (한숨) 갑자기 서로 '네가 가져라!' 하면서 똥을 던져요. 그러더니 똥 던지기 경쟁이 붙어서 이젠 막 똥을 훔쳐와서 모아요. 던져야 되니까. 그렇게 계속 똥을 던지다가 온 세상이 똥바다가 되니까 그 똥들 사이로 뽕! 하고 꽃이 자란 거예요. 하하하하 그게 거름이 돼서! 이번엔 갑자기 그 똥 사이로 피어난 꽃을 선물하고 화해를 해요. 행복하게 잘 살았습니다. 짝짝짝짝! 하하하하하… (정색하며) 이해가 되세요?

연정 애들 좋아하는 거 다 들어갔네. 동물 친구들, 똥, 싸움, 꽃, 화해. 연결고리만 매끄럽게 하고, 그림작가님만 잘 구하면 꽤 괜찮을 것 같은데?

창현 아니 애초에 저는 이해가 안 된다니까요? 토끼랑 말이랑 반달곰이랑 쥐랑 싸는 똥 양부터가 다른데 이걸 가지고 싸우는 것부터가 너무 형평성이 안 맞잖아요.

연정 아이고 상극이네! 상극이야. 왜 네가 동물들의 배변량 차이를 이해하려고 하는 거야. 작가가 말하고자 하는 걸 이해하려고 해야지. 민준씨?

민준 님비현상. 우리 집만 아니면 된다 하는 지역이기주의를 풍자하려고 한 이야기 같네요.

창현 네? 과장님 진심이세요? 이걸… 와… 됐어요 저는 포기입니다… 포기…

연정 민준씨는 어때? 벌써 첫 멘토링 한 지 한 달이 다 돼가잖아.

민준 저요? 음. 좋아요.

창현 아니 좋은 건 또 뭐예요.

민준 무탈하게 잘 진행되고 있어요.

연정 뭐야~ 잘 진행되고 있다는 게 멘토링이에요? 사랑이에요?

민준 또 이러신다 또! (수줍) 그런 거 아니라니까요.

창현 어? 과장님 수상해요?

민준 그런 거 아니야 임마. 야! 너 그때 기획안 바꾸라고 한 건 어떻게 됐어?

창현 말 돌리시기는? 진작에 싸-악 수정해서 제출한 지가 언젠데요. 그때 과장님 피드백 받아서 진행했다고 말씀드리니까 팀장님 바로 하이패스~ 로 승인 해주시던데요? 팀장님이 과장님 엄청 아끼시잖아요.

민준 그래서 그런 거겠냐. 초안이 괜찮으니까 조금만 수정해도 좋았던 거지.

승원(팀장), 사무실로 들어온다.

승원 (멀티비타민을 건네며) 민준, 너 이런 거 먹냐?

민준 (받아들고) 앗 이거 제가 먹던 거랑 같은 거예요. 팀장님도 이거 드세요?

승원 아니 판촉에서 선물로 들어온 건데, 나는 집사람이 챙겨준 게 있어서. 너 먹던 거면 먹어라.

창현 아 팀장님 저는요?

승원 얌마 너는 얘보다 젊잖아.

창현 2살밖에 차이 안 나거든요?

승원 나눠 먹든지 해 그럼. 짜식이. 그리고 서차장. 잠깐 나 좀 봐
연정 네.

승원, 사무실에서 나간다. (out)
연정, 승원을 따라 나간다.

민준 감사합니다. 야 같이 먹자 같이.

창현 이거 봐 이거 봐. 팀장님은 과장님만 편애한다니까.

민준 에이 그런 거 아냐. 우리 이거 아침마다 한 알씩 나눠 먹자.

창현 됐네요. 저는 젊어서 안 먹어도 되거든요. 만 29세라구요.

민준 만 나이 따지면 그때부터 늙은 거야. 난 이제 외근이나 가 야겠다.

민준, 외근 나갈 준비를 한다. (외투를 입고 가방을 챙긴다)

창현 오늘 외근 있으셨어요?

민준 대명문고 출판 미팅. 같이 갈래?

창현 (늙은 시늉) 하이구 저는 늙어서 관절이 안 좋아요.

창현, 자기 자리로 간다. (out)

민준, 시계를 한번 들여다보고 출발하다가 다시 시계를 한번 보 고는 멀티비타민 쪽으로 시선을 옮긴다. 멀티비타민 뚜껑을 열고 한 알 꺼낸다.

10. 두 번째 멘토링

드림출판사 회의실,

두 번째 멘토링을 위해 민준과 연우가 함께 회의실에 있다.

테이블 위엔 각자의 노트북이 있고, 많은 종이들이 널브러져 있다.

지난 기간 동안 연우는 쉼 없이 글을 써왔고, 민준도 숱한 검토를 하고 수정 방향을 잡아주었었다. 반복되는 작업에 둘 다 조금씩은 지쳐 있는 듯한 모습이다.

민준, 테이블에 걸터앉아 원고 한 묶음을 펼쳐 쥐고는 설명을 한다. 연우, 열심히 받아적는 모습이다.

민준　선물의 목적이 뚜렷하지 않아요. (원고 중간쯤을 짚으며) 지금 여기서 보게 되면 주인공이 선물을 군이 받아야 할 이유가 없는 것 같아요. 무엇을 해서 선물을 받게 되는지, 선물을 받음으로써 생기는 효과가 무엇인지, 또 이 선물을 받은 이유가 무엇인지 파악할 수 없는 것 같아요. 지난번에도 말씀드렸었는데, 궁금증을 유발하고 나서 그걸 명쾌하게 풀어내지 못한다면 선물의 존재 이유부터가 사라지게 될 거예요. 그리고… (페이지를 두어 장 넘기며) 확실히 선생님이라는 인물이 추가되면서, 선생님과의 서사가 조금 더 이야기를 설득력 있게 만들어 주는 것 같아요. 하지만… (페이지를 두어 장 넘기며) 혜은이 받은 선물이… 만년필, 책, 비디오테잎…? 다른 건 그렇다 쳐도 비디오테잎은 뭐죠?

연우　아. 그… 글을 쓸 때 참고가 되는 영화가 있는 경우도 있잖아요. 감정표현이든, 장면전환이든. 글 쓰는 데 도움이 될 만한 영화를 선물 받는 걸로 하고 싶었는데…

민준, 연우의 옆으로 다가가 앉는다.

민준 이 글의 시대가 언제죠?

연우 현재요.

민준 연우씨는 비디오테잎 마지막으로 언제 보셨어요?

연우 초등학교 때요?

민준 그럼 지금 설정이 안 맞는 것 같아요. (페이지를 앞쪽으로 많이 넘기며) 여기 앞에 보면 스마트폰을 이용해서 검색을 하기도 하고, 선생님이랑 영상통화를 하기도 하는데 그 말은 적어도 2010년~2020년은 되었다는 뜻인데, 집에 비디오 있는 집. 찾기 힘들 걸요?

연우 많이 억지스러울까요…?

민준 그것보다 애초에 지금 받은 선물들이 특별히 '받는이 혜은'이라는 상자에 들어있을 이유를 모르겠어요. 굳이 상자가 아니라 글 선생님이 도움 주는 과정에서 얼마든지 선물로 줄 수 있는 물건들인 것 같거든요. 글을 쓸 펜, 참고할 책, 참고할 영화, 그런 것들을 주기 위해 꼭 그 신비한 선물이라는 구조가 필요하지는 않단 말이죠.

연우 (기분이 상한 듯) 그럼 어떻게 해야 할까요?

민준 제가 생각을 조금 해봤는데요. 선물이 물건이 아니라 이야기라면 어떨까 싶었어요.

연우 이야기요?

민준 연우씨 글 쓸 때 막히는 구간이 생겼던 적이 있지 않나요?

연우 엄청 많죠. 매일 있죠.

민준 하지만 어떻게든 풀어내죠?

연우 몇 날 며칠 고민해서 어떻게든 풀어내죠.

민준 그럼 그 풀어낸 방법이 선물이 된다면요?

연우 그게 무슨…?

민준 주인공 '혜은'이 글을 쓰다가 막힐 때마다 선물이 도착하는 거예요. 그 선물상자 안에는 막힌 구간을 뻥 하고 뚫어줄 다음 이야기가 적혀있는 거죠.

연우 아…!

민준 연우씨가 글을 써오면서 겪었던 어려움을 혜은이 똑같이 가져가고, 연우씨가 풀어냈던 방법이 몇 장의 종이가 되어 상자 안에 들어가 있다면 그게 혜은에게 최고의 선물이 되지 않을까요?

연우 근데 그럼 그건 혜은이 쓰는 글이 아니잖아요?

민준 그렇다고 볼 순 없죠. 혜은이 쓰고 있는 글에 도움을 줄 뿐인걸요.

연우 그치만 그건 혜은이 생각해낸 게 아니잖아요!

민준 그 해결방법은 결국 연우씨가 생각한 거니까요!

연우 그렇다고 그게 혜은이 생각해낸 게 되는 건 아니잖아요.

민준 그럼 혜은이 선생님께 도움을 받거나, 지금 연우씨가 저한테 멘토링 받는 것은요?

잠깐의 정적, 연우의 표정이 굳어진다.

민준 그러니까 제 말은 어차피 지금 이 글 속의 이야기는 혜은이 쓰고 있는 소설이고, 그 글은 결말이 정해져 있는 글이잖아요. 혜은이 만들어놓은 결말이요. 정해진 그 결말로 가는 길에 흥미를 더해줄 요소를 만들어보자는 거죠. 그 흥미로운 판타지 요소를 넣어서 효과적으로 살리는 방법으로요.

연우 제 이야기는 결말이 안 정해져 있어요.

민준 결말은 혜은이 작가로 데뷔하는 거잖아요?

연우 얼마든지 달라질 수 있다고 생각하고 있어요. (북받치는 감정을 삼키고) 그런데 제가 결말이 달라질 수 있다고 생각한 게, 지금 제가 글을 혼자만의 힘으로 쓰고 있는 게 아니라서 그런 걸 수도 있겠다는 생각이 드네요.

민준, 아차 하는 옅은 탄식을 내뱉는다.

민준 연우씨. 그렇게 들리게 말한 거라면 죄송해요. 그런 의도가 아니라 저는.

연우 괜찮아요. 저, 죄송한데요. 오늘은 약속이 있어서요. 여기까지만 하고 다음 멘토링 때 뵈었으면 해요. 말씀하신 대로 수정해서 가지고 올게요.

연우, 자리에서 일어나 노트북과 원고를 챙긴다.
민준, 따라 일어난다.

민준 아뇨. 연우씨. 저는 어디까지나 멘토링 과정에서 도와드리는 거고 꼭 제가 이야기하는 대로 써야 된다 그러는 게 아니에요. 그냥 그저…

연우   네. 알아요. 오늘도 정말 감사했습니다.

연우, 사무실을 나간다. (out)
민준, 나가는 연우를 바라보고는 아쉬움에 깊은 한숨을 내쉰다.

11. 연우의 고민 상담

지우의 카페,
멘토링 중 기분이 상한 연우가 하소연을 하기 위해 지우를 찾아
간다.
카페에서 청소를 하고 있는 지우, 풀이 죽은 상태로 가게로 들어
오는 연우를 발견한다.

연우, 카페로 들어온다.

지우   왜 이렇게 저기압이야?

연우   나 마실 것 좀…

지우   잠깐 앉아있어.

지우, 연우에게 줄 음료를 한 잔 가져와 건넨다.

연우   고마워.

지우   자 이제 말해봐. 왜 이렇게 기분이 안 좋아 보여?

연우, 말을 꺼내려다 주저한다.

지우　무슨 일인데 그래?

연우　그게… 오늘 멘토링 하는 날이었는데 내가 박차고 나와버
렸어.

지우　뭐? 왜? 관뒀어?

연우　아니! 그건 아니고… 아니! 말을 기분 나쁘게 하잖아!

지우　참나. 너 뭐하냐? 뭐 사랑싸움해?

연우　그런 게 아니라… 아 몰라…!

지우　아니긴 무슨 딱 남친한테 삐진 여친 뉘앙스구만.

연우　아니라니까!…

지우　(주변 정리를 하며) 화해해라 화해. 사랑싸움 해봤자 좋을 거
하나~도 없어.

연우, 한숨을 크게 한번 쉬더니 음료 컵을 만지작거린다.

연우　나… 지금 내가 쓰고 있는 글… 정말 내가 쓰고 있다고 말
할 수 있는 걸까?

지우　갑자기 무슨 소리래? 네가 쓰는 거지 그럼.

연우　어느 순간부턴가 민준씨가 알려주는 대로만 쓰고 있는 것
같아서… 결국 나 혼자 힘으로는 안 된다고 스스로 인정하
고 도움을 바라고 있는 것 같아서… 민준씨가 어떤 의도로
말했는지 아는데… 인정하기 싫은 것 같아. 내가 무능해지
는 기분이었어.

지우 그 사람이 그래? 너 무능하고 자기 도움 없으면 안 된다고?

연우 아니⋯

지우 그럼 너 스스로 떳떳하지 못하다고 생각해서 그 사람한테 덮어씌우고 있는 거 아냐?

연우 야! 너 내 편 맞냐?

지우 네 편이지. 그러니까 이렇게 말해줄 수 있는 거야.

연우, 고개를 푹 숙인다.

지우 연우야. 작가가 되는 게 네 꿈이지?

연우, 고개를 들고 지우를 바라본다.

연우 응⋯

지우 꿈을 꾼다는 거. 그거 정말 멋진 일이야. 사람들이 왜 무모한 일에 도전하고 끊임없이 노력하고 연구하고 시간과 정성을 쏟아붓는지 알아? 꿈이 있으니까. 그렇게 수많은 사람들이 꿈을 이루기 위해서 노력하는데, 만약 꿈을 이룰 수 있게 도와주는 사람이 생기면 어떨 것 같아?

연우 감사하지⋯

지우 그렇지. 그런데 너는 지금 네 꿈을 이룰 수 있게 도와주는 사람한테 감사가 아니라 원망을 하고 있는 거야. 먼저 감사해. 그리고 네가 네 꿈을 잃지 않게 방향을 잘 잡아. 그러면 돼.

연우, 잠깐 생각에 잠긴다.

연우 너는 글 다시 안 쓰고 싶어? 너도 작가가 되는 게 꿈이었
잖아. 그래서 대학도 문예창작과로 갔었잖아.

지우 (웃음) 그랬지. 애가 덜컥 생겨서 학교 그만두기 전까지는.
나 그때 자퇴서 낼 때 꿈을 포기했다는 생각에 엄청 우울
했었다? 근데, 꿈이란 게 참 신기해. 꿈을 포기한다고 꿈이
사라지는 게 아니라 새로운 꿈이 생겨나더라고. 난 지금도
매일 꿈을 꿔. 어제는 자몽청이 잘 나왔으면 하고 꿈을 꾸
고, 오늘은 쿠키가 잘 구워졌으면 하고 꿈을 꿨어. 그리고
지금 나한테 제일 큰 꿈이 뭔지 알아?

연우 뭔데?

지우 우리 가족 행복하게 잘 사는 거. 그게 내 꿈이야. 근데 살다
보니까 쉬워 보여도 혼자 힘으로 되는 게 생각보다 많이
없더라. 그래서 가족들 도움으로 열심히 꿈을 이뤄가고 있
는 중이야.

연우, 지우의 말에 생각에 잠긴다.
연우의 휴대전화가 울린다. 민준이다.

연우 (핸드폰을 내보이며) 나 가볼게. 고마워!

지우, 끄덕이며 연우에게 눈인사를 한다.

12. 민준의 고민 상담, 그리고 화해

민준의 집,
민준, 범준과 서로 각자의 집에서 통화 중이다.

민준 어떡하지 진짜.

범준 뭘 그렇게까지 신경 써. 너한테 멘토링 받는 사람이라며 네가 가르치는 사람, 그 사람이 배우는 사람이니까 그만두면 그 사람 손해 아냐? 넌 완전 개이득이네. 신경 쓸 일도 줄어들 텐데 월급은 그대로일 거 아냐?

민준 그게 아니라고. 내가 연우씨 기분이 상할만한 말을 했으니까 그게 문제인 거지… (한숨) 휴우… 어떻게 해야될지 모르겠다. 제대로 화가 난 것 같던데. 근데 멘토링 차원에서 충분히 할 수 있는 말이었다고 생각하거든…

범준 이거 봐 이거 봐. 그래 그냥 멘토 멘티 사이였으면 그렇게 화 안 냈겠지. 그 선을 넘어 있으니까 섭섭한 거야. 딱 봐도 그 사람도 너한테 마음 있구만 뭘.

민준 아니라니까 그런 거. 근데 아무리 생각해도 틀린 말을 한 것 같진 않은데…

범준 이거 봐 네가 문제야 임마. 너 진짜 고집 있어. 맞는 말만 골라 하는 거 그거 사람 되게 힘들게 해. 니가 멘토인데 내가 멘티로 들어간 거였으면 난 진작에 그만뒀을 거야. (사이) 근데 니가 이렇게 말하는 거 보니까 진짜 보통 사이는 아닌가 봐?

민준   그런 거 아니라니까

범준   기회 놓치지 마.

민준   아이구?

범준   야. 너 지금 작가 못해서 디렉터 하는 거잖아. 글 안 써도 그걸로 됐다고 만족한다면서. 근데 진짜 만족하냐?

민준   난 지금 내가 하는 일 되게 자랑스럽고 만족해. 잘 맞는 것 같기도 하고.

범준   그럼 여자도 놓치고 다른 여자로 만족할 거야?

민준   말이 그렇단 거지 새끼야. 그렇게 잘 아는 놈이 너는 왜 솔로냐?

범준   난 자유로운 영혼이야~

민준   어련하시겠습니까.

범준   먼저 연락해 임마. 나중에 후회하지 말고.

범준, 전화를 끊는다.

민준, 고민하다가 연우에게 전화를 건다.

연우, 전화를 받는다.

민준   여보세요.

연우   여보세요.

민준   연우씨 통화 괜찮아요?

연우   네. 무슨 일이세요?

민준   저… 사과하고 싶어서요. 제가 그런 뜻으로 말한 게 아닌데, 기분이 많이 상하셨을 것 같아서…

연우 아… 어… 아니에요. 제가 죄송해요.

민준 아닙니다. 제가 생각 없이 이야기를 해서 상처를 드린 것 같아요.

연우 아니에요. 아니에요. 다 저 도와주시려고 하신 말씀인데 오히려 제가 너무 그런 것 같아서… 사실 친구한테도 혼났거든요.

민준 아… 저도 혼났습니다.

연우 하하… 네… 음… 어 그럼 화해라고 해야 맞을까요?

민준 그… 그런 걸로 하죠! 하하하하… 뭐 하고 계셨어요?

연우 자책이요.

민준 죄송합니다.

연우 농담이에요. 사실 집에 와서 생각해보니까 민준씨 말씀이 다 맞는 것 같더라구요. 알려주신 방법 참고해서 써보고 있었어요.

민준 아시죠? 어디까지나 멘토링 과정에서 도와드리는 거고 꼭 제가 이야기하는 대로 안 써도 된다는 거.

연우 알아요. 알아요. 여러 번 말씀하셨잖아요. 근데, 저 궁금한 게 있는데요.

민준 네.

연우 원래 멘토링 받는 작가들한테 그렇게 친절하세요?

민준 제가요?

연우 네. 이렇게 전화도 다 주시고 사과도 먼저 해주시고 멘토링 해주시는 것도 항상 웃는 얼굴로 친절하게 말씀해 주시잖아요.

민준 아… 가급적이면 누구에게나 친절하려고 노력하는 편이긴 해요. 아무래도 업체미팅도 많고 다양한 사람들을 만나야 되다 보니까 그런 게 되게 중요하더라구요.

연우 (살짝 기분 상한 말투로) 아. 네. 누구에게나 네. 아 그렇군요. 누구에게나.

민준 저… 혹시 기분 상하셨나요?

연우 (누가 봐도 기분 상한 말투로) 쉐가요? 아~니요~ 제가 왜요~?

민준 누군가에겐 좋은 사람으로 보이고 싶기도 해요.

연우 좋은 사람이요?

민준 괜찮은 사람이요.

연우 그럼 성공이네요. 좋은 사람 같아 보여요.

민준 괜찮아 보이진 않구요?

연우 괜찮아 보여요.

민준 다행이네요.

짧은 정적이 흐른다.

연우 저. 자야겠어요! 시간이 늦었네요.

민준 네. 그렇네요. 벌써. 우와 시간이 와 많이 늦었네요. 와 큰 일이네.

연우 넵! 그럼 수정하고 연락드릴게요! 안녕히 주무세요!

민준 네! 연우씨도요!

연우 네! 들어가세요!

두 사람, 전화를 끊는다.

연우, 얼굴을 손으로 감싼다.

민준, 머쓱한 듯 목소리를 가다듬는다.

(띵동) 하는 벨소리

민준   누구세요?

민준, 문을 열고 나가서 박스를 가지고 들어온다.

박스를 열어본다. 살짝 미소를 짓는다.

13. 멘토링 프로그램의 위기

드림 출판사 회의실,

회의실에는 백승원 팀장, 서연정 차장, 김창현 대리, 그리고 과장인 민준이 앉아있다.

멘토링 프로그램을 진행한 지 2달이 다 되어가는 시점에 실적공유 및 전파사항이 있어 회의를 진행 중이다. 각자 앞에는 진행 상황 공유용 자료가 담긴 노트북 또는 서류들이 놓여있다.

창현   동화파트 현황입니다. 작가님 두 분 멘토링 2회차 진행하였고 한 분은 2편 완고로 그림작가분 섭외 중입니다. 다른 한 분은 3차 미팅 후에 1편 완고 확정 예상됩니다.

승원   오케이. 그림작가님 섭외되면 시안 받아서 계약하고 작업

들어가는 걸로 하자. 나머지 다른 한 분은 조금 서두르고.

창현 넵.

승원 다음 서차장?

연정 산문, 시집파트 현황입니다. 멘토링은 3회차까지 진행했고, 산문작가님은 개인 사정으로 2회차만 참여 하셨습니다. 메일이랑 통화로 진행하고 있는데 장사하시는 분이라 진도가 많이 더딘 상태입니다. 시집작가님은 처음부터 가지고 오신 습작원고가 워낙 많으셨어서 분류작업 중이고 삽화 작가님은 컨택 해놓은 상태입니다.

승원 오케이. 산문작가님은 페널티 공지하고, 시집은 분류 끝나는 대로 초안 먼저 가지고 와봐.

연정 네~

승원 다음 민준이.

민준 소설파트 현황입니다. 오늘 멘토링까지 하면 작가님 두 분 3회차까지 진행입니다. 한 분은 개인사정상 중단하셨고, 한 분은 첫 멘토링때 구성 추가해서 각색 들어가서 완고까지는 시간이 좀 많이 걸릴 것 같습니다. 앞으로 남아있는 기간 내에는 제출 가능합니다.

승원 오케이. 조금 빨리 당겨보자. 그리고…

승원, 숨을 한번 몰아쉰다.

승원 (모두에게) 말이 나와서 말인데 오늘 전달 사항이 있다. 임원 회의에서 나온 결정안인데, 원래 2월로 정했던 완고 일정

모두	네!?

을 12월로 당기기로 했어.

모두　네!?

창현　말도 안 돼요. 어떻게 갑자기 2달이나 당겨요.

연정　지금 말씀하신 대로면 제출할 수 있는 작가님이 거의 없으실 거예요. 그렇게 되면 저만 해도 산문작가님은 그냥 포기하라고 말씀드려야 되는데요. 애초에 2월도 너무 빼듯해서 저희가 별도로 시간 내서 계속 검토하고 있는 상탠데 진짜 불가능해요.

민준　팀장님. 갑자기 왜 제출기한이 줄어드는 거예요?

승원　임원 출판 회의에서 내년 2월에 시작할 프로젝트 신설안이 결정됐어. 절필한 작가분들을 다시 복귀시키는 프로젝트. 스토리텔링부터 출간까지 우리 편집팀에서 많은 부분을 담당하게 됐으니까 그런 줄 알아.

민준　네!? 그렇다고 진행하고 있는 걸 이렇게 막무가내로 잘라내면 어떡해요.

승원　그래야 내년에 시작하는 프로젝트가 빨리 시작될 거 아냐.

민준　그리고 빨리 당긴다고 갑자기 빨리 완성할 수도 없는 거 잘 아시잖아요. 저희가 쓰는 것도 아니고 작가님들이 쓰시는 건데…

승원　작가는 무슨. 아직 등단도 안 했는데 무슨 작가야. 지망생이지. 회사에서 지원해주는 데도 한계가 있는 거야. 상무님이 당장 중단하고 폐지하라는 거 그래도 내가 간신히 부탁해서 기간 단축하고 진행하는 걸로 협의한 거야. 내년부터는 폐지될 거고.

연정 신춘문예 멘토링 출품작들 매출 좋은 편 아니었어요?

승원 멘토링 실컷 잘해서 초판 잘 내놓고 작가들 능력치 잘 키워 주면 뭐하나? 그 작가 놈들 다음 작품 출간할 때 되면 바로 다른 출판사랑 계약해 버리는데. 우린 죽 쒀서 개 주는 꼴만 되니까 그러는 거지. 신춘문예 출품작가들 중에 우리 드림출판사랑 재계약한 작가 한 명이라도 있어?

창현 그치만…

승원 그리고! 이번 출품당선작은 딱 한 편이야.

창현 원래 세 편이었잖아요!

승원 없앨 사업에 딱 한 편이라도 투자승인 간신히 받아낸 거다. 그렇게들 알고, 회의 끝.

연우, 회의실 앞에서 기다리고 있다. 이쁘게 꾸미고 온 모습이다.

승원, 원고와 노트북을 챙기고 회의실에서 나간다.

연정, 원고를 챙기고 승원을 부르며 뒤따라 나간다.

연우, 승원과 연정에게 목례를 한다.

창현 하… 선배 이게 말이 돼요?

민준 휴… 그러게 말이다.

창현 (창문 너머로 연정을 가리키며) 선배. 연우씨 도착하셨네요. 이야기 잘 해보세요.

창현, 회의실에서 나가며 연우와 인사한다.

연우, 회의실로 들어간다.

연우 안녕하세요.

민준 (자리를 가리키며) 앉으세요.

연우 분위기가 왜 이래요?

민준 그… 우리 멘토링 프로그램이 단축이 좀 됐어요. 저희도 오늘 알아서…

연우 얼마나요?!

민준 12월 안에 완고해야 해요.

연우 네?!… 저… 어떡해요?!

민준 그리고 출품당선작이 딱 한 편이라고 하네요… 사업이 축소돼서…

연우 네? (울먹이며) 그럼… 저 책을 못 낼 수도 있는 거네요?

민준 당선도 당선이지만 당장에 완고는 가능할지…

연우, 울음이 터진다.

연우 (울며) 어떡해요…? 민준씨 저 어떡해요? 저는 진짜 마지막 기회라고 생각하고 저 일도 그만두고 정말 이거에 올인하고 있는데 어떡해요. 저 진짜 열심히 하고 있는데 어떡해요. 민준씨.

민준 (다독이며) 연우씨. 진정해요. 괜찮아요. 할 수 있어요. 걱정하지 마요.

연우 어떻게 해요. 어떻게…

민준 제가 도와줄게요. 우리 같이 해요. 할 수 있어요.

14. 집필에 집중하는 연우와 민준, 그리고 선물

민준의 집,

다른 작가와 통화 중인 민준, 프로그램 축소 결정 소식을 들은 다른 작가는 다른 출판사에 투고해 출판 제의를 받고 찾아간 상황이다. 집에서 노트북으로 연우의 원고를 체크한다. 옆에는 인쇄된 원고 더미도 놓여있다.

(해당 장에서는 계속해서 여러 장소의 변화와 시간의 흐름을 보여줬으면 한다)

민준, 집 책상에 앉아 노트북을 보고 있다.

민준, 한숨을 쉬고는 연우의 원고를 들고 전화를 건다.

연우, 편한 복장으로 서서 전화를 받는다.

민준   '혜은'은 계속해서 글을 써내려갔다. 그녀의 선생님이 알려준 방법은 여느 유명한 작가의 탁월한 글솜씨를 연상케 했지만, 그녀의 고집을 꺾기엔 역부족이었다. (연우에게) 어째서죠? '혜은'이 고집을 피울 만큼 혜은의 성격이 두드러지게 나타나는 구간이 없었어요. 이런 모습을 보이려면 앞에서 설명이 좀 더 있었어야 해요.

민준, 서랍에서 상자를 발견하고 테이블 위에 올려놓는다.

민준, 자리에서 일어나 원고를 들고 앞으로 걸어나간다.

연우, 자리에 앉아 노트북에 글을 쓴다.

연우 왜 여기서 선생님이 혜은이한테 화가 나야 한다고 생각하시는 거예요?

민준 독자들은 그런 걸 원하니까요. 인물들의 갈등, 위기, 대립 같은 것들이요.

연우 그치만 제가 이 장면에서 보여주고 싶은 건 그런 감정싸움이 아니에요.

(띵동) 벨소리가 들린다. 민준은 문 앞에서 상자를 가지고 와 테이블 위에 쌓아 올린다. 그러고는 제법 두꺼운 외투를 입는다. 출근 준비를 하는 모양이다. 와중에 원고를 계속 눈으로 보고 있다.

연우, 컵에 담긴 뜨거운 음료를 마시다 입이 데일 뻔 한다.

둘의 대화가 날카로워지기 시작했다.

민준 시간이 얼마나 지났는지 가늠이 잘 안 돼요. 지금 상태라면 하루가 지났는지 일주일이 지났는지 한 달이 지났는지요. 지금은 상상하기 나름인 것 같네요.

연우 한 달이에요.

민준 그렇담 좀 더 명확한 시간의 흐름을 표현해야 될 것 같아요.

민준, 출근 가방 안에서 작은 상자를 발견한다. 마찬가지로 테이블 위에 놓는다.

민준, 사무실에 앉아서 일을 하고 있다.

연우, 노트북을 앞에 두고 앉아서 글을 쓰고 있다.

둘의 대화는 점점 격앙되어 간다.

연우 이 다음에 나올 내용마저도 상자에서 나와버리면 독자들이 너무 빨리 다음 내용을 알아버릴 것 같아요.

민준 설정만 가져가도 충분할 것 같아요. 다음 내용이 상자에서 나온 것은 맞지만 그 안에 적힌 내용을 지금 알려줄 필요는 없어요. 독자들은 천천히 알 수 있게 하죠. 선생님을 이용하죠. 혜은이가 원고에 쓴 다음 선생님이 소리내서 읽는 걸로 묘사하면 더 효과적일 거예요.

창현, 상자를 가지고 들어와 민준에게 전해준다.

민준, 상자를 받아들고 퇴근길 지하철에 타고 자리에 앉는다.

한 손에는 원고가 들려 있다.

연우, 계속 글을 쓰고 있다.

서로에게 날카로운 감정이 오간다.

민준 혜은이 포기하는 걸로 비쳐질 수 있다니까요?

연우 포기가 아니라 잠깐 소강상태가 온 거죠. 선생님이 재촉을 하니까 오히려 못 써낸 거예요. 짜내는 데는 한계가 있잖아요.

민준 혜은 스스로가 압박을 받아서 해이해지는 것보다는 물리적으로 못 쓰는 난처한 상황이 생겼을 때 압박을 느끼는 걸로 보이는 건 어때요? 손. 손을 다치는 거죠.

연우 (한숨) 알겠어요. 다치는 상황을 추가해 볼게요.

민준, 집에 들어오기 전에는 상자가 하나였지만, 집에 들어올 때에는 큰 상자가 손에 하나 더 들려 있다. 문 앞에 있었던 게 분명하다. 가져온 상자들을 테이블 위에 올린다. 모든 상자엔 '받는이 민준'이라고 적혀있다. 상자를 차곡차곡 쌓아 방으로 가지고 들어간다.

15. 마지막 멘토링

드림 출판사 회의실,
어느덧 시간이 흘러 12월 마지막 멘토링 날이다. 민준과 연우는 노트북과 원고로 뒤덮인 테이블에 앉아 격앙된 목소리로 대화 중이다. 그간 날씨가 많이 추워서 옷도 제법 두꺼워졌다. 완고 제출 일까지는 일주일도 채 남지 않은 상태에서 마지막으로 대면 멘토링을 하게 되었다. 작년, 재작년의 경우였다면 지금쯤 이미 완고를 제출하고 친목을 도모하며 기분 좋게 식사를 하는 날이었을 것이다. 하지만 기간이 단축된 만큼 마지막 날까지 의견 조율에 여념이 없다.

민준, 연우 둘 다 격앙된 목소리로 대화 중이다.

민준　(격앙된 목소리로) 그동안 혜은이 쌓아온 감정이 폭발한 순간이잖아요! 그럼 지금 연우씨가 정해온 결말은 그 에너지를 충분히 받아주지 못한다니까요?

연우　(격앙된 목소리로) 언제는 결말을 정해두고 그 길로 달려가는

거라면서요. 제가 정한 결말은 혜은이가 작가로 데뷔하는
거예요.

민준 결말이 바뀔 수도 있는 거죠! 지금 이 결말은 축제준비를
다 해놓고 비가 오는 것 같은 그런 결말이라구요. 알아요?

둘 사이에 정적이 감돈다.

연우 그럼 민준씨가 생각하는 결말은 뭔데요?

민준 자살이요.

연우 미쳤어요 진짜? 이건 내 이야기라구요.

민준 이미 한참 전부터 연우씨의 인생 이야기는 아니었어요.

연우 왜 혜은이가 작가가 되면 안 되는데요? 그 꿈을 꿔왔고 그
래서 이렇게 열심히 쓰러지고 일어나고 무너지고 다시 쌓
고 얼마나 노력해 왔는데 왜 그런 말도 안 되는 결말이어
야 하냐구요.

민준 저는 아니까요. 독자들은 어떤 결말을 좋아할지 어떤 이야
기가 더 독자들 뇌리에 박힐지 어떻게 해야 충격적이고 만
족스러운 결말이 될지 저는 너무 잘 알고 있으니까요.

연우 그렇게 잘 알면 민준씨가 쓰면 되지 왜 저더러 쓰라고 하
는 건데요?

민준 이건 연우씨의 소설이니까요!

연우 (실소와 함께 원고를 흔들어대며) 이게… 제 소설이 맞긴 해요?
다 민준씨가 생각하는 대로. 다 민준씨가 허락한 대로. 다
민준씨가 준 아이디어에. 다… 하나도 빠짐없이 다!!!… 근

데 이게… 제 소설이라구요?

민준 작가가 되고 싶다면서요. 도와 달라면서요! 저는 연우씨를 도우려고!!…

연우 (말을 자르며) 민준씨의 소설을 만들고 싶은 게 아니구요…?

깊은 정적이 찾아온다.

연우 (노트북을 가방에 넣으며) 나, 그만할래요. 못하겠어요. 더 이상.

민준 연우씨. 왜 그래요! 거의 다 왔잖아요. 진정하고…

연우 (울부짖으며) 지쳤다구요. 너무! 나 너무 힘들어서 못 하겠어요. 도저히 완성할 자신이 없어요. 나 너무 힘들어요. 갈게요.

연우, 회의실을 나간다.
민준, 붙잡으려 했지만 들은 체도 안 하고 연우는 나가버린다.

민준 연우씨! 연우씨!!

민준, 북받치는 감정에 손과 몸이 떨리고 호흡이 가쁘다. 안절부절못한다.
노트북 앞에 앉아 연우가 쓴 글의 마지막을 지운다.

민준 연우씨는 이해 못 할 거예요. 왜 그렇게 되어야 하는지. 당연하니까! 그게 맞으니까! 이런 결말이 사랑받을 수 있을 거라고 생각해요? 정말로? 아니라고 이건!!

민준은 미완성된 연우의 글을 스스로 마무리한다.

민준 (자판을 두드리며) 혜은은… 혜은은… 혜은은 더 이상 견딜 수 없었다. 휘몰아치는 감정이 그녀의 온몸을 둘러싼 듯… 주체할 수 없는 감정이 밀려왔다. 매일 같이 선생님의 지도 속에서 느끼지 못했던 내 스스로의 확고한 결심이 드는 순간이었다… 난간에 올라선 혜은의 몸은 사정없이 떨리고 있었지만 그녀의 눈은 조금의 흔들림도 없이 날 바라보고 있었다. 혜은은 말했다. "내 마지막만큼은 선생님이 정할 수 없을 거예요"…

민준, 무언가 깨달은 듯 멍해지더니 눈물을 흘린다.

민준 … 마지막만큼은…

16. 신춘문예 프로그램의 끝

드림출판사 사무실,
신춘문예 프로그램이 종료된 지 수 개월이 지났다.
출품당선작은 창현이 멘토링 했던 작가의 동화집이 되었으며, 오늘 그 책이 나오는 날이다.

민준은 자기 자리에서 열심히 절필 작가 복귀 프로젝트를 준비하고 있다.

창현, 민준에게 다가온다.

창현 (책을 펼쳐 읽으며) 내 똥을 받아라. 어이없다고 했던 이 동화집이 당선이 될 줄은 꿈에도 몰랐네요. 그래도 마지막이라고 출판사에서 잔뜩 홍보를 해서 그런가 사전예약까지 생겨서 초판 수량이 벌써 전량 매진이래요.

민준 (무미건조하게) 축하해.

창현 너~ 무 무성의한 거 아니에요. 선배? 작년에 선배 담당 작가분 당선됐을 때는 내가 얼마나 축하해줬는데요.

민준 (모니터를 응시하며) 너~ 무 너무 축하해~

창현 됐네요. 됐어. 바랄 걸 바래야지 내가.

창현, 책을 한번 주욱– 넘기더니 제일 마지막 표지 안쪽의 문구를 읽는다.

창현 도움 주신 분들. 자문해 주신 박상호 선생님, 자료 수집에 도움 주신 전아윤, 이주현, 윤신혜님. 그리고 드림출판사 김창현 에디터님. 진심으로 감사드립니다. 이거 한 줄 얻으려고 지난 몇 달 동안 온갖 동화랑 어린이 프로그램을 다~ 섭렵했었네요. 아휴. 끝났다. 이제!

창현, 민준의 눈치를 살핀다.

창현   선배. 연우씨는 그 뒤로 연락 없어요?

민준   응.

창현   흠… 힘내요! 세상에 여자가 하나뿐인가 뭐!

민준   (창현을 째려보며) 쓰읍.

창현   (시계를 보며 작위적인 톤으로) 아 참. 내가 바쁜 일이 있었지?
그럼 선배 여기 둘 테니까 하던 거 끝나면 한 번 봐요.

창현, 민준 옆에 책을 두고 사무실을 나간다.

민준, 창현이 나간 뒤 책을 집어 들고는 한참 생각에 잠긴다.

책을 한 장 한 장 넘긴다.

벨소리, 민준의 핸드폰이 울린다.

연우의 전화다. (창현의 반대편에 통화를 걸고 있는 연우 등장)

민준, 전화를 받는다.

연우   (사이) 저예요.

민준   오랜만이에요.

연우   잠깐 볼 수 있어요? 저 출판사 앞이거든요.

민준   나갈게요.

민준, 사무실을 나가 연우를 마주 보고 선다.

연우   안녕하세요.

민준, 목례한다.

연우   줄 게 있어서요.

연우, 민준에게 상자를 건넨다.
상자에는 '받는이 민준'이라고 적혀있다.

민준   (헛웃음을 치며) '받는이 민준'… 이게 뭐예요?
연우   열어봐요.

민준, 상자를 열어본다.
안에는 책이 들어있다. 책 제목은 '받는이 혜은'
민준, 책을 꺼내 든다.

연우   '받는이 혜은'. 이야기의 끝을 맺었어요. 내가 가장 맺고 싶은 결말로요. 가출판본이고 곧 정식으로 출간될 거예요.
민준   어떻게…
연우   몇 달 전 민준씨랑 하던 멘토링 그렇게 포기해버리고 취업 준비 하고 있는데 다른 출판사에서 연락이 왔어요. 제 원고를 봤다구요. 마음에 든다고 조금 손봐서 출판준비 해볼 생각 있냐고 하더라구요.
민준   원고를요?
연우   네. 처음 멘토링 신청할 때 올렸던 원고, 그 원고로 다른 출판사에도 투고했었거든요.

민준　그치만 이건…

연우　알다시피 처음 제가 쓴 원고는 부족한 점이 많았잖아요. 출판사에서도 이야기 처음 민준씨랑 똑같은 이야기를 하더라구요. 난 민준씨랑 같이 수정한 이 글을 꺼내고 싶지 않았어요. 하지만 결국 가지고 갔어요. 난 작가가 되고 싶었으니까요.

민준　어떻게 그럴 수가 있죠? 정말… 실망입니다. 정말요.

연우　그랬더니 출판사에서 바로 출간하자고 그러더라구요. 제가 작가가 되고 싶었던 건 민준씨가 누구보다 잘 알잖아요. 그래도 끝은 내가 원하는 결말로 맺었어요.

민준　어떻게…

연우　밑에 보여요?

민준, 책의 하단을 본다.
표지의 오른쪽 밑에는 작게 '저자 이연우, 김민준' 이라고 두 사람의 이름이 함께 적혀있다.

민준　(울먹이며) 저자… 이연우… 김민준…

민준, 책을 꼭 껴안고 주저앉는다.

연우　(눈물을 삼키며) 지금 이 순간이 제가 제일 바라던 결말이에요. 민준씨. 입봉 축하해요.

연우, 눈물을 닦는다.

민준, 계속해서 어린아이처럼 소리내어 운다.

17. Epilogue

민준과 연우의 작업실,

두 사람의 소설 '받는이 혜은'은 많은 인기를 얻었으며 둘은 작가로서 성공적으로 데뷔했다. 본격적인 집필활동을 위해 함께 운영할 작업실을 갖게 되었고 이사가 한창이다.

작업실엔 이사박스와 책 묶음, 박스 등이 아직 정리가 덜 되어 어질러져 있다.

민준, 물건이 가득 담긴 이사박스를 들고 들어와 테이블 위에 올려놓는다.

민준　　내 이름은 김민준. 34세. 이젠 데뷔 1년 차 소설 작가다. 학창시절부터 키워온 작가라는 꿈은 어느샌가 흩어졌다가 다시 어느샌가 운명처럼 찾아왔다. 난 포기했었다. 아니, 포기하지 않았다. 항상 이루고 싶었고 바래왔기에 한 발짝 떨어진 곳에서 작은 걸음을 지속하고 있었다.

　　(주변을 둘러보며) 이곳은 연우와 내가 앞으로 함께 글을 써나갈 우리 둘만의 작업실이다.

민준, 가지고 온 큰 박스에서 익숙한 작은 상자를 꺼낸다.

민준 (상자를 들고) '받는이 민준'. 어느 날 갑자기 찾아온 이 선물 상자는 더 이상 날 찾아오지 않는다. 그것들은 내 지난 날의 노력을 알아봐 준 신의 은총 같은 것이었다고 생각하기로 했다.

연우, 양손에 가방과 작업실을 꾸밀 물건들을 가지고 들어온다.
민준, 연우에게 다가가 가방을 건네받는다.

연우 (짐을 바닥에 내려놓으며) 휴우. 뭐 하고 있었어?
민준 그냥. 생각이 좀 많아지네. 아직도 믿기지가 않아서.

연우, 가지고 온 물건들을 곳곳에 배치한다.

연우 생각이 많은 건 지금 우리한텐 좋은 거야! 우리 이제 부지런히 생각하고 써야 돼. 물 들어왔을 때 노 저어야지! 오빠는 일도 덜컥 그만둬버렸잖아.
민준 (도우며) 네. 알겠습니다~

민준, 정리하고 있는 연우를 바라본다. 연우는 정리에 여념이 없다.

민준 어쩌면 이미 가장 큰 선물을 받아서 더 이상 선물이 찾아오지 않는 것일지도 모른다.

연우, 민준이 가지고 온 이사박스에서 책을 한 권 발견한다.

연우 어? 이 책…

민준 아. 그 책이 처음으로 받았던 상자에서 나온 책이야. 상현 작가님의 『보은』. 내가 학창시절부터 엄청 좋아하던 작가님이었는데 초판본을 어디서도 구할 수 없었거든. 근데 상자에서 그 책이 덜컥 나온 거 있지.

연우, 책을 훑어본다.

민준 나 일 그만두기 전에 마지막으로 하던 프로젝트가 절필한 작가분들 찾아서 다시 복귀시키는 프로젝트였거든. 내가 가장 좋아하던 작가님이라서 그 참에 꼭 한번 찾아보려고 했는데 아무리 수소문해도 결국 못 찾았어.

연우 오빠… 작가 상현. 우리 할아버지야.

민준 뭐?! 진짜야? 어디 계셔 어디!! 빨리 가자 이럴 때가 아니야.

민준, 정신없이 나갈 준비를 한다. 우왕좌왕 정신이 없다.

민준 얼른 가자. 연우야 진짜 고마워. 빨리 가자 빨리!

연우 오빠 진정해. 우리 할아버지 어디 안 가셔. 근데 괜찮겠어? 우리 할아버지 말 엄청 많으시거든.

민준 난 좋아! 엄청 이야기 나누고 싶은 분이었다구! 빨리 가자 빨리! 나 차 시동 걸어놓을게. 빨리 나와!

민순, 수자상으로 간다.

연우, 가방을 챙겨서 가방 안에 책을 넣은 뒤 민준을 뒤쫓아간다.

연우   오빠 같이 가!

end.

시크릿하우스

유지은

멘토 김현규

등장인물

김옥희(60세) : 노래를 좋아하는 소녀 감성을 가지고 있는 전업주부. 그러나 가부장적인 남편과 자신을 가정부처럼 여기는 자식들 때문에 점점 내면의 모습을 잃어가고 억척스러워져 화병만 커지고 있다.

이수지(18세) : 평범한 고등학생 소녀로 밝아 보이지만 자신의 진정한 꿈을 인정해주지 않는 부모님과의 소통 문제로 자존감이 많이 떨어진 상태이다.

박재민(35세) : 서글서글한 성격에 회사에서도 성실한 직원이고 홀어머니를 모시고 있다. 어느 날 믿었던 회사 동료의 권유로 주식과 코인투자로 인해 감당할 수 없는 빚을 지게 되어 채무변제의 스트레스에 시달리고 있다.

최정민(42세) : 유명 시사 프로그램 기자. 기러기 아빠 생활로 인하여 자신의 생활은 망가지고 늘어나는 건 빚뿐이다. 뜻밖의 기회로 인해 가족과의 행복을 꿈꾸는 찰나 옥희, 수지, 재민을 만나면서 꼬이기 시작한다.

Prologue

어두운 방안 옥희와 재민 수지가 앉아 있다.

조명은 세 사람만을 비춘다.

재민 우리 셋 동시에 해요.

옥희 하나 둘 셋 하면 하기다이.

수지 알았으니까 빨리요.

옥희 하나 둘 세-

재민 하 잠시만요 잠시만요!!!! 왜 이렇게 긴장되죠? 이거 진짜
면!!! (기대에 차며) 와 진짜!!!

옥희 어허이 거참! 분답게 좀 하지 말고 좀.

수지 아 답답해! 하나 (다 같이 동시에) 둘 셋!

조명 서서히 어두워진다.

암전.

1장

평범한 가정집.

몽환적인 분위기가 나며 집안 곳곳 예쁜 소품들이 있다.

재민 공간 구경하고 있다. 긴장하면서도 뭔지 모를 행동을 하고

있다.

수지가 헤드셋을 끼면서 들어온다.

수지 안녕하세요.

재민 안녕하세요. 어? 교복…? 학생이었어요? 아니 학생이 왜 이런 곳에…

수지 나이는 안 물어봤잖아요.

재민 그건 그렇지만… 괜히 제가 더 나쁜 사람 같네요… 또… 한창 꿈을 펼칠 나이…

수지 (말 끊으며) 아 근데 한 명 더 있지 않아요? 대구 사는 아줌마요.

재민 아 맞네? 아주머니는 혹시 마음이 바뀐 건… 가? 아닌데… 톡방에서는 가장 리드라고 해야 되나… 아무튼 말을 잘해 주셔서 좋았는데…

수지 마음이 바뀌었겠죠 뭐. (방을 둘러보며) 근데 여기 분위기가 엄청 예쁘지 않아요?

재민 (방을 둘러보며) 그러네~ 박여사가 좋아하는 스타일이네.

수지 박여사가 누구예요?

재민 있어요… 이런 거 아주 좋아하는 여사님…

수지 아… 그래요? (핸드폰으로 셀카를 찍는다.)

재민 그나저나 그 아주머니 톡이라도 보내볼까요?

수지 놔둬요. 그냥. 마음이 바뀌었겠죠 뭐.

재민 멀리서 오시니까 걱정되기도 하고 그러네요.

수지 버스 타고 내려서 택시 타서 주소 찍고 오면 되는 건데 걱정을 왜 해요. 차 타고 와도 되고… 아, 굳이 차 타고 올 필요는 없는가? 마음이 바뀔 수도 있겠죠 뭐~ 시간 끌지 말고 그냥 우리끼리 하죠?

재민 이야 학생 보기보다 강단도 있고 리드도 잘하네요! 괜히 민망하게. 혹시… T? F는 절대 아니야 무조건 T! 맞죠?

수지 저 T 아니거든요?

재민 그럼 F? 진짜? 에이~~ 아닌데~~ 딱 봐도 T구만 뭘~ 그쵸?

수지 아저씨 맘대로 생각해요. 빨리 시작이나 하자고요.

재민 알았어요 알았어. (수상한 손동작으로 준비하며 캐리어를 열려고 하는 찰나) 아! 우리 매뉴얼대로 자기 소개 할까요? 저는 박재민이라고 합니다. 나이는 35살이구요!

수지 아니 뭐 매뉴얼대로 꼭 해야 해요?

재민 에이 그래도 소개도 하고 친해지면 서로 더 편하지 않을까요?

수지 아 알았어요. 전 이수지라고 합니다. 나이는 18살이구요.

재민의 알 수 없는 미소와 재민과 수지 사이에 잠시 어색한 시간이 흐른다.

재민 어 저기… 수지씨 아니아니 수지양? 아… 어떻게 불러야 하나? 수지님?

수지 아저씨 편한 대로 부르세요.

재민 수지양…? 하 이건 너무 옛날식인 거 같죠? 아니면… 그냥 수지씨?

수지　수지라고 부르시고요. 어떤 거 가져왔는지 캐리어 열어보
　　　세요 빨리.

재민　알았… 어! 수지… 저 말은 그럼 놓는 게… 나을까?

수지　네네! 말도 놓으시고요. 수지라고 부르세요! 됐죠? 빨리
　　　각자 가져온 거 꺼내봐요.

재민　어 그래 수지야!

수지와 재민, 캐리어와 가방을 열어보려 하는 순간
옥희가 노크를 한다.

옥희　실례합니다. 제가 좀 늦었…

수지　잠시만요! 누구세요??

옥희　아이참 누구긴 누구예요~ 저예요. 제가 좀 늦었죠??

수지　아줌마가 맞는지 확인 좀 할게요.

옥희　확인? 뭘 확인?

수지　아줌마가 어떤 아줌마인지 어떻게 알아요. (재민을 툭툭 치며)
　　　안 그래요 아저씨?

재민　어? 아. 네… 아시다시피 불법적이고 아주 위험한 부분이
　　　라…

옥희　빨리 확인하던가 해봐요~ 내가 다리가 아파서 오래 못 서
　　　있겠어요.

수지　아줌마 톡방에서 쓰는 닉네임 말해봐요.

재민　하나 둘 셋!

옥희　찬또배기1101!

수지 1101 그 숫자! 제가 뭐냐고 물었잖아요 그게 뭐였죠?

옥희 우리 찬원이 생일이지!

재민 맞네요! 들어오세요!

옥희가 들어온다.

수지와 재민은 아직 긴장한 상태로 서 있다.

옥희 늦어서 미안해요. 버스는 제시간에 탔는데 갈아탄 택시에서 기사님이 길치인지 한참을 둘러서 오다가 늦었어요. 미안해요~ 암쏘리! 호호.

재민 어유~ 괜찮습니다. 지방에서 오시느라 고생하셨네요.

수지 단톡에선 그렇게 말 잘하시더니 안 오시길래 마음 바뀌신 줄 알았는데 아니네요.

옥희 (외투를 벗으며) 아이고 마음이 바뀌다니 천만에요. (교복 입은 수지를 보고) 학생이에요? 학생이야말로 맘 바뀌면 집에 고마 가그라. 부모님 걱정할라.

수지 제 걱정 1도 안 하실 거니까 됐거든요?

옥희 (혼잣말하며) 말하는 게 아주 싹퉁바가지네.

수지 아줌마 뭐라 하셨어요?

옥희 나? 나 암말도 안 했는데요?

수지 아님 말구요~ 무튼 챙겨 오라고 한 거 다 챙겨 오셨죠?

옥희 예~ 예. (뭔가 생각난 듯) 아! 요즘 뭐라더라… 어 그래그래! 학생 T지? 요즘 엠비티인가 엠비씨인가 뭔가 그게 유행이라던데~ 학생 말하는 거 보니 T네 !

215

재민   엇! 맞죠? 저만 그렇게 본 게 아니네요 하하하!

옥희와 재민 계속 서로 맞장구치며 웃고 떠든다.
수지는 이런 둘을 보며 짜증이 난다.

수지   아 진짜 제가 뭔 말 했다고 다들 티티 하시는 거예요? 엠
      비티아이 유행 끝난 지가 언젠데! 쓸데없는 엠비티아이 그
      만 말하고요!
옥희   아이고 학생 뭐가 그리 급하노~ 여기 엄연히 매뉴얼이라
      는 게 있는데 참~ (수지 어깨를 밀며) 학생 기분 나빴다면 미
      안해요~
수지   하 참… 네, 뭐…
재민   아 저희 서로 통성명은 먼저 했는데 괜찮으시죠? 저는 박
      재민이라고 합니다. 35살이구요.
수지   저는 이수지라고 합니다. 18살이에요.
옥희   저는 김옥희라고 해요. 내 나이는 뭐… 꼭 말해야… 하는
      가…?
수지   (옥희를 살짝 훑어보며) 육십 여…

옥희의 표정이 갑자기 안 좋아진다.

재민   여~리 여리해 보이셔서 오십 대 중반???
옥희   그렇게나 어려 보여요 내가? 아이고 오늘 계탔네 계탔어.
      부끄럽지만 올해 60입니다.

재민 어유 엄청 동안이세요! (수지를 툭툭 치며) 그렇지?

수지 아 네네~ 여리해 보이진 않지만 뭐 동안이시네요~

재민 (애써 분위기를 수습해 보려 하며) 아하하 그런데 아주머니 닉네임도 그렇고 이찬원 엄청 좋아하시나 봐요~

옥희 아 찬원이가 노래도 잘 부르고 그렇게 주변 사람들한테도 잘하고 인성도 얼마나 바른지 뭐 하나 빠지는 게 없잖아요 ~ 내 아들 삼고 싶다 정말로~

수지 이찬원은 정작 아주머니가 누군지도 모른다구요.

재민 (수지의 어깨를 밀며) 수지야…

수지 아 왜요 맞는 말인데요 뭘.

옥희 찬원이 콘서트를 한번 가보는 게 소원이었는데 에휴.

수지 참나 그럼 혹시 티켓팅도 못해서 이렇게 자…?

재민 (수지 말 끊으며)자~ 하하하 그럼 저희 이제 저희 다 모였고 자기소개도 다 했으니깐 그럼 이제 서로 어떤 걸 가져왔는지 가방 열어볼까요? 제가 먼저 꺼내볼게요!

재민이 먼저 캐리어를 연다.

재민 (입술 꾹 다물고 조용히 지퍼를 내리며) 전… 준비물이 좀 많아요.

수지 많다고요…?

옥희 무슨 준비물을 그렇게 잔뜩…?

재민 (꺼내며) 수갑. 이건 혹시 모를 상황에서 자신을 단속하기 위한 도구입니다.

수지 아니 수갑까지 채우시려구요…?

재민   벨트. 이건 튼튼한 걸로. 테스트도 해봤어요. 전봇대에 감아도 절대 안 끊어져요.

수지   감아봤다고요!?

재민   그 다음은… 안대. 시각 차단용입니다. 공포를 이겨내려면 시야부터 제한해야 하거든요. 혹시나 스릴이 있을 수도 있고…

옥희   아니, 이건 뭐 우리가 하려던 것보다 훨씬 더 무서울 거 같은데?

재민   다음은 테이프.

수지   입 막는 거예요?

재민   아뇨, 뭐 입뿐만 아니라 뭐든 붙일 수도 있죠.

옥희   아이고야 총각 준비 단디했네.

재민   양초. 어두울까 봐. 분위기도 좀… 만들어야 하잖아요? 그리고 따뜻하기도 하고…

수지   그 분위기, 혹시…

재민   (말 끊고) 장갑도 챙겼고요. (라텍스 장갑 꺼내며) 혹시… 정리가 필요할까 봐. (페트병 꺼내며) 아, 그리고 이건 사이다예요. 막상 중요한 순간에 목이 타면 곤란하니까.

수지   왜 하필 사이다예요?

재민   콜라는 탄산이 너무 세서 목 넘김이 별로고, 환타는 너무 달아요. 사이다가 제일 깔끔하게 넘어가더라고요.

수지, 옥희 서로 쳐다보다 동시에.

수지	저 잘못 온 거 같아요··· (문쪽으로 도망가려고 슬금슬금 뒷걸음 친다)
재민	(수갑을 들고 다가가며) 걱정마세요. 그래도 너무 아프게 하진 않을 거예요.

재민이 수지에게 다가가는 순간
비밀번호 누르는 소리가 들리고 정민이 들어온다.

| 모두 | (손에 든 물건들이 떨어지며) 으악!!!!!! |

2장

옥희와 재민, 수지 물건들을 허겁지겁 줍고 정민을 경계하며 서 있다.

정민	악!!!
모두	누구··· 세요?
정민	아··· 저는··· 그러니까···
수지	그쪽은 우리 단톡방에 없었잖아요!
옥희	맞다! 분명히 우리 세 명뿐인데 어떻게 왔어요?
재민	누구시냐구요! 저희 지금 할 일이 있으니까 빨리 나가세요.
정민	그러니까 제가 누구냐면···
옥희	하 답답하네 참말로 말 안 할 거면 당장 나가요! 안 나가면

경찰에 신고합니데이!!!

재민 아주머니!!! 그건 안 돼요. 이거 자체가 불법이라요… (수갑 보여주며) 예? 저! 수갑도 가지고 있어요!! 제가 누군지 알 아요?? 제가 형사는 아니지만!! 네? 당신을 수갑으로 채울 수도 있어요!!

수지 아니 근데 아까부터 수갑은 왜 자꾸 들고 계신 거예요?

재민 이건 혹시 모를 상황에서 자신을 단속하기 위한 도구였지 만 이젠 저 사람을 단속하기 위해 써야될 거 같네요.

수지 아 아저씨 진짜 왜 그래요!!

옥희 지금 우리끼리 이칼 때가 아닌 거 같고!!! (급히 말을 돌리며 정민에게) 우쨋든 빨리 나가요!

수지 일단! 운영자한테 물어볼게요.

수지가 운영자에게 전화하려 한다.
그 순간 정민이 막아선다.

정민 사실은!!! 저 지난달에 여기 왔다 간 사람입니다! 여기 시 크릿하우스죠? 저도 여러분과 같은 걸 하려고 했던 사람 이라구요.

수지 헐! 대박! 어떻게 다시 온 거예요?

옥희 그러면 그 두 사람은 우째 됐는데요?

정민 두 사람은… 잘… 하시고 가셨고… 저는 보시다시피 한 번 더 오게 됐네요.

재민 운영자도 이 사실을 압니까?

정민　아 운영자! 그… 처음에만 매뉴얼 알려주고 지금까지 연락 한번 없어요.

수지　이거 자체가 불법이니까 연락을 못 하는 거겠죠. 그리고 운영자 얼굴도 모르잖아요 다들? 지금 상황은 한 달에 3명까지만 신청받는다 했는데… 뜬금없이 지금 한 명이… 운영자한테 말해야 하지 않을까요? 상황 꼬이면 안 되니까요.

옥희　역시 똑똑하데이. 저기요 우리도 진짜 큰마음 먹고 여기까지 왔어요.

정민　압니다. 누구보다 잘 압니다. 다시 이렇게 온 저는 오죽하겠습니까. 어차피 운영자도 아무 연락도 없고 하니 그냥 저도 같이 하면 안 될까요?

재민　(다가오는 정민을 경계하며) 아니요!!! 곤란하네요 상황이. 저희끼리 잠시만 좀 이야기하고 말씀드려도 될까요?

정민　네 부탁드립니다.

재민　혹시 모르니 잠시 이걸 채워드릴게요. (수갑 채운다)

정민　아니 제가 이걸 왜…

재민　걱정마세요. 저희끼리 이야기만 나누고 풀어드리겠습니다.

수지와 옥희 재민은 테이블 쪽으로 가서 회의를 시작한다.
그사이 정민은 세 사람의 눈치를 보며 주위를 두리번거리며
무언가를 열심히 찾는다.

재민　어떡할까요?

옥희　저 사람 혹시라도 신고라도 하는 거 아이가? 영 찝찝해 나는.

재민 그쵸? 뭔가 자꾸 불안, 초조해 보이기도 하고. 두리번거리고. 지금도 계속 두리번거리고 있잖아요.

정민 (혼잣말) 하… 대체 어디 있지? 분명히 있는데… 없을 리가 없는데…

수지 아저씨 왜 자꾸 두리번거려요?

정민 네? 아… (간절한 척 연기하며) 아니 여러분들이 혹시나 저한테 나가라고 할까봐… 그러니까 그게… 전 진짜… 네… 뭐 그렇거든요…

재민 잘 알겠으니까 일단 좀 앉아서 기다려 주시면 안 될까요? 저희도 신중하게 이야기를 해야 하니까요.

정민 아유 그럼요 그럼요. 충분히 이야기하세요.

옥희와 재민 수지 다시 회의를 이어나간다.
정민은 세 사람이 이야기는 하는 동안 눈치를 보며
다시 주변을 두리번거리기 시작한다.

정민 정신 똑바로 차려 최정민. 빨리 기억해 내. 자, 다시 그날로 돌아가는 거야. 난 분명 그걸 받았고… 확인…

그 순간 정민과 세 사람의 눈이 마주친다.
네 사람은 어색한 웃음을 짓는다.

정민 저 신경 쓰지 마시고 이야기 계속하세요.

재민 아니 자꾸 신경 쓰이게 하시니까 좀 가만히 앉아 계시면 안 될까요?

정민　아 네네 죄송합니다. 편하게들 이야기하세요.

정민 세 사람의 눈치를 살피며 조금씩 일어나려 한다.
재민이 정민을 한 번씩 확인하면서
정민과 재민 사이에 긴장감이 흐른다.

수지　아저씨! 회의 하자면서요.

재민　어? 어 그래그래. 수지 생각은 어때?

수지　운영자 뭐 연락도 없다고 하고 다시 온 것도⋯ 유경험자이
기도 하고⋯ 그냥 받아주죠.

재민　수지는 그럼 찬성이고 아주머니는요?

옥희　나는 모리겠다. 그냥 두 사람 하자는 대로 할게.

재민　그러다 저 사람 또 마음 바뀌어서 나거거나 하면요.

수지　불안하면 그냥 내보내면 그만이잖아요. 근데 저 아저씨 좀
수상하긴 해요. 봐봐요 지금도 혼자 계속 중얼거리고 자기
머리 때리고 막. 벌써부터⋯

재민　(말 끊으며) 내보냈다가 저 사람이 신고라도 하면? 으악 정
말 미치겠네.

수지　그럼 어쩌자고요 계속 저희끼리 이렇게 고민만 하고 있을
거예요?

옥희　아유 그냥 받아주자 스트레스 올라 한다. 나중에 뭐 알아
서 하겠지.

재민　(고민하다가) 그래요 그럼.

세 사람 회의를 끝낸다.

정민은 회의가 끝난지 모른 채 혼자 깊은 생각에 빠져있다.

재민   (정민의 어깨를 두드리며) 저기… 요!

정민   (깜짝 놀라며) 아 네네.

재민   이왕 이렇게 된 거… 함께하시죠.

정민   감사합니다. 정말 감사합니다.

옥희   다시 온 것도 큰 용기가 필요했을 건데 같이 합시다. 한 명
       더 있으면 더 좋지 뭐~ 나는 김옥희라고 해요~

재민   전 박재민이라고 합니다.

수지   전 이수지에요~

정민   저는 최정민이라고 합니다. 다들 반갑습니다.

잠시 어색한 정적이 흐른다.

정민   그럼 이제 이 수갑 좀 풀어 주시면 안 될까요?

재민   아 네네. (수갑 풀어준다)

옥희   아이고 수갑도 차고 있었고 불편했죠?

수지   저희 이제 진짜로 시작하죠!

수지 가방에서 밧줄을 꺼낸다.

수지   전 이걸 가져왔어요. 각자 깔끔하게 딱 좋을 것 같아요.

옥희   어우~ 나 손목도 관절염 있어서 힘들어… 언제 저거를 매

달고 해… 어우 난 못해 못해!

재민 나도 최근에 무거운 거 들다가 손목에 좀 무리가 가서… (번개탄을 들며) 이걸로 하면 안 될까? 힘들일 필요 없이 깔끔하게 될 것 같은데. 굳이 수갑 쓸 일도 없을 것 같고 하하.

옥희 어우~ 아지아 나도 이거는 싫다. 냄새가 너무 독해 가지고 머리만 아프고 잠도 못잔다. 고마 요걸로 싸악 해보는 건 어떻노? (가방에서 농약을 꺼낸다) 좀 찾아보이 요거 개안타카드라. 그리고 (가방에서 고스톱세트랑 노래방 마이크를 꺼낸다) 요것들도 가져왔는데 혹시나 어색할까봐 좀 가져와 봤다. 뭐 좀 거사를 치르더라도 그전에 좀 이런 것들도 하고 기분 좋게 하면 안 되겠나?

재민 하… 아주머니… 이런 거 할 때예요? 전 급하다고요. 그리고 (농약병을 쥐면서) 이건 너무 지저분하잖아요. 줄줄 다 흐를 텐데? 바닥 더러워져요.

수지 이것도 싫고 저것도 싫고 어떡하자는 거예요? 다들 하고 싶은 생각은 있어요?

정민 저도 이것들은 좀… 그리고 저 밧줄도 좀 그렇고 수갑도 참… 으… 생각만 해도…

옥희 하이고 답답하구로! 원래 말할 때 그마이 뜸을 들이면서 말해요? 밥솥도 이거보다는 덜 뜸들이겠구만! 좀 시원시원하이 말할 수 없어요?

정민 죄송해요. 제가 원래 좀 천천히 말하는 편이라 하하.

재민 자자 다들…

수지 아저씬 그럼 뭐 가져왔는데요?

정민 아 네. 저는 (가방에서 약통 하나를 꺼낸다) 이거요! 매일 한 개
      씩 먹던 건데… 한번에 다 먹으면 뿅 갈 수 있으니깐…

옥희 약을 어떻게 한 번에 저만큼이나 삼켜요? 나는 평소에 알
      약 하나도 잘못 삼키는 사람인데.

수지 아줌마 아저씨! 저 여기 장난하러 온 거 아니고요! 저 정말
      죽으려고 왔거든요? 하… 짜증나네 진짜.

      사이.

옥희 나도 진짜로 콱 죽어뿔라고 왔거든? 하여튼 요즘 애들은
      ~ 쯧.

수지 요즘 애들 뭐요?

재민 아주머니가 참으세요.

수지 제가 뭘 했다고 참아요?

재민 그럼 수지가 참자. (물건들을 하나둘 잡으며) 저희 빨리 고르기
      나 하시죠.

옥희 톡방에서도 맨날 말꼬리 잡더니 실제로 보니 더 싸가지가
      없네 으휴!

수지 저기요. 아줌마 자꾸.

옥희 (수지의 말을 자르며) 말 좀 예쁘게 해라 이쁘게 생겨가지고
      말을 왜 그렇게 하노? 그냥 집으로 다시 가는 게 어떻노?
      부모님이 얼마나 걱정하겠노? 딱 보이 곱게 자란 거 같은
      데 이래서 자식들한테 다 해주고 우쭈쭈 해주면 안 돼~ 그
      고마움도 모르고…

수지   (옥희의 말을 자르며) 잘 알지도 못하면서 함부로 이야기하지 마세요!

조명 전환.

수지엄마 너는 너 행동을 생각해. 너 이딴 식으로 자꾸 할 거야? 그딴 식으로 혼자서 삐딱선 타고?

수지   …

수지엄마 너는 이런 식으로 하는 태도 고치지 않으면 아무것도 안 돼.

수지   왜 항상 그런 식으로 말하냐고, 나한테…

수지엄마 평소에 네가 하는 태도를 생각해야지!

수지   내가 무슨 태도가 그렇게…

수지엄마 지금 이 태도가 좋은 태도야 그럼? 넌 문제점이 뭔지 알아? 넌 네 얘기 하나도 안 하다가 엄마가 무슨 얘기만 하면 갑자기 힘들대?

수지   (말을 하려 하는데)

수지엄마 맨날 방안에 처박혀서는 되지도 않는 음악 한다고 난리를 부리지 않나. 뭘 물으면 대답도 안 하고 뚱해가지고는 뭘 물어보면 시원하게 대답한 적 있어? 어? 네 언니 반만이라도 하라 하는 게 내가 잘못된 거니?

수지   엄만… 내가…

수지엄마 (말 끊으며) 맨날 그럴 거면 나가. 너 같은 딸 없는 셈 칠게.

수지   나만 우리집에서 없으면 되지? 그래 내가 나갈게!

수지엄마 이게 어디서. (수지의 뺨을 때린다)

수지 난 엄마한테 무시받는 게 아니라 제대로 이야기를 하고 싶었어요. 엄마한테 공감도 받고 싶고 비교도 당하고 싶지 않고 무시당하고 싶지 않았다고요! 그 인정 하나를 받기 위해 끊임없이 나를 증명해야 했어요. 공부도 매일 새벽까지 하고 또 새벽에 일어나고 거기다 제가 하고 싶은 음악을 하고 싶어서 아르바이트도 하면서 제 돈으로 학원 다니고 있는데… 인정받지 못하는 그 기분 다들 알긴 해요?

정민 그 기분 잘 알아. 늘 비교당하고 무시당하고 자존감은 바닥으로 떨어질 때까지 떨어지고.

재민 (정민의 어깨를 치며) 가만히 좀 있어요.

정민 도대체 인간들은 왜 그렇게 비교하면서 사람 자존감을 깎아내리는지 몰라. 안 그래 학생?

수지 죽으면 이딴 비교 안 당해도 되고 죽어라 노력 안 해도 되니까요. 그러니까 다들 아무것도 모르면서 그렇게 말하지 마세요!

옥희 그래 다 사정이 있어서 이렇게 모인 건데 내가 오지랖 부렸네. 학생 부모도 참 너무 한다~ 자식이라도 다 성격이 다르고 잘하는 것도 다를 긴데 좀 인정하고 응원해주지~ 에휴 그래도 필요할 때만 찾는 우리집 새끼들보다 낫네 나아~ 아줌마가 미안하데이.

잠깐의 정적이 흐르고 네 사람 한동안 아무 말이 없다.

정민 근데 수지는 무슨 음악을 하고 싶어하는 거야?

수지	… 힙합이요.
옥희	그거 요새 애들 막 뭐 목에 뭐 치렁치렁 달고 노래하는 거 아이가?
수지	노래 아니고 랩이요… 쇼미 나갔었는데 늘 예선에서 탈락했어요…
정민	이야 그럼 한 번 들어볼 수 있어요?
수지	여기서 무슨 힙합을 해요 어차피 죽을 건데…
정민	에이 그런 게 힙합이지~ 어? 내가 기.
수지	기…?
정민	기가 막힌 힙합을 자주 들었지 하하. 우리 수지 랩 한번 들어봐요~ 어때요들?
옥희	그래 함 들어보자 힙합인지 뭔지 쇼미해봐라.
재민	그래 수지 우리 다 같이 죽기 전에 힙합 듣고 죽자.
수지	아… 참…

허접하지만 당당하게 랩한다.
정적.

옥희	노래가 와 이카노?
정민	와~ 이야 잘하네~ 근데 때론 부모님 말씀이 맞을 때가 있는 거다~?
수지	그게 무슨 말이에요?
재민	이야~ 잘 들었네요 하하 저희 이제 그럼 하던 거 이어서 하시죠?

재민의 핸드폰이 계속 울린다.

재민   어… 그럼 뭘로 정해야 하나… 어… 음…

옥희   전화도 오네. 급한 거 아이가 받아봐라 빨리. 내가 자식 새
끼들한테 오는 전화 문자에 하도 시달려서 벨소리만 들어
도 머리 아플라칸다.

재민   죄송해요. 저희 빨리 시작을…

재민의 핸드폰이 계속 울린다.
재민이 핸드폰을 급히 꺼내 끄려고 하는 순간 통화 버튼이 눌려
지고 스피커폰으로 통화 내용이 들린다.

대출상담사   박재민 고객님 되시죠? 럭키대부입니다. 결제일이 지나
셔서 연락드렸구요. 결제일 기준 3일째 연체 중이셔서 직
장 및 거주지로 채무변제…

재민   알겠다구요!!! 알겠으니까 그만 전화하라고요!!

재민 전화를 끊자마자 핸드폰 진동이 울린다.

정민   (재민의 핸드폰을 주며) 저… 전화 오는데요…

재민   그냥 놔두세요.

정민   이거 안 받으면….

재민   그냥 놔두시라구요!

정민   (핸드폰 발신자 확인하며) 우리 박여사라는 분 전화인데요…

재민 급히 전화를 가져와 받는다.

재민 (태연하게 받으며) 어 엄마~~ 해피 대부? 엄마 전화 받지 마 절대! 내가 해결하고 있어~ 이번 주 안으로 해결할 수 있을 것 같아. 나 때문에 엄마까지 고생시켜서 정말 미안해. 엄마가 또 뭐가 미안해~ 그런 말 하지 마. 나 오늘 회사 야근 때문에 많이 늦어요~ 먼저 자. 알았지? (끊으려는 통화를 붙잡으며) 엄마! 사랑해요. 주무세요 그럼.

옥희 대부? 사채 아이가? 아이고 대기업 다닌다면서 우짜다가…

재민 대기업이면 뭐합니까. 매일 빚에 시달리고 있는걸요.

수지 왜요? 아저씨 뭐 도박이라도 했어요?

재민 어유 아니아니 도박은 무슨.

수지 그럼 주식?

재민 뭐 비슷한 거…

수지 아! 아저씨 코인했구나.

재민 역시 똑똑하네 하하. 맞아 코인투자랑 주식으로 폭망했지 뭐. 그 새끼 말을 믿는 게 아니었는데…

옥희 아이고 사기까지 당했나.

재민 아… 예… 그렇게 됐네요…

정민 요즘 주식코인 투자관련 유튜버들 사기 많다고 하던데… 당하셨구나…

재민 잘 아는 사이라 믿고 했는데 결국엔 뒤통수 제대로 맞았죠 뭐…

옥희	그래도 잘 알아보고 하지… 그걸 그대로 믿고 하라는 대로 또 하노…
재민	등신같이 너무 믿은 탓이죠 뭐…
옥희	사채까지 썼으면 돈도 금액이 크겠네… 요즘 같은 세상에 사람을 쉽게 믿노 에휴.
수지	유튜버가 하라는 대로 투자를 한 거니까 꼭 아저씨의 잘못만은 아니죠.
옥희	아니지 애초에 믿은 게 잘못이지.
수지	투자전문이라 해놓고 잘못된 정보를 줬으니까 그 유튜버의 잘못이 더 큰 거 아닌가요?
정민	그렇지만 결국엔 투자를 하는 건 본인이니까…
옥희	그래 그 유튜버라는 사람은 이래라 저래라만 하고 결국에는 재민총각 돈을 쓰게 한 거니까 재민총각이 조금만 더 확실하게 알아보고 했어야 했다.
재민	예. 다 제 잘못입니다.
옥희	(재민의 눈치를 보며) 아니 내가 재민총각보고 뭐라 하는 게 아이고… 그래서 준비를 그렇게 단디 해왔네. 수갑에 안 대에…
수지	아저씨… 처음에 이상하게 본 거 죄송해요….
정민	저도 주위에 주식, 코인 실패로 잘못된 사람 여럿 봤습니다. 대출금 원금에 이자에…
옥희	(정민의 입을 가리키며) 거 좀 지퍼 좀 채워라.
재민	그래서 여기 온 거 아니겠습니까.
정민	가족명의 대출에 담보에… 어휴…

옥희 (급히 화제를 돌리며) 그건 그렇고 총각은 와 죽을라고 하는데?

정민 아 저는 원래 기자인데요.

수지 기자요? 설마…

정민 아… 아 맞다… 아 그런 게 아니구요.

수지 재빠르게 정민의 가방을 뒤져본다.
가방에서 카메라를 발견한다.

수지 (카메라를 들며) 이거 뭐예요? 설마…

정민 오우 취재 그런 거 아니에요. (입을 막으며) 헉! 아니 그게.

옥희 (정민의 말을 끊으며) 취재…?

재민 진짜 취재 뭐 그런 겁니까?

정민 네? 아니요 아니요 어우 아니에요 진짜!

정민은 안절부절못하고
수지는 수첩을 찾아 펼쳐서 적힌 내용을 읽는다.

수지 채널명 시크릿하우스. 모임 날짜 2025년 7월 20일… 장소 논개산길. 이게 뭐예요? 진짜 취재하러 온 기자예요?

정민 아 아닙니다. 아 전 기자는 맞는데 이걸 취재하러…

재민 이야… 취재? 이 사람 어쩐지 수상하더라.

옥희 진짜로 취재하러 온 거예요? 우리 잡혀가는 거 아이가? 이제 큰났네 진짜.

재민 일단 이 사람 다시 수갑 채웁시다. 제가 가지고 온 벨트로

손도 묶고…

정민　아 저 진짜 그런 게 아니구요.

수지 계속해서 수첩에 적힌 내용을 읽는다.

수지　8, 10, 14, …

수지 더 읽으려는데 정민이 재빠르게 수첩을 뺏는다.

정민　(버럭) 아니 왜 학생은! 어! 왜 남의 수첩을 그렇게! 막 함부로 보고 그래요!!!

수지　이거 숫자 적혀있는 건 뭐예요?

재민　왜 뭐 다른 시크릿하우스 촬영일이에요?

정민　뭔가 오해가 있으신 거 같습니다.

옥희　이 사람 이거 일단 못 나가게 막자.

재민　(수갑 채우려고 하면서) 진짜 솔직하게 말 안 하면 저희 이대로 기자님하고 다 죽는 겁니다!

수갑 채우고 테이프로 입 막고 벨트로 묶으려 한다.

정민　로또 1등번호입니다!!!

정적.

재민.옥희 뭐? 로또… 1등????????

수지 네. 그리고 또 뭐였더라… 테이블, 소파 뭐라고 적혀있었
는데…

순간 모두 소파 쪽으로 시선을 옮긴다.

정민 아 그 테이블 소파~ 그거 우리집 테이블이랑 소파! 바꿔
야 돼서 적어놨어. 이야 여기도 테이블이랑 소파가 있긴
하네~ (소파로 이동하며) 우리집에 가져가면 딱 좋겠는데…

정민과 재민 옥희 세 사람 사이 긴장감이 흐르고 서로 눈치 보며
소파로 이동하려 한다.
그 사이 수지가 소파 사이에 끼어 있는 로또 종이를 발견한다.

수지 (로또 종이를 들고) 찾은 거 같은데요? 이거 맞죠?

정민.옥희.재민 내려놔!!!!!!!!!!!!!!!!!!!!

세 사람 수지 쪽으로 달려들려고 할 때 정민이 갑자기 재민과 옥
희 앞을 가로막는다.

정민 자~~ 여러분! 제 말을 잘 들으셔야 합니다. 절대로 흥분하
거나 당황해서는 안 됩니다. 침착해야 합니다.

옥희 니가 뭔데? 아니아니 총각이 뭔데 침착하라 마란데?

재민 지금 침착할 때야? 이판사판이야. 나는 지금 그딴 거 모르

겠고 나는 저거만 있으면 다 해결된다고.

옥희 나도 마찬가지야! 돈만 있으면 뭔들 못하겠나!!

수지 아줌마, 아저씨들… 왜 그래요 다들 진정해요…

정민 수지야 그거 일단 내려놓자 응?

재민 어디서 개수작이야! 내려놓자마자 바로 가로챌 생각이지? 누굴 속이려고!

정민 아니에요! 일단 저희 대화로 풀-

옥희 (정민의 말을 끊으며) 대화는 무슨 대화! 수지야 그거 일단 아줌마 줘봐 응? 내가 아까는 미쳐가지고서는 아무것도 모르고 심한 말만 하고 아줌마가 백번이고 미안하고 미안하데이. 그러니까 일단 내한테 도. 으이?

수지 다들 진짜 제정신이 아니에요. 미쳤어 다들! 다들 멀리 떨어져요 일단!!! 안 그럼 이거 찢을 거예요! (찢는 시늉을 한다)

정민.옥희.재민 안돼!!!!!!!!!!!!!!!!!!!!

수지 멀리 떨어져요 빨리!

재민 정민 옥희 수지에게서 멀리 떨어진다.

하지만 분위기는 여전히 긴장감이 넘친다.

수지 세 사람이 어느 정도 진정되었음을 느낀다.

재민 수지야. 일단 그거 번호부터 확인해보자 응?

옥희 그래 일단 확인해보자.

정민 (다급한 말투로 빠르게) 아니 왜 당신들이 그걸 확인해보는 건데요 왜! 그거 내 꺼라구요 내 꺼!

옥희 말 느린 거 맞나? 이마이 빠르노? 숨 넘어가는 줄 알았네 아주. 그쪽 거라는 증거 있나? 정! 거!

재민 그러니까요! 아까부터 자꾸 두리번거릴 때부터 수상하다 했는데 와… 이걸 찾고 있었던 거네! 수지야 너도 수상하다 했잖아. 저거 1등이 아닐 수도 있으니까 번호 확인부터 해보자.

수지 수상하긴 했죠… 흠… 확인이 필요할 듯하네요.

정민 아니 아까 행동은 여러분들이 안 받아 주실까봐. 아 답답해 진짜!

수지 (휴대폰 꺼내며) 이거 로또 인터넷에 검색해서 번호 종이랑 확인하면 되죠?

재민 그럴 필요 없어 수지가 가지고 있는 종이 큐알코드 찍으면 바로 나와.

수지 오 좋네요 그럼 제가 확인해 볼게요!

옥희 아니다 아니다! 다 같이 번호 확인해 봐야지!! 같이 번호 불러서 확인해 보자!

재민 그럼 우리 셋 동시에 해요.

옥희 오케이! 하나 둘 셋 하면 하기다이.

수지 알았으니까 빨리요.

옥희 하나 둘 세-

재민 하 잠시만요 잠시만요 왜 이렇게 긴장되죠? 이거 진짜면 (기대에 차며) 와, 진짜.

옥희 어허이 거참! 분답게 좀 하지 말고 좀.

수지 아 답답해! 하나 둘 셋!

모두	8, 10, 14, 20, 33, 41, 28!!!!! (환호성 지른다)
정민	하 씨… 망했네.

옥희와 재민 환호성을 지른다.

정민은 망연자실한다.

수지 로또 종이를 신기해하듯 쳐다본다.

암전.

3장

조명이 밝아지면

옥희와 재민은 여전히 들떠있고

망연자실해 있던 정민은 정신 차리며 마음을 다잡는다.

수지	아줌마 아저씨 저흰 여기 죽으러 왔어요. 맞죠?
재민.옥희	그렇지!
정민	저기요… 전 아닌…
옥희	거 좀 눈치 좀!
수지	그럼 그 목적을 달성하면 돼요. 이제 와서 돈이 무슨 소용이에요? 이미 여기 왔다는 건 살아갈 의지가 없고 더 이상 희망이 없기 때문에 온 거잖아요.
재민	넌 아직 학생이라 몰라. 무슨 소용이라니. 적어도 난! 여기

서 저 돈이면 다시 새 인생 살 수 있다고!

정민 (혼잣말인 듯 아닌 듯하며) 새 인생은 개뿔. 저 돈으로 또 비트코인 하겠지.

재민 뭐라고요?

수지 아니 아저씨 정말 빚 다 청산하고 다시는 주식이나 코인 안 하고 진짜 일만 열심히 하면서 살 수 있어요?

재민 대답하지 못한다.

옥희 이봐라 대답 못 할 줄 알았다. 크~~~ 우리 수지가 이렇게 똑띠다. 개버릇 남 못 준다고 무조건 주식이랑 콩… 그거 한다.

재민 아주머니!! 아까 티티 할 때 저랑 대화가 통한다더니 뭐 잘 맞다고 하더니 돈 앞에서 이렇게 사람이 변해요?

수지 아줌마는요? 아줌마는 이 돈 가지고 가면 아줌마가 단톡 방에서 말한 그 지긋지긋한 집에서 탈출할 수 있을 거 같아요? 정신 차려요 아줌마.

옥희 조용해라이. 어린애가 어디서 자꾸 따박따박 말대꾸고?

수지 말대꾸가 아니라 아줌마가 걱정…

옥희 (흥분한 말투로) 네가 뭘 안다고!!! 좀 똑똑하다고 말해줬드만 네가 알면 뭘 얼마나 안다고 정신 차려라 하노 나한테!!

조명이 바뀌고 재민과 옥희가 마주 보며 앉아있다.

재민 밥을 먹다 옥희를 부른다.

재민   물.

옥희   (말없이 먹기만 한다.)

재민   (테이블을 툭툭 치며) 물 달라니까?

옥희   (놀라며) 네? 네. (물을 주며 조심스레 앉으며) 저기 준영아빠 있
         잖아… 혜민이 엄마가 노래교실 같이 가자는데… 노래 배
         우면 스트레스도 풀리고…

재민   (옥희의 말을 끊으며) 고마 치아라, 스트레스 받을 게 뭐 있다
         카노! 여편네들이 말이야 집안 살림이나 하지 뭘 밖에서
         난리를 치고 다니노!

옥희   난리를 치는 게 아이고-

재민   (옥희의 말을 끊으며) 됐다 마! 밥이나 좀 더 가온나!

조명이 바뀌고 수지가 다급하게 다가온다.

수지   엄마! 내 흰 원피스 빨았나?

옥희   어 빨았지 그거.

수지   (짜증난 말투로) 세탁기 돌렸나?

옥희   그래. 흰빨래 할때 다 돌렸지. 왜 그러는데?

수지   아 왜 물어보지도 않고 돌리는데? 그거 단독 세탁해야 한
         다고.

옥희   그럼 따로 넣어 두던가 말을 하지. 엄마가 그걸 어떻게
         아노?

수지   하… 진짜 내일 입어야 하는데 줄어든 거 아니가. 아나 진
         짜 짜증나네.

옥희에게 전화가 온다.

옥희   어 아들~

정민   엄마. 내 책상 위에 서류봉투가 하나 있는데 지금 좀 가지고 올 수 있나? 오늘 필요한데 내가 깜빡했다.

옥희   지금? 어떡하지? 엄마 지금 모임 있어서 나가봐야 하는데.

정민   (짜증난 말투로) 아~ 모임 조금 늦는다 하고 갖다주면 되잖아. 집에서 하는 일도 없으면서 엄마 모임은 가고 내 꺼 갖다 줄 시간은 안 되나?

전화가 끊어지고 옥희 어이가 없다는 듯 전화를 바라본다.
곧이어 재민이 옥희 뒤에 등장한다.

재민   물.

조명이 다시 바뀌고 옥희 울기 시작한다.

옥희   그놈의 물물!! 항상 무시하는 자식새끼들!!! 내가 죽어야지만 이 지긋지긋한 집구석 탈출할 수 있을 거 같다고 생각했어. 근데 죽기에는 억울하잖아. 나도 꿈도 있었고 하고 싶은 것도 많은데 왜 내가 물만 떠받쳐야 하고! 자식새끼들한테까지 내가 왜 무시당해야 하는데! 그래 막말로 로또 저 돈이라도 있으면 나 하고 싶은 거 다 하고 살수 있잖아. 저 돈 가지고 집 나와서 그냥 나 혼자 살면 그만이니까!

잠시 정적이 흐른다.

수지 죄송해요 아줌마…

옥희 됐다. 어린애 앞에서 내가 참 못 볼 걸 보였네. 고마 이자뿌
라. 알았제? 나는 로또고 머고 필요 없다. 필요한 사람들끼
리 일보고 나는 고마 빨리 일 치르고 끝낼란다.

정민 아니. 지금 다들 장난해요? 그건 원래부터 내 것이었다구
요 내 꺼! 아줌마 말 똑바로 해야죠. 필요한 사람들끼리 일
보는 게 아니라 원래 내 꺼니까 저한테 줘야죠.

재민 원래 그쪽 거인지 어떻게 알죠? 그날 다른 사람들도 있었
잖아요. 누구 건지도 모르고 하니 이건 주인이 없는 셈이죠.

옥희 그래 맞네! 주인이 없네! 증거 있나?

정민 으아!!!!! 미치겠네 진짜.

재민 옥희 수지 동시에 깜짝 놀란다.

정민 (세 사람 앞에 무릎꿇으며) 부탁합니다 제발요. 저 그거 없으면
죽어요. 다들 죽으러 왔다면서요. 제가 이거 가지고 조용
히 나갈 테니까 다들 해야 할 일들 하세요 제발. 이렇게 부
탁합니다.

재민 대체 왜 이렇게까지 이 로또 종이에 목숨 겁니까? 빚더미
인 나도 사실 눈 뒤집힐 만한 건 사실이긴 합니다만.

수지　아저씨 기자라면서요. 직업도 괜찮고 돈 없어 보이지도 않는데 왜 그래요?

재민　무슨 사연이라도 있는 거예요?

조명 전환.

정민에게 전화가 온다.

정민 아무 일 없었다는 듯이 반갑게 전화를 받는다.

정민　(애써 웃으며) 어 자기야. 밥? 먹었지. 자기랑 하율이는? 하율이 목소리 들은 지도 오래된 거 같은데 지금 옆에 하율이 있…

정민아내　(정민의 말을 끊으며 다급하게) 자기야. 혹시 600만 원 보내줄 수 있어? 하율이 학교에서 이번에 여름 캠프 가는데 이것저것 준비할 것들이 많네.

정민　지난달에 500만 원 보내줬잖아.

정민아내　그거 얼마 된다고. 5백만 원으로 한 달 버티는 거 여기 엄마들 중에 나밖에 없을 거야. 나 여기서 얼마나 아끼고 또 아끼고 사는 줄 알아?

정민　5백도 작은 금액이 아닌데 자기야. 퇴직금이며 대출이며 지금 다 당겨서 보내주고 있는 거 자기도 알잖아.

정민아내　(황당하다는 듯) 이제 와서 그렇게 말하면 난 뭐가 돼? 아니 미국으로 보내자고 적극 찬성한 사람이 누군데?

정민　자기가 강력하게 원했으니까 나는 그냥 자기 말 들은 거지…

정민아내 아 됐어. 그냥 하율이 캠프 안 보낼게. 끊는다 그럼.

정민 (다급한 목소리로) 자기야!! 이틀만 좀… 기다려줘 그럼.

정민아내 알았어. 나 하율이 데리러 가야 해. 돈 보내면 전화 줘~ 밥 잘 챙겨먹고~

정민 전화를 끊고 허탈한 모습으로 멍하니 앉아 있다.
그사이 정민의 전화가 울린다. 정민이 받질 않고
눈치를 보던 재민이 스피커 통화버튼을 누른다.

병원 최정민씨? 연락이 너무 안 되시네요. 지난번에 예약 다시 잡아드리려고 하는데 언제가 좋으세요? 현재 위암 2기라… 치료 시기 하루라도 늦으면 안 되시는 거 아시죠…

정민 재빨리 끊는다.

정민 왜 남의 전화를 함부로 받습니까?

재민 아니… 안 받으시길래… 예약을 빨리 잡으시는 게…

정민 그쪽이 상관할 일 아니니까 상관하지 마세요.

재민 이봐요 상관이 아니라…

옥희 (재민을 툭툭 치며 재민에게만 들리게) 고마 입 닫아라.

재민 아니 제가 뭘 어쨌다고?

잠시 정적이 흐르고 옥희와 재민, 수지는 정민을 안타까워하며 쳐다보고 어쩔 줄 몰라 한다.

정민 다들 그런 눈으로 안 쳐다보셔도 돼요. 예. 저 지금 이런 상황입니다.

옥희 총각처럼 보이더만 애아빠였네. 암이면… 치료를 빨리 해야 하는 거 아이가. 하이고… 애엄마는 이 상황 모르나? 아까도 들어보니 돈만 보내달라 카고 애아빠는 우에 지내는지 궁금해 하지도 않든데.

재민 그렇게 기를 쓰고 로또를 찾은 이유였네요.

정민 네! 맞습니다. 이기적으로 들리겠지만요. 저 그거 있어야 미국에 있는 우리 와이프랑 딸한테 돈도 매달 정기적으로 보내고요! 돈이 있어야지만 우리 하율이 하고 싶은 거 다 시킬 수 있고요! 그래서 다시 찾으러 온 겁니다.

재민 정작 자기 몸은 안 챙기고요? 치료부터 해야 돈 벌고 할 거 아닙니까!

정민 당장 캠프 준비해야 하는데 당장 600이 필요하다는데! 제가 어디 가서 600을 구해옵니까? 땅을 파도 나오지 않는 돈 내 눈앞에 몇십억이 지금 있는데 여러분들 같으면 안 찾으러 오겠어요? 이 로또 분명한 제 겁니다! 저 사실 죽을 생각도 없었고 시크릿하우스 잠입 취재 겸 왔었습니다. 이것만 잘되면 방송 나가면 인센티브 나오니까 그걸로 돈 보내려구요. 죽으러 온 사람이 1등에 당첨됐고 그때부터 눈이 뒤집혀지더라구요 모두.

옥희 아니 그래서 우째 됐는데?

정민 서로 그 종이 한 장을 사수하겠다고 난리를 치면서 로또 종이가 떨어지면서 상황은 더 악화됐어요. 소파 쪽으로 분명 떨어졌는데 아무리 찾아도 못 찾겠더군요. 현타가 오더라구요 셋이. 그래서 로또고 뭐고 그냥 죽자 하는데, 거기서 어떻게 '전 죽으러 온 게 아닙니다.!'라고 하겠습니까? 그냥 그분들 하자는 대로 수면제 먹었는데… 제가 먹는 사이 수면제를 다량으로 삼키셨고… 전 정신 더 잃기 전에 뛰쳐나왔어요. 그분들 어떻게 됐든 모르겠고 로또 1등을 확인한 이상 돈만 보이니까. 다 필요 없고 그냥 로또 다시 찾아서 미국에 있는 우리 가족한테 보내자! 그 생각뿐이었어요. 그래서 다시 온 겁니다.

수지 아저씨를 그냥 ATM기로 생각하는데 무슨 가족이에요?

정민 학생은 아직 뭘 몰라서 그래. 나중에 결혼해서 가정을 꾸리고 자식도 낳아보면 알 거야. 내 가족 내 새끼 미래를 위해서 무엇인들 못 해주겠냐는 마음이 생길 거야. 돈 보내주는 거? 그래. 학생이 보면 내가 그냥 ATM기처럼 보이겠지. 그래, 나 ATM기 맞아. 근데 난 우리 하율이가 하고 싶다 하는 거 다 해줄 거야.

수지 하고 싶다 하는 거 다 해준다… 하율이 부럽네요. 그럼 나 가서 병원부터 가요. 하율이 하고 싶은 거 다 해주려면 아저씨가 건강해야 가족도 다시 만나고 일도 하고 돈도 벌 거 아니에요.

옥희 그래 우선 치료부터 받아라. 얼른 나아서 건강한 모습으로 만나야 할 거 아이가. 어쩐지 얼굴에 핏기도 없고 비실비

실해 보이더라니 에휴~

재민 사채업자도 아프면 절대 안 된다 어디 아프기만 해봐라 하는데… 참… 가족이라는 사람들이… 그쪽이 가족을 생각하는 만큼 가족도 그쪽을 좀 생각하면 좋겠네요.

정민 타국에서 생활하는 하율엄마랑 하율이가 제일 힘들 겁니다.

재민 아니 지금 제일 힘든 사람은 그쪽이라고요! 아니 암이라는데!!! 걱정도 안 됩니까? 암이라잖아요! 암이 별거예요? 대체 왜 자기 몸을 생각 안 해요? 진짜 죽으려고 작정했어요? 죽기 싫다면서요. 지금 제일 미련한 사람이 그쪽인 거 모릅니까?

정민 나보다 나이도 적은 거 같은데 그만하죠?

재민 듣자 듣자 하니까 제일 나잇값 못하고 있어서 이렇게 말합니다 제가!

정민 알겠으니까 그만하시죠.

재민 로또 1등 보니 바로 미국에 돈 보낼 생각만 났죠? 진짜 ATM기 맞네 맞아~ 다른 거 생각이나 나겠어? 미국에 돈 보낼 생각만 하는 거지 뭐~~

정민 이 새끼가 진짜 말 다했냐? 네가 뭘 안다고 함부로 지껄여?

재민 이 새끼…? 야 민증 까 민증! 지금 죽으려고 온 사람들 앞에서 지랄 떨고 있는 게 누군데 이래? 로또 1등에 눈깔 뒤집혀서 다시 쳐 와놓고서는. 와… 다시 돌아온 용기가 대단해 아주!

정민 이 새끼가 진짜!

재민과 정민의 몸싸움이 벌어진다.

옥희와 수지는 말려보지만 소용이 없다…

재민과 정민이 싸움이 벌어진다.

재민의 감정이 점점 더 격해지며 수지 손에 있던 로또 종이를 뺏는다.

재민 그래 처음부터 이게 문제였어. 이것만 없으면 우리 그냥 깔끔하게 죽고 끝나는 거잖아. 안 그래요 다들?

수지 아저씨 무슨 말인지 알겠으니까 그거 그냥 정민 아저씨 줘요.

재민 저 새끼 거라는 증거도 없는데 내가 왜?

옥희 재민 총각 진정해라. 그거 내려놔라 일단 응?

재민 가까이 오지 마 아무도!! 이건 그냥 처음부터 없었던 겁니다!

재민 로또 종이를 없애려고 한다.

재민과 옥희, 수지가 정신없는 틈을 타 정민 결심한 듯

밧줄을 집어 들고 의자 위에 올라선다.

정민 밧줄을 걸고 자기 목을 매달려고 한다.

옥희 애아빠 지금 뭐하노!!!!! 당장 내려온나!!!!

정민 다들 그거 돌려줄 생각 없으신 거죠? 그냥 제 인생 여기서 끝낼게요. 그거 찢든지 누가 하던지 이제 관심 없으니까 마음대로 하세요.

재민　뭐하는 짓이에요 그게? 당장 내려와요!

정민　왜요? 나잇값 못하는 새끼라면서요. 나잇값 못하는 새끼라 이러니 그쪽은 나잇값 하며 살아요 알았죠?

옥희　그러지 말고 내려온나… 애아빠가 살아야 미국에 가서 딸래미도 볼 거 아이가.

정민　왜 그래요 다들 진짜!!!

수지　아저씨… 내려와요 제발…

옥희　어떻게 좀 해봐라 좀!!! 저러다 진짜 죽겠다.

재민　나잇값 어쩌고 한 거 죄송하구요 일단 내려와요 네? 내려와서 우리…

정민　씨발 내가 죽겠다는데 왜 !!!

재민　하 씨발 그러다 진짜 죽는다고 이 새끼야!!!!

그 순간 정민이 발을 헛디뎌 의자가 넘어진다.

재민 옥희 수지 필사적으로 정민을 구한다.

정민 잠시 정신을 잃는다.

옥희　어떡하노!!! 눈 좀 떠봐라!!

재민　(정민을 흔들며) 저기요… 정신차려요!!!

옥희　진짜 죽은 거 아이가!! 우짜는데 우째!!

수지　CPR 할 수 있는 사람 있어요?

재민　그거 잘못하면….

수지　지금 그게 문제예요? 아니면 그… 인공호흡! 그거라도 해요 빨리.

재민　어? 어.

재민 우선 정민의 뺨을 때려본다.
반응이 없자 숨을 크게 한번 고르고 인공호흡 준비를 한다.
서서히 인공호흡을 하려는 찰나 정민이 기침을 하며 숨을 쉰다.

정민　저… 죽었나요?

수지　살았어요!!!!!

재민　(정민을 와락 안으며) 살았어요!!!

옥희　하이고 진짜 잘못된 줄 알고 얼마나 놀란 줄 아나.

재민과 옥희, 수지는 서로 뿌듯함을 느낀다.
정민은 민망하고 부끄러운 나머지 고개를 못 들고 있다.

사이.

재민　(정민에게 로또를 돌려주면서) 여기요. 이거 가지고 나가요. 제가 아까 말 심하게 한 거 미안해요. 저도 제가 한심한 새끼라고 생각했지만 정민씨 사연 듣고 너무 안타까워서 말을 너무 심하게 이야기했어요. 이거 가지고 나가서 꼭 살아요.

옥희와 재민 수지는 다시 죽을 준비를 시작한다.
정민은 가방을 챙겨서 나간다.
잠시 후 정민이 결심한 듯 다시 들어온다.

정민   우리 다 같이 나가요.

재민   우리가 로또를 포기했다니까요? 그냥 가라고 할 때 가요 얼른.

옥희   그래 우리는 뭐 돈 안 필요한 줄 아나. 그치만 애아빠 몸부터 나아야 할 거 아이가. 퍼뜩 가서 치료나 받아라.

수지   저흰 결심하고 온 사람들이고 아저씨는 그게 아니니까 얼른 가세요. 아! 아저씨 여기 취재하고 싶댔죠? 차라리 우리를 취재해요. 취재해서 저희 부모님이 꼭 이 방송 보고 저한테 평생 죄책감 들게 해주세요.

재민   그거 좋네! 방송 내보내서 날 이렇게 빚쟁이로 만든 그 사기꾼 새끼 꼭 찾아서 감방 보내줘요. 내가 그 새끼 때문에 이렇게 죽지만 나 말고 피해 본 사람들 한둘이 아닐 겁니다.

정민   진짜 죽고 싶었으면… 그냥 혼자 했겠지. 근데 왜 여기까지 왔을까? 왜 굳이 이런 방까지 찾아왔냐고. 진짜로 묻고 싶어요. 죽으면… 다 해결될 거 같아요? 빚이 사라지고, 가족들이 자유로워지고, 세상이 변한다고 해도 그때는 당신들은 없잖아요. 정작 당신들은, 그 순간 아무것도 느낄 수 없을 텐데. 죽은 뒤에 바뀌는 세상이 무슨 소용이에요? 당신들 없이 돌아가는 세상에, 그 어떤 정의가 있어요? 저요? 처음엔 로또를 찾으러 왔죠, 죽으러 온 거 아니잖아요. 근데 여기서 당신들을 만났고, 당신들이 나를 살려줬잖아요. 그 혼란 속에서, 내가 목까지 매고 있었을 때 아무도 날 밀지 않았고 오히려 붙잡아 주었잖아요. 저도 기회를 주세요. 당신들이 날 살려줬으니 나도 당신들을 살릴 기회를 주세요.

제가 도와줄게요. 당신들이 살아준다면 당신들 취재해 드리고 그 사기꾼 유투버도 찾아내고요. 수지 학생도 하고 싶은 거 하고 응? 아주머니도 더 이상 참지 마시고 하고 싶으신 거 배우고 싶으신 거 하시고요. 같이 나가요. 우리… 그냥 조금만 더 버텨봅시다! 살아갈 이유, 분명히 있을 거예요. 우리 한번 해봐요 네? 사실 다들 살고 싶잖아요.

옥희 감정에 복받친다.
재민 역시 감정에 복받친다.

재민 (자신의 핸드폰을 보여주며) 이 새끼 나한테 사기 친 그 유튜버예요. 제발 찾아주세요. (참았던 감정이 올라오며) 저는 오늘 이렇게 죽지만 그 새끼 감방 가면 더는 피해자는 안 나올 거니까요.

잠시 정적이 흐르고 정민이 결심한 듯
옥희 재민 수지 앞으로 다가온다.

정민 제가 이 사기꾼 찾아주면 취재 응해주시고 여기 나가실 의향 있으세요? 그쪽… 아니 동생이 앞으로 살 거라고 하면 제가 어떻게서든 저 사기꾼 찾아낼게요. 아주머니도 수지 학생도 도울게요!

재민 옥희 수지 잠시 고민한다.

모두　우리!

재민　수지 먼저 말해.

수지　아저씨가 먼저 말해요.

옥희　그래 재민 총각이 먼저 말해라.

재민　저희… 이제 그럼… 그러니까… 음… 어… 흠…

수지　살래요!

옥희　나도 살고 싶다! 애아빠 하자는 대로 뭐든 할게.

수지　저도요.

재민　… 나도… 요…

정민　그리고 아셔야 할 게 있어요. 여러분들 나가면 경찰서에 조사받으러 나가야 할 수도 있어요. 여러분들 얼굴이야 안 내보낼 수 있지만 요즘 아시죠? 방송에 한번 나가면 신상 다 공개되고…

수지　상관없어요. 저희 부모님이 제가 왜 이런 선택까지 했는지에 대해 꼭 알았으면 좋겠어요 이번 기회에.

정민　(로또종이를 보여주며) 그리고 이거… 저희 나누는 게…

옥희　됐다마. 애아빠 껀데 애아빠가 가지는 게 당연하지. 우리 뭐 찍으면 되노? 그래도 방송에 나오는데 뭐라도 좀 찍어 발라야 안 되겠나. 잠시만 기다려 봐래이.

옥희 캐리어에서 파우치를 꺼내고 립스틱을 바른다.

수지　아주머니 되게 웃긴 거 알죠 지금? 아니 쌩얼인데 입술만 그렇게 빨갛게 바르면 어떡해요. 톤업비비라도 바르

실래요?

옥희　톤 뭐? 그게 머꼬? 화운데이션 같은 거가?

수지　화운… 데이션… 아 파운데이션?

옥희　아따 똑순이 아니랄까봐 자꾸 어려운 말 쓰네. 뭐 찍어 바
　　　　를 거 있으면 좀 주든가.

수지 옥희 서로 화장을 한다.

그사이 정민은 카메라를 켜고 시크릿하우스 내부를 촬영하고

연이어 수첩에 질문할 것들을 적는다.

재민도 그사이 거울을 보며 머리를 대충 만지고 단장을 한다.

시크릿하우스가 밝은 조명으로 바뀌고

정민이 중앙에 의자를 하나 놓고

맞은편에 카메라를 놓고 인터뷰 준비를 한다.

정민　여기 내부는 일단 다 찍었구요. 이제 각자 한 명씩 인터뷰
　　　　할게요. 제가 묻는 말에 차근차근 대답해 주시면 됩니다.
　　　　누구부터 할까요?

수지　저부터 할게요!

정민　그래 좋아. 긴장하지 말고 차근차근 대답하면 돼. 알았지?

수지　네.

정민 카메라를 켠다.

정민　시크릿하우스를 어떻게 처음 알게 되었나요?

수지 시크릿D를 통해 알게 됐습니다.

정민 시크릿D가 뭔가요?

수지 자살하려고 하는 사람들 모으는 단톡방 이름이에요.

정민 단톡방은 어떻게 알게 되셨죠?

정민 시크릿하우스 운영자가 혹시 극단적인 선택을 하도록 더 부추겼나요?

옥희 아니요. 그냥 제 선택이었고 안 그래도 외롭고 한데 그냥 저승길 외롭지 않으려고 왔어요. 그게 다예요.

인터뷰가 계속 이어진다.

잠시 후 옥희의 인터뷰가 끝나고 연이어 재민이 앉는다.

정민 죽으려고 했던 가장 큰 이유는 무엇인가요?

재민 절 이렇게까지 죽음으로 이끌게 한 그 유튜버 때문입니다. 회사에서 서로 의지하는 동료였고 어느 날 갑자기 주식이랑 코인으로 대박 나더니 퇴사하고 주식, 코인 투자 전문 유튜버를 한다고 하더라구요. 그만큼 믿었기 때문에 될 줄 알고 그 자식 말대로 투자를 했는데… 그 자식이 저를 아주 벼랑 끝으로 몰아넣었… (다시 마음을 다잡고) 아니요. 저의 잘못된 선택으로 인해 가족들에게 감당할 수 없는 빚을 지게 만들어서 도저히 해결할 방법이 없었습니다. 그냥 내가 죽는 것만이 빚을 덜어낼 수 있는 방법이라고 생각했습니다. 제가 세상에서 없어지면 나한테 달려있던 빚들도 없어지게 되는 거니까… 이렇게 해서라도… 빚을 없애야…

남겨진 가족들도 덜 힘드니까…

정민 마지막으로 연락된 날이 언제죠?

재민 지난주 금요일입니다. 경찰에 신고한다. 고소한다고 하니 투자는 자기가 해놓고 왜 자기한테 뒤집어씌우냐고 쌍욕을 하더라구요. 자기는 책임 없다면서… 개자식.

조명 전환.

옥희 (결심한 듯 다시 시작한다) 준영아빠. 나 집으로 돌아가면 이제 예전의 김옥희로 안 살래요. 혜민이 엄마랑 노래교실도 갈 거고 꽃꽂이도 배울 거고! 우리 찬원이 콘서트도 갈 거고 하고 싶은 거 하나둘씩 해보며 살래요.

수지 엄마…! 이 영상 보게 되면 절대 끄지 말구 제 말 끝까지 꼭! 들어줘요. 엄마 저한테 먼저 물어봐 주세요. 음악이 왜 하고 싶은지 힘든 건 없는지. 늘 엄마 입장에서 결론 내서 저를 보지 마시고 저를 먼저 봐주세요!

옥희 그리고 30년 동안 물 떠다 줬으면 이제 혼자 물 떠서 마셔도 되잖아요? 준영아 준희야~ 너들도 이제 애들 아니고 다 큰 성인이고 밥벌이 하니까 이제 너들이 알아서 살아. 엄마도 엄마 인생 살아볼란다. 그럼 안녕!

수지 엄마 앞에 당당하게 인정받으려 노력하고 있으니까 조금만 기다려 줘요. 저 다음 달에 고등 래퍼 예선 나가요! 이번에 나가면 꼭 예선 통과 아니 제2의 이영지가 되어서 돌아올게요! 제 랩 한번 들어보실래요? (랩 시작하려는 순간 재민이 영상편지를 시작한다.)

재민 야 이 등신아!!! 아오… 너는 진짜 어? 등신 중에 상등신이 다 너는 아주!! 언제 정신 차릴래? 어? 너 진짜 한번만 더 투자니 뭐니 이딴 거에 또 넘어가면 넌 진짜 사람도 아니다 알겠냐? 너 진짜 이거 보고 정신 차려라.

점점 암전.

옥희 고마워 진짜. 그나저나 다들 배는 안 고프나? 저녁 시간 조금 넘긴 했는데 배고프면 근처에서 뭐 좀 먹고 가까?

재민 좋죠!

정민 그럼 제가 맛집 좀 알아볼게요.

수지 저 고기 먹고 싶어요.

옥희 그래그래 우리 똑수이 수지 학생이 먹고 싶다 하면 가야지! 고깃집 함 찾아봐라!

수지 아줌마… 그리고 이찬원 콘서트 티켓팅 필요하시면… 도와드릴게요!

옥희 진짜로? 그래주면 너무 고맙지~~ 생각만해도 너무 떨린다 진짜. 콘서트 날짜 나오면 바로 말해줄게 꼭 해줘야 한데이~

Epilogue

채널 전환 소리가 들리고 다큐멘터리가 시작된다.

정민 오늘 추적자들에서는 시크릿하우스의 실체를 낱낱이 살펴볼 예정입니다. 저희 추적자들 팀에서 취재한 결과 그동안 뉴스에서 여러 차례 나왔던 집단 자살 사건과 상당히 관련이 있는 것으로 보아…

채널 전환 소리가 들리고 곧이어 뉴스가 다시 시작된다.

앵커 오늘의 핫이슈입니다. 한국 자살 방지 센터에 익명의 이름으로 10억을 기부해 화제가 되고 있습니다. 익명의 기부자는 자신의 신분이 밝혀지는 것을 극구 사양하며 자신의 보탬이 도움이 될 수 있다면 충분하다는 말만 남기고 떠났습니다. 이어서 다음 소식입니다…

앵커 멘트가 점차 줄어들고 조명이 꺼진다.
암전 후 신비스러운 음악과 함께 조명이 다시 켜지고
비밀번호를 누르는 소리와 함께 암전.

어쩌다 효녀

윤희

멘토 김현규

등장인물

심청(17세)/ 착하고 순종적인 성격. 생계와 꿈 사이에서 갈등한다.

심학규(38세)/ 심청의 부친. 나약하고 자기중심적인 성격. 삶을 살아내기보단 환상에 의지하는 인물.

백덕 어멈(30세)/ 심청의 계모. 표현이 거칠고 직설적인 성격. 생존 본능이 강하다.

홍금자(43세)/ 심청의 자수 스승. 단단하고 침착한 성격. 권위적이지 않고 배움에 있어 공정하고 온화하다.

무당(32세)/ 인당수 굿을 주재하며 마을 사람들의 공포와 믿음을 조종하는 교활한 성격.

자수당 규슈들(17세)/ 홍금자의 제자들. 대체로 순진하고, 세상 물정에 어두워 심청과 미묘한 거리감을 형성한다.

마을 사람들/ 심청의 운명을 결정짓는 배경적 존재.

시간

조선시대 후반부 (18세기-19세기 초반)
가을에서 겨울로 넘어가는 쌀쌀한 시기.

장소

심청의 집, 자수당, 냇가, 인당수(절벽)

무대

양쪽 분할 세트. (한쪽은 심청의 집, 한쪽은 자수당이 있고, 무대 업스테이지에 인당수 절벽이 있다)

Prologue

푸른 천이 넘실대듯 끊임없이 출렁이는 인당수 바다.

바다가 닿는 끝자락, 마른 땅 위에는 작은 제단 하나가 바다를 등진 채 외로이 서 있다.

제단 주위의 오방천은 찢어진 채로 팔랑거리며, 둔탁한 북소리와 금속을 긁는 듯한 꽹과리 소리는 귀를 찌를 듯하다.

하얀 저고리와 치마, 고깔을 쓴 무당이 제단 주위에 원을 그린다.

그 강렬한 소리에 어떤 이는 고개 숙여 무언가를 중얼거리며 기도를 올리고, 어떤 이는 무릎 꿇고 손을 모은 채, 소리에 맞춰 간절히 눈을 감는다. 그리고 굿판의 소란과 동떨어진 절벽.

그 끝에 바다를 향해 선 한 여인이 있다.

바람만이 그녀의 옷자락을 조용히 흔든다.

무당   (소매를 휘두르며) 가보자.

무당, 두 팔을 벌려 허공을 휘저으며 날아오르듯 방방 뛴다.

무당   허! (주술을 외며) 이르러 무아 해신 다 오늘은 다 해신 신주 아니시 야 우방은 차주 다 하유 바다서 소천이 미르 여래라.

무당, 휘청임과 멈춤을 반복하며 사람들 주위를 돈다.

그러다 시선을 한 곳에 고정하며, 경련하듯 어깨를 들썩인다.

무당 쯧. 멀쩡한 바다를 건널라치면 물살이 가로막고, 겨우 떴다 싶으면 잡을 것이 하나 없구나!

사람들 예, 예! 맞습니다./ 아이고!

주민1 죄다 바닷일로 먹고사는데, 어떻게 하면 됩니까?

무당, 제단 위 놓인 방울과 부채를 쥐어흔든다. 소매를 한번 휘두르자 북과 꽹과리 소리가 쩡, 쩡 울려 퍼진다.

주민2 제발, 제발 다시 평온할 수 있도록…

주민3 우리 생계가 위협받지 않도록 해주세요…

무당 천지 수호신이여, 우리의 기도를 들어주소서! 이곳에 모인 사람들의 간절한 마음을 들으시고, 이 땅에 평화를 주소서!

무당, 방울과 부채를 흔들다 멈춘다.

무당 바다 깊은 곳, 신령님께서 명하신다! 신의 노여움을 달래려면, 쌀 300석을 닷새 안에 바쳐라 하신다!

사람들 예?! 삼… 삼백 석이요?!

주민1 닷새 안에 삼백 석을 어떻게 구합니까!

주민2 그러니까요, 어유, 말도 안 됩니다!

주민3 다른 건 안 될까요?

무당 어허! 만약 그러지 못한다면… 산 생명을 제물로 바쳐야 한다신다!

주민1 아니, 지금 당장 먹을 쌀도 없는데…

주민2　좀 깎아주시면…

무당　어허!

사람들, 서로 눈치만 보다가 누군가의 등을 툭툭 치거나, 헛웃음을 흘리거나, 말없이 땅을 발로 툭툭 찬다.

주민4　(취한 채) 거, 없는 살림으로 굿판 벌였는데, 작두 한 번 안 타 주쇼?

무당　허. 작두는 아무 때나 타는 게 아닙니다. (악사들에게) 가자. 갈 길이 멀다.

주민4　아니 그럼 다른- (잠시) 어 그래! 춤이라도 신명지게 춰보쇼! 얼쑤!

무당　어허! 거참! 이 사람이!

주민1　(주민4를 끌며) 아유, 그만하시고 이리 오세요.

주민4　(끌려가며) 아 왜 이려?! 다른 데 굿판은 오래 하던데, 이건 뭣이 이리 빨리 끝나?

주민1　아유 좀!

무당　(악사들에게) 다 챙겼으면 가지.

사람들　(무당에게) 들어가세요. 고맙습니다.

사람들, 음식을 싸가거나 바다에 던지며 '고수레!'를 외친다.

1장

저잣거리.

사람들의 분주한 움직임과 상인들의 목소리가 번잡하게 울려 퍼
진다.

심청, 빨랫감이 든 바구니를 머리에 인 채 걷고 있다.

그때 담 너머로 또래 여자의 웃음소리가 새어 나온다.

이화   그러하옵니까, 스승님?!

홍금자   그럼. 우리 이화가 그새 많이 늘었구나.

심청, 무심코 발걸음을 멈춘다.

붉은 기와지붕의 자수당(刺繡堂).

심청, 궁금함에 작은 창틈으로 까치발을 하고 들여다본다.

자수당 안, 벽엔 꽃과 학, 구름이 수 놓인 병풍들이 가지런히 놓
여 있고 실감개 바구니, 먹물 종지, 바느질 자락에서 생긴 실뭉치
들이 흩어져 있다.

스승인 홍금자, 제자들 사이를 천천히 돌며 자수를 살핀다.

홍금자   여기 이 깃털의 간격을 이렇게, 비스듬히 놓으면 더욱 자
        연스러울 것 같구나.

이화   아-!

김향주   스승님! 여기 이 꽃망울에 붉은 실을 써도 괜찮겠사옵니까?

홍금자   음, 붉은 실만으론 단조롭지 않겠느냐? 연분홍, 그 위에 연

한 황실을 덧대어 층층이 빛깔을 쌓아보거라.

김향주 아, 실제 꽃처럼 생동감이 날 것 같사옵니다!

홍금자 그렇지.

창밖의 심청, 감탄하며 중얼거린다.

심청 아- 층층이…

김향주 고맙사옵니다, 스승님.

홍금자 마저 마무리들 하고 있거라.

규수들 네, 스승님.

홍금자, 자리를 비우자 규수들, 떠들기 시작한다.

이화 (혼잣말) 다음엔 병풍에 수놓아야지.

박시정 병풍?

이화 응. 무얼 놓을지도 이미 정해두었어.

박시정 오… 그렇구나.

김향주 설마 이 수탉은 아니겠지?

이화 뭐?! 수탉이라니! 이게 어딜 봐서 수탉이냐!

김향주 꼬리 뭉텅이를 보아하니, 공작이라기엔 참으로 수줍은 닭
이 아니냐?

박시정 픕!

안에서 웃음이 터지고, 심청도 웃음을 참다 입을 틀어막는다.

심청   폽.

박시정   (기척을 느끼며) 어? 누가…?

심청   (황급히 몸을 숨기며) 헙!

이화   허! 향주, 네가 그런 말 할 처지는 아니지 않느냐? 지난번
          놓은 꽃수는 무슨 멍든 봉숭아처럼 해놓고선.

김향주   뭐라고?!

박시정   이제 그만해, 얘들아–

홍금자, 색실이 가득 든 바구니를 들고 들어온다.

홍금자   왜들 소란인 게야?

심청, 조심히 다시 안을 들여다본다.

이화   스승님, (자수를 보여주며) 이게 수탉처럼 생겼습니까?

김향주   수탉도 많이 쳐 준 거라 생각되옵니다.

이화   저게 정말!

박시정   (조용히) 얘들아…

홍금자   음…

홍금자, 난감함에 시선을 돌리다 창틈의 심청과 눈이 마주친다.

심청   헉!

심청, 다시 몸을 숨긴다.

심청 (조용히) 들켰나…?

박시정 스승님?

홍금자 흠. 그러니까 이것이 수탉이니, 공작이니 하는 걸로 싸우
는 게야?

김향주 네, 스승님, 솔직히 말씀해주시어요.

홍금자 어디 자세히 볼까? (뒷걸음질 치며) 음…

심청, 빼꼼히 다시 안을 본다.

홍금자 음… 눈이 침침하니 잘 뵈질 않는구나.

홍금자, 눈을 찌푸리며 멀찍이 물러난다.

홍금자 거기 그대로 있어보거라.

규수들 아… 어…

김향주 스승님, 보이십니까?

홍금자 수탉 같기도 하고…

이화 수탉이요?!

홍금자 공작 같기도…

김향주 공작이요?!

규수들 스승님, 어디까지 가십니까? 스승님!

규수들, 당황한다.

홍금자, 대문 밖으로 나간다.

이화 (시정에게) 스승님 보여?

박시정 (두리번거리며) 아… 니?

김향주 이리 가까이 봐도 수탉인데 멀리서 보면-

이화 (말 끊으며) 수탉 아니라니까!

박시정 그만 좀 해!

잠시 뒤, 대문이 열리고 홍금자가 나온다.

홍금자 배우고 싶으냐.

심청 헙! 소, 송구합니다! 단지 궁금해서, 그, 무얼 하려고 그런 게 아니라, 지나다 우연히 보여서-

홍금자 (말 끊으며) 예서 이러지 말고 들어오는 게 어떻겠느냐?

심청 네?! 아, 아닙니다!

홍금자 이곳 자수당은 배우고자 하는 이들의 마음을 품는 곳이니, 편히 들어오려무나.

심청 … 하, 하오나 제가 드릴 수 있는 것이…

홍금자, 활짝 열린 자수당 대문 옆에 서서 심청을 바라본다.

심청 (사이) … 고, 고맙습니다!

심청, 자수당 대문 안으로 들어간다.

홍금자 내 바늘과 수틀을 가져올 터이니, 들어가 숨 돌리고 있거라.

심청 네…

심청, 자수당 문을 열고 들어간다.

이화 어? 누구…?

김향주 시정이 네 몸종이니?

박시정 아니.

이화 (심청에게) 여기 네 주인은 없는 것 같은데, 어떻게 왔느냐?

심청 (점점 작아지는 소리) 아… 그게, 전 노비가 아니고…

김향주 스승님 심부름하러 왔나 보지 뭐.

이화 (심청에게) 밖에 나가 있거라. 여긴 네가 함부로 드나들 곳이
아니다.

심청 아, 저 그것이… 자수를 배워보라고 하시어…

이화 뭐? 네가? 누가? 그런 말을 하였느냐?

박시정 수 놓은 적은 있고?

심청 아직 한 번도 놓아 보진 못-

이화 (끼어들며) 네 주인은 네가 여기 온 것을 아시느냐?

심청 노비가 아니라-

규수들, 수군대는 사이.

홍금자, 도구를 들고 들어온다.

이화　스승님, 저 아이는 어느 댁의 종비이옵니까?

박시정　저 아이가 수를 배우러 왔다는데, 참말이옵니까?

홍금자　모두 그만하거라. (심청에게) 이름이 무엇이냐?

심청　… 저는 해광 심가에 청이라 하옵니다…

규수들, 놀람에 침묵한다.

김향주　양… 반이라고?

이화　세상에…

박시정　(김향주에게) 야아… 어떡해…

심청　…

홍금자　청이라 불러도 되겠느냐?

심청　아! 네네! 편히 불러주십시오.

홍금자, 도구들을 심청에게 내민다.

홍금자　여기 침과 실이다, 그리고 이 각진 나무는 수틀이라고 하는 것이다. 천 끝을 각 가장자리에 맞춘 뒤 천을 고정한단다, 이리 하는 이유는-

심청　(신나서) 수를 편하게 놓기 위함이지요?

홍금자　똘똘하구나. 자, 그럼 목판을 보자꾸나. 놓고 싶은 문양이 있느냐?

심청　네!

김향주　(조용히) 뭐야… 뭐가 어떻게 되는 거야?

이화   (조용히) 몰라…

심청, 꽃과 동식물 등 여러 문양이 있는 목판을 둘러본다.

심청   (한참 보다) … 혹, 바다도 수를 놓을 수 있습니까?

홍금자   바다?

심청   네…

홍금자   흠… 바다의 어떤 모습을 담고 싶은 것이냐?

심청   혹, 인당수 절벽 위에서 바다를 내려다보신 적이 있으십니까?

홍금자   어찌 그리 위험한 곳에.

심청   (멋쩍게 웃으며) 위험하옵지만, 마음이 어지러울 땐 그곳에 서서 그 풍경을 눈에 담습니다…

심청, 회상하듯 생각에 빠진다.

심청   그러면 어찌 된 영문인지 마음이 비워지는 듯하여 기분이 좋사옵니다.

잠시 정적.

심청   아! 그래서 그 순간을 담고 싶사옵니다…

홍금자   … 그래, 나도 궁금하구나. 그럼 그 순간을 담기 위해 땀부터 배워볼까.

심청　땀이요?

홍금자, 수틀을 쥐고 앉아 실과 바늘을 들고 심청에게 설명하며 첫 땀을 놓는다.

홍금자　자수는 이 조그만 첫 땀에서 비롯된단다. 처음의 실마리는 보잘것없고, 그저 한 올 실에 불과하지만, 그 위에 땀을 하나둘 얹어가노라면 어느덧 무늬가 되고, 형상이 되어 가는 법이지.

심청　아…

홍금자　허나 말이다, 청아. 천 위에 그려질 그림이 정해져 있더라도, 이 바늘을 이끄는 건 결국 사람이다. 내 마음에 따라 모양이 달라지는 것이지. 그러니 첫 땀 하나도 소홀히 해서는 아니 된단다.

심청　네!

심청, 실과 바늘을 들고 홍금자의 수틀을 보며 천 위에 조심스레 첫 땀을 놓는다.

2장

심청의 집.
작은 방에 작은 창문 하나는, 햇빛이 많이 들어오지 않아 대낮에도 어둡다.

방 안엔 작은 나무 탁자와 낡은 책들이 꽂힌 서안이 있고, 낡은 흙벽에는 오래전부터 덧댄 종이들이 들뜬 채 붙어있다.

백덕, 가느다란 서까래 아래 곰팡이가 핀 해진 이불을 덮고 누워 있다.

심학규, 문을 삐걱 열며 약병 3개를 들고 방 안으로 들어온다.

백덕 (벌떡 일어나며) 손에 있는 건 또 뭡니까?

심학규 이거? (약장수 흉내) 아, 이 약으로 말할 것 같으면! 저-기 저! 아미리가에서 건너온 온갖 병이란 병은 다 낫게 한다는 기적의 묘약이라지 뭔가!

백덕 엥? 세상천지 그런 약이 어딨습니까. 사기 아닙니까?!

심학규 어잇!? 재수 없게!

백덕 얼마 주고 샀습니까.

심학규 얼마 안 줬네.

백덕 얼마요.

심학규 어허, 이 사람이.

심학규와 백덕 실랑이하는 중에 심청, 빨래 바구니를 들고 방 안으로 들어온다.

백덕 왜 이리 늦어? 빨래는?

심청 여기…

백덕 깨끗하게 빨아왔지?

심청 네…

백덕, 심청이 가지고 온 빨래 더미를 본다.

백덕 (퉁명스레) 깨끗하네.

심청, 백덕의 말에 기분 좋은 미소를 짓는다.

백덕 이거 전부 다려서 내일 아랫마을 최 소사네 가져다주면 된
다. 품삯은 내 나중에 받으러 간다 전하고.

심청 아! 네, 어머니!

심청, 눈을 빛내며 백덕에게 손을 내민다.

백덕 (어이없다) 허 참나. (심청에게) 자, 한 냥.

심청 … 저 어머니, 제가 마당도 쓸고 물도 길어왔는데, 한 냥만
더 주시면…

백덕 뭐? 이것도 적단 말이냐?

심청 아, 다름이 아니오라 실은 조선에서 이름난 분께 자수를
배웠사온데, 그분께서 제게 참으로 잘한다고 해주시어…

백덕 (말 끊으며) 뭐?! 또 그 자수 타령이야?! 너 그래서 빨래도
뒷전으로 미루고 이리 늦게 온 게지?! 가만. 너 저번에 나
물 판 돈도 몰래 감춰 둔 것 아니야?! 어!?

심청 아니, 아니옵니다, 절대로 아니옵니다! 어머니!

심학규 부인. 아무리 그래도 그런 짓 할 아이는 아니오. 그리고 자수 정도야 놓을 수도 있지, 어찌 이리 야단을 치시는 게요.

백덕 자수는 공으로 놓는답니까? 실이며, 천이며. 이게 다 얼만데요!

심학규 … 크흠!

심청 …

백덕, 심청에게 준 한 냥을 뺏는다.

백덕 왜 표정이 원님 잃은 표정이야!

심학규 크흠…

심청 잘못하였습니다…

백덕 그딴 자수나 하고 있으면 아직도 양반인 것 같으냐?!

심청 아, 아니옵니다… 어머니 말씀 새기겠습니다.

백덕 한 번만 더 자수 타령했단 봐라… 아주 요절을 낼 것이야!

심학규 헌데 부인, 밥은 되었소? 얼른 이 약을 먹어야 하는데…

백덕 … 아유!! 내가 전생에 무슨 업보를 쌓아서, 아유 지긋지긋해!

백덕, 주방으로 간다.

심학규 (조용히) 청아.

심청 네?

심학규 너무 속상해하지 말거라.

심청   아니옵니다… 제가 경솔하였습니다.

심학규, 무릎 위의 약병들을 만지작거리다 조심스레 꺼낸다.

심학규   (잠시) 청아, 저기, 말이다…

심청   네.

심학규   혹… 네가… 그… 가진 돈이 얼마나 있느냐?

심청   돈이요?

심학규   (황급히 덧붙이며) 아! 막 큰돈 말고. 그냥… 그… 예전에 네가, 바느질하고 뭐하고 해서 모아놓았던 거라도 있나 해서…

심청   … 많진 않습니다.

심학규   그래? 있긴 하다는 말이구나, 그럼… 그 열 냥- 아니 다섯 냥쯤 있느냐…?

심학규, 민망함에 횡설수설한다.

심학규   아니 내가 이 약을 사느라 다섯 냥을 빌렸는데- 내 분명 스무 냥을 줬거늘 약장수가 계속 다섯 냥이 부족하다고 우기지 뭐냐!

심청   …

심학규   그래서 다섯 냥 정도 좀… 줄 수 있겠느냐? 아비가 미안하다.

심청, 고개를 숙인 채 망설이다 저고리 품에서 자수가 놓인 돈주머니를 꺼낸다.

심청   … 세 냥밖에 없습니다.

심학규 세 냥…? 그, 그래! 고맙다, 청아! 그거라도 이리 다오.

심청   … 여기 있사옵-

심학규, 더듬거리며 심청의 말이 끝나기도 전에 홱 낚아채듯 가
져간다.

심학규 내 너 아니면 누구에게 이런 말을 꺼내겠느냐. 고맙다. 아
그리고 어머니한테는… 말하지 말거라.

심청   네…

심학규 나중에, 꼭 갚으마.

심청   … 네.

심학규, 뭔가 생각난 듯 장롱 근처를 더듬거린다.

심학규 (혼잣말) 나머지는… 보자, 보자…

장롱을 열어 옷가지 맨 밑을 뒤적이는 심학규.
심청, 조용히 자리에서 일어난다.

심청   아버지, 장작이 다 떨어졌는지 보고 오겠습니다.

심학규 어, 그래… 다녀오너라.

심청, 나가고 문간에 서서 잠깐 숨을 고른다.

돈주머니 속에 있는 손수건을 꺼내 조용히 매만진다.

3장

냇가.

이끼가 눌어붙은 바위 하나, 냇물과 마주 보듯 자리하고 있다.

심학규, 그 바위에 앉아 손끝으로 바람을 느끼며 숨을 들이쉰다.

심학규 허어- 공기가 참 좋구나. (사이) 그만 가볼까, 으쨔!

이때 맹견 짖는 소리가 들린다.

심학규 (겁에 질린 채) 어? 어, 어디- 어? 어?! 어!! 아악!

발을 헛디뎌 물에 빠진 심학규.

심학규 푸압-! 살려… 홉! 사람- 컥, 사람, 살려!!

무당, 봇짐과 긴 지팡이를 들고 옷맵시를 정돈하며 냇가로 걸어
온다.

무당 에씨, 모냥 빠지게, 쯧. 저런 큰 개새끼가 있었으면 목줄을
하던가! 문을 처닫든가 해야지!!

심학규 ㅅ, 사, 사람…!

무당 으잉? 뭐야 저건 또. 뭔 난리야?

심학규 흐억-! 사…! 합!

무당 (눈 비비며) … 물귀신인가…?

심학규 사, 살려…! 주…!!

무당 사람이야?!

무당, 황급히 주위를 둘러보지만 마땅한 것이 없다.

무당, 지팡이로 주변을 툭툭 두드린다.

무당 … 그냥 갈까…

심학규 살려 주… 흙! 컥! 아으…!

무당 아… 이런 재수가.

심학규 (점점 힘이 빠지며) 흐억… 사… 살려…!

무당, 점점 가라앉는 심학규의 모습을 보자 황급히 자신의 봇짐을 지팡이 끝에 묶어 심학규에게 건넨다.

무당 이거!! 이거 잡으시오! 얼른!! 잡으라니까!!

심학규 제, 제발 어, 어디-! 살려 주-!

무당 에헤이!! 눈 떠!! 눈을 떠야 보고 잡지!!

심학규 안 보- 푸앗…!

무당 아씨… (잠시) 에라 모르겠다!

무당, 도포를 벗어 냇가에 발을 살짝 담근 후 물속으로 들어간다.

무당　가만히 좀 있으시오! 아 쫌!! 내가 안 보이잖소!!

심학규　아, 안 보입! 앞이, 컥, 안-

무당　진짜 이 양반아! 가만히 있으란 말이야!

무당, 심학규 뒤에서 머리채를 낚아채듯 잡아 끌어낸다.

심학규　아악! 아, 아퍄, 아퍄!

두 사람, 숨차하며 뭍으로 기어 나온다.

심학규　켁, 컥… 아, 아으 머리야…

무당　허억, 허억… 허이구, 나까지 뒤지는 줄 알았네…

심학규, 무당 쪽을 향해 인사한다.

심학규　정말, 고맙습니다… 고맙습니다…

무당, 심학규의 얼굴을 유심히 본다.

무당　거, 머리채는… 일부러 그런 것이 아니오.

심학규　아닙니다! 덕분에 목숨을 건졌습니다. 이대로 죽는구나, 했었는데…

무당, 팔을 들어 심학규를 위협해본다.

심학규 (혼잣말) 뭐라도 해야 할 텐데… 아! 어디에 누구신지 말씀
해주시면 필시 보답을…

무당 (말 끊으며) 선생의… 영혼의 눈이 느껴집니다.

심학규 … 예?

무당 이거 참. 오늘 제가 괜한 사람을 구한 게 아닐지도 모르겠
습니다.

심학규 그게 무슨…?

무당 저는 부처님의 가르침을 전하는 무진 스님이라 합니다.

심학규 아. 네, 네. 무진 스님…

무당 바라는 바가 강할수록 부처님은 그 소원을 더욱 가까이 들
으시지요. 두 눈으로 세상을 보고 싶은 선생의 그 간절함
이 저를 이곳으로 부르셨나 봅니다.

심학규 예?! 어떻게 아셨- 아니 그, 제가 누, 눈을 뜰 수 있단 말씀
이십니까?

무당 물론입니다.

심학규 어, 어, 어떻게 하면 됩니까?!

무당 흐음… 조금 힘든 길입니다만…

심학규 제발, 제발… 뭐든 하겠습니다!

무당 (잠시) 댓새 안으로 쌀 삼백 석을 공양하셔야 합니다.

심학규 예?! 삼, 삼백 석이요?!

무당 까마득한 숫자지요. 허나, 다시 눈을 뜨고, 세상을 바라보
며 살아갈 수 있는 기회에 어찌 삼백 석이 크다고만 할 수

있겠습니까.

심학규 허나 닷새 안으로…

무당 (말 끊으며) 아름다운 자연과 일상에서 내가 접한 물건들…
또 사랑하는 가족의 미소와 눈빛을 볼 수 있다, 생각하면
무언들 못하겠습니까.

심학규 …

무당 또 세월 따라 변하는 내 얼굴도 볼 때마다 특별하겠지요.

심학규 … 정말 닷새 안에 공양미 삼백 석을 하면, 눈 뜰 수 있습
니까?

무당 그간 얼마나 답답하셨습니까, 부처님도 선생의 진심에 응
답해 주실 겁니다.

심학규 … 하, 하겠습니다! 이 두 눈만 뜨게 해주십시오!

무당 헌데… 명심해야 할 것이 하나 있습니다만…

심학규 그게 무엇입니까?

무당 부처님과의 약조를 지키지 못한다면, 대가를 조-금 치러
야 하십니다.

심학규 예? 대가? 대가라니요?

무당 아아. 나약한 우리가 흔들리지 말고, 마음을 굳게 먹으라
는 부처님의 뜻이니 괘념치 마시지요.

심학규 … 그 대가라는 것이 무엇입니까?

무당 산 사람을 제물로 바쳐야 합니다.

심학규 네?! 사, 산 사람이요!?

무당 큰 고난을 이겨내려면 큰 정성이 필요한 법입니다. 부처님
께 선생의 진심을 보여주셔야 하지 않겠습니까?

심학규　하, 하오나…

무당　그간의 인생이 얼마나 고되었습니까. 어둠 속에서 얼마나 답답하고 서러우셨습니까. 이제 그 응어리를, 억지로 가슴에 묻어놓은 그 한을! 내던질 기회가 왔습니다.

심학규　…

무당　눈이 멀어 길을 잃은 건지, 내가 하늘에 외면받아 혼자 남겨진 건지… 그 알 수 없는 길이, 정녕 괜찮으신 겁니까?

심학규　…

무당　그 어둠에 갇혀있는 것이 정녕 괜찮다 할 수 있나 말입니다.

심학규, 설움이 북받쳐 운다.

심학규　하늘도 날 어찌 이리 매정히 버리셨단 말입니까… 이 세상 어느 것도 보지 못하는 설움은, 그 누구도 모를 겁니다…

무당　(다독이며) 예, 맞습니다…

심학규　스님, 저도 당당하게 이 세상을 걸어 다니던 때가 있었습니다… 이깟 지팡이 없이! 이 두 다리로 걷던 때가요…! 그땐 부모님도, 벗들도 다 제 곁에 있었습니다… 허나 지금은… 어디 하나 손 내밀 곳도, 알아주는 이 하나 없습니다…

무당　많이 외로우셨겠습니다.

심학규　스님… 이젠 사람들의 손가락질과 짐짝 취급은 그만 받고 싶습니다…

무당　지금부턴 다 과거일 뿐입니다. 그때로 다시 돌아갈 일만 남았습니다.

심학규 정말… 정말 그럴 수 있을까요, 스님?

무당 물론이지요. 이제 부처님 어깨에 기대봅시다.

심학규 (고개를 끄덕이며) 그러겠습니다… 스님만 믿겠습니다…

무당 좋습니다. 그럼, 선생의 집으로 가볼까요?

심학규 집이요? 집은 왜…?

무당 삼백 석 준비가 다 되었다는 것을 제가 알아야 하지 않겠습니까? 아직 몸도 성치 않으신 분께 깊은 산 속으로 오시라 하기도 그렇고요.

심학규 아! 네, 네. 스님.

심학규, 지팡이로 주변을 툭툭 치며 방향을 잡는다.
무당, 심학규의 안내를 따라 함께 집으로 향한다.

4장

상인들의 목소리와 발걸음 소리로 북적이는 저잣거리.
심청, 한 손엔 머리에 인 바구니를 잡고, 한 손엔 손수건을 쥔 채 걸어온다. 이때 자수당 안에서 들리는 규수들의 목소리.
심청, 고민하다 바구니를 바닥에 내려놓고 까치발로 안을 훔쳐본다.

박시정 어머 화야, 공작이 제법 늠름해졌네.

이화 그렇지?

김향주 털 몇 가닥으로 늠름한 수탉이 되었구나.

이화 향주, 너-!

규수들, 실랑이를 벌인다.

이때 홍금자, 외출하고 돌아온 듯 자수당으로 들어가려는데 심청을 발견한다.

홍금자 청이 아니냐!

심청, 황급히 바구니를 허리춤에 끼운다.

심청 그간 강녕하셨습니까.

홍금자 예서 뭐 하는 게야? 들어가지 않고. 들어가자.

심청 아니옵니다, 아직 끝내놓지 못한 일이 많아서…

심청, 고개를 숙인 후 뒤돌아가려 한다.

홍금자 내! 네게 할 말이 있어 그러는데, 잠시 괜찮으냐?

심청 네? 제게 말이옵니까?

홍금자 그래.

심청 아, 네. 말씀하십시오.

홍금자 일전에 청이 네가 바라본 인당수가 궁금하여 절벽 근처를 가보았단다.

심청 … 어떠셨습니까?

홍금자 두 다리가 어쩌나 떨리는지, 인당수는 보지도 못하고 돌아
섰구나.

심청 아…

홍금자 헌데 내 그 절경이 참으로 궁금하여 꿈까지 꾸었지 무어냐.

심청 아! 괜찮으시다면, 제가 동행하여 도와드리겠사옵니다.

홍금자, 고개를 젓는다.

홍금자 청이 네가 완성 시켜주었으면 좋겠구나.

심청 무엇을 말이옵니까?

홍금자 자수 말이다, 청이 넌, 네가 본 그대로를 천에 담고, 난 그
것을 눈에 담고.

심청 아… 하오나 그날 이후 한 번도 수 놓은 적이 없사옵니다.
그런 제가 어찌…

홍금자 내 스승님께서 이르시길, 자수란 손끝의 노릇이 아니다,
마음속에 담긴 세상을 그리는 일이다… 그러니 네가 그 세
상을 품고 있다면야, 몇 번이 무에 중하겠느냐?

심청 … 실은 제 처지에 가당치 않습니다… 맘 편히 수 놓을 시
간도, 돈도…

홍금자 그런 것이라면 염려 말거라, 내 제자에게 그리 야박할까.

심청 … 어째서 제게 이렇게까지 해주시는 건지 여쭤어봐도 될
는지요…

홍금자 네 세상이 참으로 궁금하구나.

심청 …

홍금자, 심청에게 손을 내민다.

홍금자 내 도와줄 것이니, 따라오겠느냐?

심청 (사이) 고맙사옵니다… 스, 스승님.

심청, 홍금자의 손을 잡고 자수당에 들어간다.

이화 어? 쟤!

김향주 또 왔네.

홍금자 청이는 시정이 옆에 앉거라.

심청 네.

김향주 (조용히) 어?

이화 (조용히) 뭐, 뭐야?

홍금자 자, 오늘은 튀어나온 형상의 자수를 놓을 것이다. 실의 두
께나 높이로 그 형상을 강조하는데, 주로 고급 의복이나
장식품에 사용한단다.

홍금자, 심청과 규수들에게 무명천을 나눠준다.

홍금자 모두 무명천에 꽃을 그려 보거라.

심청과 규수들, 세필 붓으로 꽃을 그린다.
홍금자, 돌아다니면서 지도한다.

홍금자　여기를 더 둥글게 그려야지… 그렇지. 세게 누르지 말고.

심청과 규수들에게 색실을 나눠준다.
심청과 규수들, 바늘에 실을 꿴다.

홍금자　자수는 색의 조화도 중하지만 정밀함과 균형, 비율 등 얼마나 꼼꼼하게 작업하느냐에 따라 완성도가 달라지니 차분히 하도록 하거라.

모두　네.

심청과 규수들, 집중하며 수를 놓는다.
홍금자, 규수들 자수를 하나씩 본다.

홍금자　많이 늘었구나.

이화　(해맑게) 고맙사옵니다!

홍금자　색실의 조합이 독특하구나.

김향주　네. 세상에 없는 것으로 해보고 싶었사옵니다.

홍금자　그래, 어여쁘다. (박시정에게) 넘침도 모자람도 없이 잘하였다.

박시정　고맙사옵니다, 스승님.

홍금자, 심청의 자수를 보며 놀란다.

심청　(눈치 보며) 아, 그때 이후로 한 번도 안 해봐서…

홍금자　굉장하구나.

심청 네?

규수들, 심청의 자수를 구경한다.

박시정 우와!

이화 처음 한 거 맞아?

김향주 제법이네…

심청 아, 아니…

홍금자 첫 수를 이리 멋지게 해내다니.

심청 자세히 보면 서툰 흔적이 많사옵니다.

박시정 서툰 흔적은 무슨, 깔끔하게 잘 되었는데?

이화 여기 밑에 네 이름 새기면 되겠다.

심청 이름?

박시정 응. 자신이 만든 것에 긍지를 가지라는 우리 스승님의 뜻이야.

심청 아…

심청, 자수에 자신의 이름을 새긴다.

이화 이름도 오늘 배운 걸로 넣었네?

심청 으응… 이름은 처음이라, 허술하지…?

박시정 너무 곱다! 나도 이리 새겨야겠다.

홍금자, 제자들의 모습에 미소 짓는다.

홍금자 나날이 실력이 느는 너희를 보니 참으로 기특하고 대견하 구나. 이런 너희들에게 한 가지 소식을 전할까 한다.

박시정 무엇이옵니까, 스승님?

홍금자 곧 사대부 집안 여인들이 모여, 자수 솜씨를 겨루는 자릴 만든다더구나.

이화 네?!

김향주 스승님, 정말이옵니까?!

홍금자 솜씨에 자신 있는 이들은 참가할 수 있다, 하니 이번 기회 에 우리도 나가보는 것이 어떻겠느냐?

김향주 나가보고 싶습니다!

이화 저도요!

박시정 너무 좋사옵니다, 스승님!

이화 저도요!

홍금자 청이는?

심청 저도… 좋사옵니다, 스승님.

홍금자 그래. 처음이니 마음에 큰 짐은 지지 말고, 어떤 것을 보여 줄지 찬찬히 궁리해보도록 하자꾸나.

모두 네, 스승님.

심청과 규수들, 홍금자에게 인사하고 나간다.

심청, 손수건을 품에서 꺼낸다.

심청 (웃으며) 제자, 제자, 제자…

심청, 집으로 향한다.

5장

심학규의 집에 도착한 심학규와 무당.

무당　(혼잣말) 설마…

심학규　여깁니다, 스님.

무당　(혼잣말) 오매…

무당, 억새로 덮은 지붕과 나무 뼈대가 보이는 집을 보고 놀란다.

무당　부처님과의 약조를 진정 지키실 수 있으신 거지요?

심학규　예, 부처님과의 약조는 반드시 지킬 것입니다. 그 어떤 일
　　　　이 있어도…!

무당　(떨떠름한 웃음) 하하, 하… 하. 나무아미타불 관세음보살.

심학규　그럼 이만 들어가 보겠습니다, 스님.

무당　아… 그…

심학규, 무당에게 합장 인사 후 방으로 들어간다.

무당, 심학규의 뒷모습과 집을 차례로 본다.

무당　아오, 씨! 모르겠다! 아니 대체 뭘 믿고. 밥 한 그릇도 간당

간당하겠구먼! 아유. 재수도, 재수도. 캬악- 퉷!

무당, 도포 자락을 휘날리며 나간다.
심학규, 벽면을 지팡이로 톡톡 두들기자 자고 있던 백덕을 친다.
백덕, 자다 놀라 깬다.

백덕 으잉!?!

심학규 아이쿠 놀라라! 있었는가?

백덕 그럼 어디 있겠습니까!

심학규 아니 뭐…

심학규, 구시렁거리다 백덕의 눈치를 본다.

심학규 … 부인, 혹 집에 쌀이 몇 섬 정도 있소?

백덕 되도 없습니다.

심학규 뭐?! 되도 없어?! (혼잣말) 이러면 안 되는데…

백덕 왜 그러십니까.

심학규 응? 아니, 아무것도 아니오. 신경 쓸 것 없소.

백덕 또 무슨 일 저지르셨습니까?

심학규 이 사람이, 사람을 뭐로 보고! 또 일을 저지르다니! 어디 아녀자가-!

백덕 (말 끊으며) 쌀은 왜 물어봤는지 답 해보시라니까요?!

심학규 그건…! (사이) 그건, 내가 다 쓸 곳이 있어서…!

백덕 (말 끊으며) 어디요.

심학규　어허…!

백덕　설마, 또 이상한 약 받고 왔습니까?!

심학규　그게 아니네! 그게 아니라!

백덕, 냅다 바닥에 드러눕는다.

백덕　아이고, 내 팔자야!! 양반이란 말에 홀라당 시집온 내가 미
　　　　친년이요, 내가!!

심학규　왜, 왜 이러는가!

백덕　눈 봉사라 하여 계집질은 않겠구나 했더니, 그 외의 일은
　　　　다 하는구나!

심학규　진, 진정 좀 하게! 내 말 좀 들어보고-

백덕　(벌떡 일어나며) 그래서! 또 무얼 당하고 오셨소!?

심학규　어?

백덕　어서 말해보시오!

심학규　…

백덕　쓰-읍!

심학규　아, 공양미 삼백 석을 약조하였소!

백덕　(멈칫) 에?

심학규　물에 빠진 나를 스님 한 분이 살려주셨는데, 아 그분이 글쎄!
　　　　공양미 삼백 석이면 이 두 눈을 뜰 수 있다, 하지 않겠소?

백덕　뭐라고요?!

심학규　그래서 바로 약조하였지…

백덕　아이고! 인간아! 차라리 날 죽이시오, 날 죽여!

백덕, 막사발과 옷, 책들을 던지며 소란 피운다.

심학규, 바닥에 납작 엎드려 있다.

이때 심청, 집으로 들어온다.

심청　아버지!

심학규　부인, 삼백 석을 당장 구하긴 힘들지만, 십시일반으로 하다 보면-

백덕　(말 끊으며) 지금도 십시일반으로 겨우 입에 풀칠하는데! 삼백 석이 뉘 집 개 이름이오?!

심학규　그만큼 눈 뜨는 게 어렵다는 뜻 아니겠는가? 삼백 석만 구하면 평생 자네에게 갚으며 살겠네.

백덕　날 잡아먹으시오! 잡아먹어!

심청　어머니 이게 다 무슨 일이에요?

백덕　네 아비가 공양미 삼백 석을 약조하고 왔단다!

심청　예?! 사, 삼백 석이요?!

백덕　그래!!

심청　아버, 아버지!

심학규　당장 구하긴 어려우나, 힘을 합치면-

백덕　(말 끊으며) 이 이상 어떻게 힘을 합친단 말이오!

심청　아버지, 어느 절입니까, 가서 말씀드려 보겠습니다.

심학규　이미 시주명부에 올라갔을 게다…

심청　명부에 적힌 이름을 거두어달라 청하면-

심학규　(말 끊으며) 그건 안 된다!

심청　왜 안 된다는 것입니까?

심학규 (머뭇거리며) … 약조를 지키지 못한다면… 그것이… 그…
사, 산 제물로 인당수에 바쳐져야 한다.

심청 네?? 아버지!!

백덕 아, 아이고…! 그냥 산 제물로 바쳐지시오!

심학규 거, 무슨 말을 그렇게…!

백덕 (드러누우며) 아이고, 아이고…

심학규 어차피 여기서 더 고생한다 해서 크게 달라질 일은 없지
않겠소.

백덕 뭐요?!

심학규 어려운 것은 지금이나 다를 바 없지 않으냐 이 말이오.

백덕 그게 말입니까!

심청 아버지!

백덕 난 모르오! 영감이 싼 똥, 영감이 치우시오!

심학규 이 무슨 경박스러운 언행이오, 부인.

백덕 뭐? 경박? 겨엉바악?!

백덕, 심학규를 때릴 듯 다가간다.

심청, 황급히 백덕 앞을 가로막아 심학규를 보호한다.

심청 아버지! 삼백 석을 언제까지 마련해야 합니까?

심학규 그게 문제다 청아. 닷새 안으로 바쳐야 하는데…

심청 네?! 닷새 안에 삼백 석이라뇨 아버지! 그건…

백덕 아이고! 내 팔자야! 내가 왜 이리 살아야 해! 왜!!

심청 (힘겨운듯) 분명 방법이 있을 것이옵니다… 하늘이 무너져

도 솟을 구멍은 있다, 하지 않습니까.

심학규 청아, 내 너뿐이다.

백덕 어유! 아이고 머리야! 아이고고…

심학규, 더듬거리며 심청을 찾는다.
심청, 심학규에게 다가가 안아준다.

6장

심청, 보자기를 머리에 이고 자수당을 지나다 멈춘다.
자수당 안에는 규수들의 이야기 소리가 들린다.

김향주 이색적인 것이 좋을 것 같아. 그래야 눈에 띌 테니까.

박시정 그럼 자연은?

김향주 어떤 풍경이냐에 따라 다를 것 같은데… 뭐가 좋을까.

이화 절벽 위 인당수 같은 그런 것이 없을까?

박시정 흐음…

김향주 흐음…

이화 에휴… 청이는 이제 안 오려나?

박시정 그러게. 이리 오래 안 올 리가 없을 텐데.

김향주 기다리면 오겠지.

심청, 빠른 걸음으로 대감집으로 향한다.

심청   (애써 외면하며) 늦겠다.

심청의 집.
백덕, 바느질하고 있다.
심청, 방으로 들어온다.

심청   다녀왔습니다.

백덕, 쳐다도 안 보고 심청에게 천 뭉치를 툭 던진다.

백덕   자, 여기 두루마기 고름 떨어진 것이 보이지? 다시 꿰매고,
         이건 소매 시접 다리거라. 그리고 이 천들은 삼회장저고리
         용이다.
심청   네…

심청, 옷들 사이에 앉아 바느질한다.

심청   저… 어머니. 내일 아랫마을에 좀 다녀올까, 하옵니다.
백덕   왜.
심청   토담을 쌓는데 쌀 한 말을 준다고 하여서요.
백덕   그래?
심청   네. 그래서 내일은 조금 늦게 올 것 같사옵니다.
백덕   그러던지.

백덕, 묵묵히 일하는 심청을 곁눈질로 쳐다본다.

백덕   요즘은 안 가나 보구나.

심청   네? 어딜요?

백덕   자수 말이다.

심청   아… 네…

백덕   네가 이제야 철이 든 모양이지.

심청   …

백덕   고깝게 듣지 마라. 지금 네 아비가 저지른 일도 어찌 풀어
         야 할지 걱정인데, 너까지 그러면 이 어미 속이 얼마나 타
         들어 가겠느냐.

심청   네…

백덕   (일어서며) 내 부엌에 있을 테니, 마저 다 하고.

심청   네.

백덕, 밖으로 나간다.
잠시 후 심청, 서안에서 책을 꺼낸다.
책 속에 접힌 무명천을 펼치자 절벽 위 인당수가 수놓아져 있다.

심청   놀라시겠지…?

심청, 책 표지 안에 꽂아 놓은 침과 실을 꺼낸다.

심청   이름은 어디가 좋을까… (주변을 둘러보며) 잠시 다녀와도 괜

찮겠지?

심청, 무명천을 접어 치마 속 허리끈에 단단히 묶은 후, 대문 밖
으로 나가 자수당으로 향한다.

심청　(부엌을 향해) 어머니! 두루마기 드리고 오겠습니다!

백덕, 방 창문 너머로 그 모습을 묵묵히 지켜본다.
이때 심학규, 집 마당으로 들어온다.

심학규　(혼잣말) 약조한 날이 코앞인데 삼백 석을 어디서 구한담…
　　　대가까지 알면…
백덕　감히 나를 속여?!!
심학규　(흠칫 놀라며) 아, 아니오! 내가 무얼 속였다고!
백덕　저 요망한 것이 감히 내 뒤에서…!
심학규　응? 왜, 왜 그러시오?
백덕　청이 저 고얀 것이, 우릴 속이고 여태 자수당에 갔단 말입
　　　니다!
심학규　청이? 청이가 말이오?
백덕　내 당장 저년의 머리채를…!
심학규　부인, 부인! 잠시 기다려 보시오!
백덕　왜요!
심학규　청이 스승이… 승상 부인이라 하지 않았소?
백덕　헌데요?!

심학규 그 분께 삼백 석을 말해보면 어떻겠소?

백덕 에?

심학규 약조한 날은 다가오는데 삼백 석은커녕 쌀 한 말 구하기도 어려우니, 그분께 도와달라 청해보자는 것이오. 이리 시간을 허비하기보단 낫지 않겠소?

백덕 (사이) 갑시다.

백덕, 심학규와 함께 자수당으로 향한다.
한편 자수당엔 홍금자와 규수들이 모여 있다.

홍금자 날개를 퍼뜨릴 때의 발 디딤. 그 힘을 실로 묘사하되, 너무 과하지 않게. 섬세함을 잃지 않아야 한다.

박시정 그럼 스승님, 물결의 움직임은 어떻게 나타내야 하옵니까?

홍금자 실을 꼬아가며 그 흐름을 만들어가야 할 것이다. 실의 질감이 중요하지.

박시정 아…

김향주 스승님, 물 위에 떠 있는 연꽃은-

심청, 자수당으로 들어온다.

심청 스승님!

홍금자&규수들 청아!

이화 (동시에) 왜 이제 온 거야.

박시정 (동시에) 무슨 일 있었어?

심청, 치마를 올려 무명천을 꺼낸다.

이화   어머, 깜짝이야.

박시정   갑자기 치마 들춰서 놀랐잖아.

심청   아, 미안. (홍금자에게) 저… 스승님, 이름을 어디에 새기면
         좋겠사옵니까…?

박시정   우와…

이화   굉장하다…

홍금자   청아, 언제 이걸 다…

박시정   절벽에서 본 인당수가 참으로 이렇단 말이야?

심청   (쑥스러워하며) 응…

김향주   (조용히) 제법이네.

이화   (향주를 놀리며) 너보다 제법인지는 오래되지 않았던가?

김향주   시끄러워.

박시정   청이, 너 이리 놀래키려고 여태 자수당에 안 왔던 거야?

심청   아… 그건 아니고… (잠시) 저, 스승님…

홍금자   고생하였다. 정말 고생하였어. 인당수가 보고 싶으면 이걸
         보면 되겠구나.

심청   모두 스승님 덕분이옵니다. 고맙사옵니다, 스승님.

홍금자   … 청이 네 이름을 어디에 새기면 좋을까.

홍금자와 규수들, 도란도란 이야기를 나눈다.

이때 자수당 문이 쾅! 큰 소리로 열린다.

백덕과 심학규, 자수당에 들어온다.

백덕　내 이럴 줄 알았다! 토담 쌓는다는 말도 거짓이었지?!

심청　어, 어, 어머니…

백덕, 심청 앞에 놓인 자수를 보곤 찢어버린다.

심청　아…

규수들　꺅! 어머!

홍금자　왜 이러십니까!! 대체 누구시기에 이러는 겁니까!

백덕　나는 이 아이 어미고, 이 사람은 아비요. 먹고 살기 어려운 집안에, 배곯는 줄 모르고 헛된 꿈만 이리 키우시니, 보다 못해 찾아왔습니다!

규수들, 백덕과 심학규 등장에 웅성거린다.

이화　(조용히) 무슨 일이야?

박시정　(조용히) 청이 네 부모님이 맞아?

심청, 고개를 들지 못한다.
홍금자, 찢어진 심청의 자수를 본다.

홍금자　안 돼… 이 귀한 것을…

백덕　이딴 자수나 배우면 아가리에 밥이 들어오길 합니까, 돈이 생기길 합니까?!

심학규　집안이 어려운 때 자수가 무슨 소용이겠습니까, 식구들이 배불리 살 수 있는 것도 아니고…

홍금자 청이는 자수에 뛰어난 재주를 지닌 아입니다, 여기 청이의 수를 보면…

홍금자, 찢어진 심청의 자수를 주워 보여준다.

백덕, 심청의 자수를 바닥에 내팽개친다.

백덕 이딴 거 말고! 당장 밥 한 그릇이라도 제대로 해결하고 싶다, 이 말씀이외다!

홍금자 이 아이에게는 앞날을 여는 길이 될 것이니 조금만 기다리면, 틀림없이 조선 땅에 청이의 명성이 널리 퍼질 것입니다.

백덕 배곯아 죽고 난 뒤에요?!

심학규 청이 스승님께서 우리 청이를 참으로 아끼시는 듯합니다. 하오나 제 몸 또한 이리 불편하여 벌이가 여의찮고… 청이마저 일손을 거둔다면…

홍금자 …

심학규 그래서 드리는 말씀입니다만, 스승님께서 쌀 삼백 석을 내려주신다면 저희도 청이가 맘껏 자수 할 수 있게 보내드리겠습니다.

심청 아버지!!

홍금자 (동시에) 네?!

규수들 (동시에) 네?!

백덕 쌀 삼백 석쯤이야 대부인께선 손바닥 뒤집듯 쉬운 일이시겠지요?

홍금자 삼백 석이라니…?

백덕 아니, 청이가 이곳에 정성을 쏟고 있는 동안, 영감과 나, 둘이서 생계를 책임져야 하지 않겠습니까? 그러니 스승님께서도 마땅히 그 책임을 다하셔야지요.

홍금자 그 무슨…

홍금자, 휘청인다.

심청 (홍금자에게) … 송구합니다… 스승님. 참으로, 참으로… 송구합니다. (심학규와 백덕에게) 아버지, 어머니. 제가 잘못하였습니다… 제발 집으로 돌아가요… 돌아가요… 제발…

백덕 아잇! 놓거라! 왜 이러는 것이냐!

심청 어머니, 제발요… 제발 이러지 마시어요…

백덕 놓으라니까! 아직 덜 끝났다!

심청 (심학규에게) 아버지, 어머니 좀 말려 주셔요…

심학규, 심청을 외면한다.

심학규 (헛기침하며) 물론 자식이 하고 싶은 일을 마음껏 하도록 도와주고 싶으나, 입에 풀칠조차 힘든 형편이옵니다. 산 입에 거미줄 치는 것도… 그것도 쉽지 않습니다. 부디 너그러이 헤아려 주시길 부탁드립니다.

백덕 대부인께서 심청이를 이다지도 아끼시니, 내일까지 삼백 석을 준비해주실 거라 믿고 가겠사옵니다. (심학규에게) 갑시다.

백덕, 심학규의 팔을 잡고 나간다.

홍금자 청아.

심청 송구하옵니다, 송구하옵니다…

심청, 백덕과 심학규 뒤를 쫓으며 뛰어간다.

심청 왜 스승님께 그러셨습니까!

백덕 (휙 돌아보며) 뭐? 이것이 잘못을 저지르고도 뻔뻔하게…!

심청 어찌 스승님께 삼백 석을… 어떻게 그런 말씀을 하실 수 있냔 말입니다!!

백덕 이년이 아직도 정신을 못 차리고!

백덕, 심청의 뺨을 친다.

심학규 부인!

심청, 백덕을 쏘아본다.

심청 이러실 수는 없습니다…! 제가 돈을 달라 하였습니까? 제가 벌어 배우겠다는데, 어찌하여 이마저도 막으시옵니까! 왜!

백덕 (손을 들며) 이것이 그래도!

심학규 부인!! 예서 이러지 말고 집으로, 집으로 가세.

심청과 백덕, 서로를 쏘아본다.

심청   … 저는 두 분을 위해 정성을 다해 살아왔다, 생각했습니다.

백덕   그래서?

심청   제가 불쌍하지도 않으십니까?

백덕   내 인생이야말로 더 불쌍하다!

심청   (헛웃음) … 허.

백덕   웃어?

심학규   가, 갑시다, 부인, (심청에게) 청아, 가자.

백덕, 심학규와 걸어간다.

심청, 조용히 두 사람의 뒷모습을 바라본다.

터벅터벅 인당수 절벽으로 향하는 심청.

아래로 바라본 인당수 뭍에는 산처럼 쌓인 쌀가마니가 있고, 그곳엔 반원 모양으로 모인 사람들이 굿판을 벌이고 있다.

무당   (긴 소매를 휘두르며) 가보자.

규칙적인 북소리와 쨍한 꽹과리 소리 등이 울려 퍼진다.

무당   허! (주술을 외며) 이르러 무아 해신 다 오늘은 다 해신 신주 아니시 야 우방은 차주 다 하유 바다서 소천이 미르 여래라

무당, 신과 교감하듯 사람들 주위를 돈다.

심청 무엇이 제 죄입니까! 살고 싶은 마음이 죄입니까?! 꿈을 꾼 것이 죄입니까! 왜, 왜…!

무당 이 땅과 바다의 생명을 지키는 신이시여, 이 제물에 응답하소서! 우리의 기원을 들으소서!

무당, 방방 뛰기 시작하자 기도하는 사람들.

주민1 무사히 지나갈 수 있도록 도와주소서…

주민2 (큰 소리로) 마을에 걱정 없이, 배들이 풍성히 돌아오게 해주십시오!

사람들 비나이다, 비나이다…

심청, 무감한 눈으로 멀리 풍경을 담는다.
저고리 속에서 돈주머니를 꺼내어 조심스럽게 열고, 그 안에서 손수건을 꺼내 만지다 멈춘다.

심청 내 손으로, 내 발로, 내 눈으로 살아 가려는 것이 그게 이리도 큰 잘못이란 말입니까…

주민1, 기도하던 중 인당수 절벽 위의 심청을 발견한다.

주민1 아니, 위험하게 왜 저기서 저러고 있대?

주민2 응? 뭐가?

주민1 저기 절벽 좀 보세, 웬 여인이 서 있지 않은가.

주민3 어머 어머 그러네! 떨어지면 어찌하려고!

주민4 가봐야 하는 거 아니야?

주민3 자네가 가봐.

주민4 아유, 난 저기 무서워서 싫어.

무당, 소란스러운 분위기에 주목시키려

악사들과 눈빛을 주고받는다.

악사들, 더 크게 연주한다.

무당, 부채와 방울을 미친 듯이 흔들며 마을 사람들을 하나하나

쳐다본다.

주민2 (속삭이며) 아유, 무서워라. 오셨나 보오.

주민3 쉿!

무당 (빙의된 척) 마땅한 제물이 드디어 이 자리에 있구나.

주민1 예, 예! 마을 사람들이 아주 힘겹게, 어렵게 모았습니다. 굽
어살피소서.

사람들 비나이다, 비나이다…

무당, 쌀가마니 쪽으로 간다.

무당 이 제물은 너희의 죄를 대신하여 바쳐질 것이다.

사람들 아유, 예, 예…

무당, 방방 뛰며 춤을 춘다.

무당 대대손손 풍년이 깃들 것이며, 이 마을엔 재앙이 닥치지
않을 것이다!

심청, 발끝을 절벽 끝으로 옮긴다.

심청 제 천 위의 그림은 바꿀 수 없었나 봅니다…

심청, 절벽 아래로 뛰어내린다.
마을 사람들, 기도하다 떨어지는 심청이를 보고 놀란다.

사람들 어머!/ 아이고!!

무당과 악사들 멈춘다.

주민3 빨리, 빨리 저기로 가보세!

모두 인당수 근처로 다가간다.
이때 심청의 이름이 박힌 자수 조각이 뭍으로 떠밀려 온다.

주민4 심… 청?
주민2 어? 그, 그 뭐냐 심봉사 댁 딸 이름이 심청이 아냐?
무당 (혼잣말) 봉사?! 설마… 아니겠지…
주민1 아이고! 그럼 절벽에 있던 그 아이가, 이 아이란 말이야?!
주민3 아니 왜 뛰어내렸대?!

마을 사람들, 우왕좌왕한다.

이때 심학규, 멀리서 심청이를 찾아 헤맨다.

심학규 청아! 어디 있느냐! 청아!

무당, 심학규를 보고 놀란다.

무당 아 씨, (악사들에게) 어서 쌀가마니부터 챙겨.

주민1 심봉사 양반! 여기! (주민2에게) 아유 좀 데리고 와 봐!

무당, 악사들과 황급히 도망간다.

심학규 (주민2에게) 우리 청이 보셨소? 여기에 있소?

마을 사람들, 서로 말하라고 부추긴다.

심학규 (허공에 대고) 청아, 이 아비가 잘못했다. 그만 집으로 돌아가자. 삼백 석은 이 아비가 해결하마.

주민1 그 딸이… 무슨 연유인지 모르겠으나, 인당수 절벽에서 뛰어내렸소…

심학규 … 방금 뭐라 하셨소?

주민4, 심학규 손에 손수건을 쥐여 준다.

주민4 여기, 딸 이름이 수 놓인 손수건이오.

심학규 츠, 처, 청아!! 아니, 아니야. 거짓말하지 마시오! 그럴 리가
없소!! 청아, 이 아비가 잘못했다 하지 않았느냐! 이쯤하고
어서 이 아비 손잡고 집에 가자, 청아!

심학규, 마을 사람들을 붙잡는다.

심학규 스님…! 혹시 무진 스님을 아시오? 아시는 분이 있으시면,
저 좀 그 분께 데려가 주시오!

마을 사람들, 안타까움에 고개를 떨군다.
암전.

7장

사람들로 북적이는 저잣거리.
마을 사람들, 무리 지어 얘기가 한창이다.

주민1 심봉사가 마누라 복은 없어도 자식 복은 있었던 모양이구먼.

주민2 그러게나 말이야. 제 아비를 위해 목숨 바치는 게 쉬운 일
이 아니니…

주민3 애가 살아생전 부모도 잘 섬기고, 효심이 남다르긴 했어.

주민4 아이 같지 않게 생각은 또 어쩌나 깊었습니까.

주민5 맞아요, 그 고생하면서도 불평 한마디 없고, 늘 웃는 얼굴로 다니고…

주민4 괜히 내가 다 부끄러워지는구먼…

주민5 저도 그래요…

주민1 에이- 여기 다 똑같아. 심청이 같은 애가 또 어디 있겠어?

주민2 그럼! 조선 전체를 이 잡듯 뒤져봐도 이리 효심 깊은 애는 없지. 아무렴!

주민3 그러니 우리 대비마마께서 심청이를 위해 이렇게 떡! 하니 효녀비도 세워주셨지!

주민4 그렇죠! 아무나 세워주는 일이 아닙죠!

주민5 맞아요, 대대손손 길이길이 기려야 할 일이에요!

마을 사람들, 심청이 얘기로 떠들썩하다.
한편 인당수 절벽 위에 선 홍금자.
반으로 찢긴 흔적의 천을 떨어트린다.

홍금자 그곳에선 원 없이 그리며 살거라.

암전.

靈魂解(영혼해)

(흩어진 인연의 끝을 이어주는 이야기)

김상동

멘토 김현규

등장인물

소장/ 과묵한 남자. 무뚝뚝하지만 정이 깊음. 저승사자와의 계약으로 영혼을 볼 수 있음.

미나/ 10년간이나, 코마에 빠진 남자친구를 돌보고 있으며, 밝고 정이 많은 성격임. 소장의 능력을 알고 있고, 개인적인 목적으로 소장을 돕고 있음.

민희/ 급성백혈병으로 죽은 여자의 영혼. 저승으로 떠나야 하나 정호의 곁에 머무는 것을 선택해 점점 기운을 잃어가는 영혼.

정호/ 민희를 잃고 방황하며, 괴로워하다가 우연히 민희의 영혼을 보고 민희를 찾아 더욱 망가져 가는 남자.

민철/ 베트남전 파병군인. 헤어진 연인을 평생 그리워한 남자의 영혼. 연인에 대한 마음이 굳건해 밝고 유쾌한 성격.

린/ 베트남전에서 한국 파병군인들에게 구출된 후 소소한 일들을 도와 주던 여자. 민철을 사랑했으며, 마찬가지로 민철을 그리워하다가 죽음.

진혁/ 미나의 연인. 교통사고로 코마에 빠져있음.

부장저승사자/ 모든 이야기의 시작과 끝을 풀어가는 인물. 차갑고 카리스마 넘침

신입저승사자/ 신입저승사자. 부장에게 갈굼을 당하지만 정이 많음.

프롤로그

몽환적인 분위기에서 검은 정장 차림의 저승사자와 환자복을 입은 미나 서 있다. 미나 저승사자에게 고개 숙여 (얼굴이 보이지 않게) 인사하고 퇴장한다.

부장저승사자   (시계를 보며) 이제 입사한 지 얼마나 지났다고… 신입이 지각을 하네? 정신 교육을 한번 해야겠구나.

신입저승사자 헐레벌떡 뛰어들어온다.

신입저승사자   (숨을 몰아 쉬며) 부장님 죄송합니다. 알람 맞춰놓고 잔다는 걸 깜빡해서…

부장저승사자   신입이 지각을 하네? 나 때는 상상도 못 할 일이다. 너 저승사자 일이 만만해? 아님 내가 만만해?

신입저승사자   (군기 바짝 든 차렷 자세로) 아닙니다! 그런 거 절대 아닙니다~!!

부장저승사자   말로만? 차렷! 열중쉬어! 차렷! 열중쉬어!! 열차열차! 자동… 후우…

신입저승사자, 구령에 맞춰 동작한다.

부장저승사자   차렷, 앞으로 잘 할 수 있지?

신입저승사자　네!! 잘 할 수 있습니다~!

부장저승사자　내가 한 번만 더 믿어준다. 오늘 여기서 데려갈 사람은 누구야?

신입저승사자　(태블릿을 꺼내서 검색한다) 네, 오늘 이 병원에서는 한 명입니다. 어디 보자 이름이… 김…

부장저승사자　아… 됐어, 그 사람은 놔두고, 다음 장소로 이동해.

부장 저승사자 나가려고 하나, 신입저승사자 그대로 부장에게 대꾸한다.

신입저승사자　헐! 아니, 왜요? 눈알 빠지게 찾아 놨는데. 데려가야죠. 지 마음대로 하네. (관객을 보며) 이런 거 보고 갑질이라고 하지 않나? (따라가면서) 왜요, 왜요. 왜… 이럴 거면 명부는 뭐 하러 만들었는데…

부장저승사자　야, 야, 야! 어이 신입이~!

신입저승사자　네, 부장님.

부장저승사자　너 정말 피곤한 스타일이다. 우리 업무가 뭐지 말해봐?

신입저승사자　에이 부장님. 제가 아무리 신입이라도 그건 알죠. 영혼들을 저 세상으로 데려가는 거하고, 영혼들의 마지막 소원을 들어주는 거죠.

부장저승사자　그래그래, 그 소원 들어주는 거하고 관련있는 일이다. 내가 상부에 보고할 테니 다음 장소로 이동하자구…

신입저승사자　(불만스런 표정으로) 네네! 저야 뭐, 시키는 대로 해야 하는 신입이죠. (은근한 표정을 지으며) 근데 부장님…

부장저승사자 뭔데? 또 사고 친 거야?

신입저승사자 저 이번 주말에 월차 좀 써도 될까요?

부장저승사자 무슨 일인데?

신입저승사자 780기 저승사자 동기 모임이 있어서…

부장저승사자 신입을 한번 째려보고 한숨 쉬며 퇴장하고,

신입저승사자 부장님~! 결재해주시는 거죠? 네? 부장님?

신입 부장을 따라 퇴장한다 .

ep.1 잔소리

정면에 책상이 두 개 놓여있고, 등 하나가 올려져 있다. 그 앞으로 소파가 하나 놓여있고 한쪽에 커피포트와 차가 놓여있다. 소장이 앉아있고, 미나는 흥얼거리며 등을 닦고 있다…

소장 미나씨, 이제 그만 닦아요… 등이 다 닳아서 없어지겠네.

미나 소장님이야, 영혼을 볼 수 있으니 괜찮겠지만, 전 영혼을 못 보잖아요. (닦은 등을 뿌듯하게 보며) 영혼이 나타날 때마다 들어오는 이 등이라도 깨끗해야 빨리 알아차리죠.

등이 켜졌다가 바로 꺼진다.

미나   (등이 깜빡이자 놀라며) 어? 누가 오셨어요?

소장   (불이 들어오면 영혼 쪽을 바라보며) 네… 그런데 바로 사라졌어요.

미나   네? 왜요?

소장   영혼의 기운이 많이 떨어져서 사라진 거 같아요.

미나   그럼 어떻게 해요?

소장   미나씬 먼저 퇴근해요. 전 이 근처를 좀 둘러봐야겠어요. (일어서며 옷을 입으며) 아마도 멀리 가진 못했을 테니… 운 좋으면 만날 수도 있겠죠.

미나   제가 같이 갈까요?

소장   (문쪽으로 걸어가며) 괜찮아요… 확실한 것도 아니고, 혹시 도움이 필요하면 연락할게요.

미나   그럼 제가 필요하면 바로 연락주세요.

소장   그래요, 먼저 퇴근해요.

소장 먼저, 밖으로 나가고, 미나 짐을 챙겨 퇴근한다.

소장 거리로 나와서 사라진 영혼을 찾는다.

소장   벌써 한 시간이나 찾았는데… 어디까지 가 버린 거지…

소장 두리번거리다 반대편으로 이동한다.

무대 조명 한번 깜빡인다. (2초간)

다시 조명이 들어오면, 여자 벽에 기대어 앉아 있다.

소장 조심스레 여자에게 다가간다.

소장   괜찮으세요?

민희   제가 보이는 게 맞죠? 그분께 얘기를 듣고 찾아가긴 했는
        데… 요즘 기운이 많이 사라져서… 계속 거기 있을 수가
        없었어요…

소장   이승에 남은 지 얼마나 되신 거죠?

민희   이제 2년 다 돼가요…

소장   너무 오래 계셨어요. 빨리 떠나야 하시는 거 아시죠?

민희   아뇨… 아직 안 돼요… 해야 할 일이 있어요…

소장 주머니에서 작은 알약을 하나 꺼내서 민희에게 건네준다.

소장   이 약을 받으세요… 일시적으로 기운을 올려 줄 거예요. 내
        일 사무실로 오시면 제가 도울 수 있는 방법을 찾아볼게요.

민희 약을 받아들고 기운 없이 고개를 끄덕인다.

민희 밖으로 사라지고, 소장 사무실로 다시 돌아간다.

피곤한 듯 몸을 움직이고는 의자에 앉아 잠을 청한다.

미나 출근했을 때 잠든 소장을 보고는 조심스럽게 가방을 놓고
커피를 탄다. 소장 '달그락' 소리에 잠이 깬다.

소장　(기지개 켜며) 어우…

미나　(멈칫하며) 어… (소장을 보며) 깼어요? (커피를 건네주며) 여기서
　　　주무신 거예요?

소장　네.

미나　(커피를 타러 가며) 어제 오신 분은 찾았어요?

소장　네… 아마 오늘 밤에 오실 거예요.

미나　(커피를 들고 자리로 가며) 다행이네요…

소장 피곤한 얼굴로 다시 잠에 든다.

미나 조용히 자기 자리로 가서 앉으며, 걱정되듯 소장을 바라본다.

저녁까지 시간이 흐른다.

책상 위에 설치된 영혼불이 들어오며, 민희 들어온다.

미나 영혼불이 들어오자, 소장에게 다가가 잠을 깨운다.

미나　소장님… 일어나보세요… 그분이 오신 것 같아요.

소장　(잠에서 깨듯 머리를 흔들며) 제가 얼마나 잔 거죠?

미나　이제 밤이에요…

소장 기지개를 켠 후 자리에서 일어나고, 미나 본인 책상으로 돌
아간다.

소장　(민희에게 다가가며) 이제 좀 괜찮으세요?

민희　네… 덕분에…

소장　여기 좀 앉으시겠어요?

민희　네…

소장　이름이 어떻게 되세요?

민희　전… 김민희라고 합니다.

소장　네… 민희씨… 어떤 사연인지 들어볼 수 있을까요?.

민희　처음 그 사람을 만난 건 제가 운영하던 꽃집이었어요.

꽃집. 하수 쪽에 준비된 배너를 배치하고 앞치마를 두른다.

민희는 노래를 흥얼거리며 꽃을 만지고 있다.

정호, 꽃집으로 들어온다.

민희　(노래를 흥얼거리며, 꽃을 만지고 있다)

정호　(가게로 들어오며) 저 꽃을 좀 사고 싶은데요?

민희　어떤 걸로 보여 드릴까요?

정호　제가 꽃을 잘 몰라서… 선물할 건데… 혹시 실례가 안 된다면 사장님이 좋아하는 꽃으로 준비해 주시겠어요?

민희　선물 받으시는 분이 여자분이세요?

정호　(웃으며) 네…

민희　그럼 리시안셔스는 어떠세요? 제가 좋아하는 꽃인데 꽃말이 변하지 않는 사랑이에요.

정호　(기뻐하며) 아… 정말 좋은데요? 그걸로 주세요.

민희　그럼 잠시만 기다려주세요. 금방 만들어 드릴게요.

민희 곧 꽃다발을 정호에게 주고, 정호 꽃다발을 받고 나간다.

민희　(정호가 나가는 걸 본 후) 그때부터 일주일에 두 번 항상 저녁 시간에 들러 같은 꽃을 사 갔어요. 그렇게 단골이 되고 한 달이 다 됐을 때인가… 그날은 케이크와 와인을 들고 꽃을 사러 왔더라구요.

민희, 다시 배너 쪽으로 가고 정호 케이크와 와인을 들고 들어온다.

민희　어서 오세요~ 오늘은 무슨 날인가 봐요?

정호　(정호 멋쩍게 웃으며) 아… 네…

민희　오늘도 같은 걸로 준비해 드릴까요?

정호　네.

민희　여자분이 리시안셔스를 마음에 들어하셨나 봐요.

정호　아직 몰라요.

민희　네? 왜요?

정호　아직 전해주질 못했어요, 용기가 부족해서.

민희　그럼 오늘은 용기를 가질 수 있게 특별히 더 예쁘게 만들어 드릴게요.

정호　네… 감사합니다.

민희, 곧 꽃다발을 정호에게 건넨다.
정호, 꽃다발을 건네받고, 잠시 머뭇하더니 꽃과 케이크, 와인을 민희에게 건넨다.

정호　민희씨… 사실 항상 여기를 지나다가 민희씨에게 반했습니다, 그래서 꽃을 사러 온 거였구요··· 이제 집에 꽃을 둘 자리가 없어서 오늘 고백하려고 합니다. (정호 고개를 숙이며) 저랑 사귀어 주세요~! (정호 그대로 기다린다)

민희 전 너무 당황스러웠지만, 오빠가 고개 숙이고 안절부절못하는 모습이 귀엽기도 하고, 한편으로는 그 고백이 저한테 하는 거라 기쁘기도 해서··· 결국 그 고백을 받아들였어요.

민희, 정호에게 다가가 꽃다발을 받아든다.
정호, 뛸 듯이 기뻐하다가 민희를 보고 다시 쑥스러워 한다.

둘이서 듀엣곡을 부른다.

Ep.1 그날이 기억나 우리 첨 본 순간
첫 만남 그 순간 내 맘 떨려왔어요
꽃을 고르던 내게 당신 미소는
너무나 다정해, "어떤 꽃이 좋을까요?" (설레는 목소리로 대사)
그 꽃은 리시안셔스, (변하지 않는 사랑)
그댈 닮은 꽃, 내 맘도 설레었죠
우리 둘 시작된 순간

음악이 나오며, 정호, 미나 의자에 앉아 별을 보고,
다른 남녀 배우 두 커플이 주위에 같이 앉아 밤하늘의 별을 바라본다.
갑자기 비가 내리며, 정호 우산을 꺼내고, 민희가 비를 맞지않게 해주며, 다른 남녀 커플은 비를 피해 나간다.

영화관. 정호와 민희 영화관에 앉아 데이트를 즐긴다. 다른 남녀 커플들 역시 입장하고, 영화음악에 따라 커플들 울고, 웃고, 화내며 함께 영화를 본다.

영화가 끝난 후 모든 커플들 집으로 돌아간다.

크리스마스 캐롤이 나오며, 정호, 민희, 프로포즈 장소로 나온다.
정호, 민희에게 스케치북 프로포즈를 한다.
'민희야 사랑해' '나 아파트 자가야' '나랑 결혼해줄래?'
정호, 스케치북을 넘기는 사이 민희, 잠시 현기증이 난 듯 비틀거린다.
정호, 눈치채지 못하고 스케치북을 계속 넘긴다. 스케치북을 다 넘기고 반지를 꺼내든다.

정호 나와 결혼해 줄래?

민희 응. 오빠.

정호, 신나서 민희에게 반지를 끼워주고, 둘이서 포옹한다. 하지만 민희가 곧 바닥에 쓰러지고, 정호 민희를 붙잡고 소리친다.

정호 민희야!! 왜 그래? 민희야~!

무대 암전.

정호, 퇴장하고 민희 다시 사무실 의자에 다가와 앉는다.

민희 3년을 만났어요. 그동안 오빠는 저한테 정말 잘 해줬구요. 내가 이렇게 행복해도 되나 싶을 정도로⋯ 그러다가 제가 급성백혈병에 걸렸어요⋯ 오빠가 정말 지극정성으로 간호 해줬는데⋯ 결국 병을 이기지 못하고⋯

소장 그때 누군가 찾아가서 민희씨가 가야 할 길을 알려 줬을 텐데요⋯

여자 네⋯ 그분을 만났어요. 제가 곧 길을 떠나야 한다는 것도, 남 아있으면, 지금처럼 기운이 사라지고, 결국 영혼이 소멸한다 는 것도 들었어요. 그래서 제 장례식이 끝난 후 마지막으로 그 사람을 보러 갔어요. 그냥 바라는 거 없었어요. 떠나기 전 에 그 사람 얼굴 한 번 더 보고 싶어서 보러 갔던건데⋯ 너 무 힘들어하는 모습을 보니 차마 떠날 수가 없더라구요.

소장 그랬군요⋯

민희 근데 제가 떠나고 딱 일 년 되던 날. 그 사람이 절 보더라 구요. 우린 서로 너무 당황했지만 그렇게라도 보게 되니 너무 좋더라구요. 너무 행복했어요.

소장 근데 계속 보이지는 않았을 텐데요.

민희 네⋯ (여자 잠시 뜸을 들이다 일어나 의자 뒤를 돌며) 당장 다음날 부터 오빠가 다시 절 보지 못했어요⋯ 그때부터 오빠가 출 근도 안 하고 저를 찾아다니기 시작했어요. 아무것도 하지 못하고 저만 찾아 헤매는 게… 오빠가 잘못될까 봐 (소장 옆에 털썩 앉으며) 너무 걱정돼요. (작게 흐느낀다)

소장 민희씨도 알고 있죠? 이제 곧 떠나야 하는 거… 얼마 안 가 영혼 자체가 소멸할 거예요.

민희 제가 사라지는 건 괜찮아요 다만… 오빠가 걱정돼서 길을 떠날 수가 없어요.

소장 아마도 그 남자분이 민희씨를 볼 수 있는 건 일년 중에 하루 민희씨가 죽은 날뿐일 거예요. 그날이 언제죠?

민희 내일이요.

소장 그럼 내일 그 남자분을 만나고 바로 길을 떠나요. 제가 방법을 생각해 볼게요.

민희 오빠가 괜찮아질까요?

소장 괜찮아지도록 해야죠. (여자에게 종이와 펜을 건네며) 여기 그 남자분 이름과 주소 좀 적어주세요.

여자, 주소를 적어준다. 소장, 여자에게 종이를 받아서 미나에게 전해주며,

소장 미나씨! 이거 확인하고, 내일 그 남자분 좀 모셔오겠어요?

미나 네! 그렇게 할게요.

미나, 짐을 챙겨서 사무실을 나간다.

소장 민희씨 내일 한번 더 들러주세요.

민희 네…

소장과 민희, 사무실을 나간다.

정호, 의자에 앉아 소주를 한잔 마시며, 한숨을 쉰다.

현관벨이 울린다 '딩동'… 정호 무시하고 술을 마신다.

'딩동'… 남자, 무시한다.

다시 벨과 함께 '쾅쾅' 거리며 김정호씨!, 김정호씨! 부른다.

일어나서 문을 열어준다.

미나 김정호씨?

정호 (경계를 하며) 누구세요?

미나 음… 놀라지 마시고, 혹시 민희씨 다시 한번 볼 수 있다면 같이 가실래요?

정호 (놀라며) 당신 누구야? 민희를 어떻게 알아!

미나 (살짝 물러나 진정시키며) 전 그냥 심부름꾼이에요. 민희씨 얘기를 전해 드릴…

정호 (흥분된 목소리로) 갑자기 그게 무슨 소리죠? 내가 그 말을 어떻게 믿죠?

미나 (당황하지 않고 한 발짝 더 물러나 웃으며 다시 정호를 진정시킨다) 민희씨가 정호씨 곁을 떠난 지 1년 되던 날 다시 만난 적 있으시죠?

정호 (뒷걸음치며) 당신이 어떻게 그걸…

미나 갑자기 사라졌다고 생각하셨을 거예요. 민희씨가 지금 기다리고 있어요. 시간이 별로 없어요. 어서 가요.

정호   가요, 민희를 볼 수 있다면 어디라도 상관없어요.

정호와 미나, 집 밖으로 나간다.

암전.

조명 켜지며, 소장, 사무실에 앉아있다.

문이 열리며 미나와 정호, 함께 들어온다.

미나   소장님… 정호씨 모셔왔어요

정호   (미나를 제치고) 민희가 여기 있다구요? (사무실을 살펴보며) 민희야, 민희야.

미나   정호씨! 흥분하지 말고 잠시만 앉아요. 곧 민희씨가 올 거예요.

정호   (흥분을 가라앉히려 애쓰며 자리에 앉는다) 후우… (혼잣말) 대체 무슨 일이야?

소장   (정호의 맞은편에 앉으면서) 김정호씨?

정호   네… 근데 누구세요?

소장   전 민희씨 부탁을 듣고 정호씨를 여기 모셔온 사람입니다. 민희씨를 볼 수 있는 건 오늘이 마지막일 거예요.

정호   왜요!! 전 아무것도 필요하지 않아요. 그냥 민희만 계속 볼 수 있다면, 볼 수만 있다면 뭐라도 다 할게요.

소장   정호씨, 제말 잘 들어요… 민희씨는 이제 영혼이 가진 힘이 다 됐어요. 아마도 시간이 좀 더 지나면 민희씨 영혼은 완전 사라질 거예요. 그래서 이제 웃으며, 보내 줘야 민희

씨가 편하게 떠날 수가 있어요. 그래야 먼 훗날에 민희씨
와 좋은 인연을 이어나갈 수 있을 거예요.

정호 아뇨. 전 민희 없인 안 돼요… 안 보내요. 못 보내요…

소장 정호씨를 위한 게 아니라 정호씨가 사랑하는 민희씨를 위
해서라도 보내줘야 해요.

정호, 고개를 숙이며 생각에 잠긴다.

잠시 후 정호, 고개를 들고

정호 후우… 제가 어떻게 해야 하나요.

소장 민희씨가 오면, 민희씨가 바라는 소원 그걸 꼭 이루겠다고
간절히 바라시면 됩니다. 그럼 민희씨가 그걸 느끼고 편하
게 떠날 수 있을 거예요…

잠시 후 영혼등불이 들어오며 민희가 들어온다.

정호 (민희에게 다가가며) 민희야…

정호, 민희에게 다가가 손을 잡고 말을 잊지 못한다.

민희 오빠 미안해… 내가 먼저 떠나서 오빠를 이렇게 힘들게 하
네…

정호 아니야! 내가 다 미안해.

민희 오빠 잘못 아니잖아… 미안해하지 마… 대신 날 위해서…

부탁 들어줄 수 있어?

정호 그래!! 널 위해서면 뭐든지 다 할 수 있어…

민희 그럼 오빠… 날 위해서 밥도 잘 챙겨 먹고, 일도 씩씩하게 하고, 언젠가 오빠의 시간이 끝날 때 그때… 날 보러 와주겠어? 혹시라도 나 먼저 보러 오지 말구… 그러면 내가 무척 슬플 테니깐…

정호 (흐느끼며) 그래… 꼭… 네 말대로 할게… 꼭 그렇게 할게.

조명 깜빡인다.

민희 오빠… 나 이제 가야해… 오빠… 내 부탁 잊지 말고… 꼭 들어줘야 해… 알겠지? 약속!!

정호, 흐느끼며 고개만 끄덕인다.

민희, 사무실 밖으로 나가고, 정호 슬프게 그 모습을 바라본다.

민희가 완전히 사라진 후 정호, 흐느끼며 무릎을 꿇는다.

소장 (정호에게 다가가 어깨를 두드리며) 정호씨… 대부분의 사람들은 이런 기회를 가질 수도 없어요. 민희씨의 정호씨에 대한 사랑이 이런 기회를 만든 거니, 꼭 민희씨 부탁 들어주세요.

정호 (정호 슬프게 웃으며) 그래야죠… 민희를 슬프게 하면 안 되니까요. 나중에 민희 만났을 때 "네 부탁대로 열심히 씩씩하게 살다왔다"고 말할 수 있게… 그렇게 살겠습니다.

소장과 정호, 함께 일어난다.

암전된다.

ep.2 아시나요

사무실에 소장과 미나 앉아 있다.
소장, 무신경하게 신문을 보고 있고, 미나, 눈치를 보고 소장에게
다가간다.

미나 으흠… 소장님, 저 오늘 먼저 퇴근해도 될까요?

소장 (펜을 내려두고 의자에 기대앉으며) 또 병원에 가요? 벌써 10년
이나 됐는데… 남자친구 이제 그만 보내줘야 하는 거 아니
에요?

미나 (정색하며) 아무리 소장님이라도 그런 말 마세요. (조금 풀린
표정으로) 소장님이나 친구들 좀 만나시라구요. 매일 사무
실에만 있지 말구요.

소장 미안해요… 미나씨.

미나 (쌀쌀맞게) 아니에요. 저 먼저 가볼게요.

미나, 가방을 챙겨 들고 사무실 밖으로 나간다.
소장, 미나가 나가는 모습을 바라보며, 한숨을 쉬고, 책상 옆에
있던 종이가방을 챙겨 미나의 책상에 두고 미나 자리에 앉아 생

각에 잠긴다.

영혼등불이 들어오며, 민철 들어온다.

남자   (사무실을 둘러보며) 저 혹시… 여기가… 영혼들의 소원을 들어준다는 곳이 맞나요?

소장   네… 맞습니다… 어떤 일로 오셨는지…

남자   (남자 기분 좋게 웃으며) 하하하 여기가 맞군요. 저도 얘기 듣고 긴가민가 했었는데… 다른 게 아니라 친구를 좀 만나고 싶어서 왔습니다.

소장   친구분요? 음… 자세하게 얘기해 주시겠어요? 일단 들어보고 방법을 찾아보겠습니다. 여기로 잠시 앉으시죠.

소장과 민철, 자리에 앉는다.

민철   전 최민철이라고 합니다. 베트남전 참전 군인이었죠… 그때 만난 친구인데 사실 그 친구가 지금 살아있는지도 몰라요. 헤어진 지 몇십 년이 지났거든요… 그래도 찾을 수 있을까요?

소장   글쎄요. 더 자세히 설명해 주시겠어요?

민철   제가 파병되고 3개월인가 지났을 때였어요.

민철, 회상하는 표정을 하며, 허공을 응시한다.

총소리, 포탄 터지는 소리 등등이 들린다. 과거의 민철과 박상병이 전투를 치르며, 전장으로 나오고, 현재의 민철이 과거의 자신

을 바라보며, 기운 내라는 듯 어깨를 두드려준다. 현재의 민철과
소장은 회상 밖으로 나온다.

전투 소리가 잦아들며, 소리가 완전히 사라지면, 민철과 박상병,
막사 앞으로 와서 편하게 앉는다.

박상병 (담배를 꺼내 물며) 어제 구해 온 그 아가씨는 좀 어떠냐?

민철 이름만 겨우 들었습니다. 그때 충격 때문인지, 총을 들고는
아직 근처에도 못 가고 있습니다. 박상병님 괜찮아지겠죠?

박상병 뭐 시간이 지나면 나아지겠지. (그러다가 정호를 바라보며 어깨
를 툭 친 후) 최이병 관심이 너무 과한데? 혹시?

민철 아… 아닙니다~! 그런 거 아닙니다.

박상병 (웃으며) 야… 아니긴 뭐가 아냐…

민철 걱정돼서 그러는 겁니다. 진짭니다!

박상병 그래, 그래… 누가 뭐라냐? (주머니에서 빵을 꺼내서 민철에게
건네주며) 이거 그 아가씨 챙겨다 줘…

민철 (반색하며 빵을 받아들고) 감사합니다. 박상병님!

정호, 빵을 들고 재빨리 막사 밖으로 나간다.

박상병 (웃으며) 자식이… 아니긴 뭐가 아니라는 거야? 하하.

박상병, 천천히 민철을 따라서 밖으로 나간다.

또다시 전투 소리 들려온다. 소리가 점점 줄어들고, 민철과 박상

병, 지치고 슬픈 표정으로 막사로 들어온다. (총을 들고 나온다)

민철, 놀라고 두려움에 떨고 있고, 박상병, 민철을 달래준다.

박상병 야, 이제 괜찮아?

민철 (괴로워하며) 박상병님 김병장님이 저 때문에… 저 때문에…

박상병 니가 아니라 다른 사람이었어도… 그렇게 했을 거야… 우린 전우를 버리지 않아.

민철 그래도 제가 조금만 더 빨리 후퇴했어도…

박상병 야 최이병… 계속해서 니가 이렇게 자책하면 너 구하려고 포위망 속으로 뛰어든 김병장님이 뭐가 되냐… 평소에 널 그렇게 아끼던 김병장님을 위해서라도 얼른 기운 차려야지.

린이 컵을 들고 막사로 들어온다.

박상병, 린을 힐끗 보고 다시 민철을 쳐다본다.

박상병 (민철 어깨 두드려주며) 난 먼저 갈 테니 좀 쉬어.

민철 네, 박상병님…

민철, 고개를 숙이고, 박상병, 린을 바라본 후 밖으로 나간다.

린, 민철을 향해 조심히 다가가지만, 민철, 괴로움에 알아차리지 못한다.

린 (민철의 어깨를 톡톡 친다)

민철 (놀라서 고개를 든 후 린을 보고 안도한다) 린… (민철, 린을 바라본

후 총을 슬그머니 뒤로 감춘다)

린   (린, 민철의 이런 모습을 보며 웃으며, 민철에게 컵을 건네주며, 마시라는 시늉을 한다)

민철   (컵을 받아들며) 마시라구요? 린… 지금은 아무것도 먹고 싶지 않아요…

린   (계속해서 마시라는 시늉을 한다)

민철   (결국 린을 이기지 못하고 한 모금 마신다… 그리고 잠시 후 한숨을 쉬며) 고마워요… 이제 좀 진정되는 것 같아요.

린   (민철의 고마움을 느끼는지 민철을 향해 웃어준다)

아에이오우 음악 나온다.

민철, 공부할 공책 들고 먼저 나오고 뒤이어 힘든 표정의 린 등장.

민철   자, 따라해봐요 아에이오우. (한자씩 종이 넘기며)

린   아에이오우. (한자씩)

민철   많이 좋아졌어요 발음이… 우리 린은 정말 천재인가 봐요.

린   천재(쩐재)? 뭐임미까?

민철   굿! 최고라고요! (엄지척) 굿굿굿.

린   굿굿굿. (좋아한다)

민철   자 이번에는 (ㄱ 보여주며) 짜잔, 뭐 같아요? what?

린   (생각하며) 음… 칠(찔) seven

민철   진짜 7처럼 생겼네요 하하하 따라해봐요. 기역.

린   기역.

민철 ㄴ보여주면 린 L 이건 니은

민철 ㄷ보여주면 린 C 이건 디귿

린   (힘들어하며) 민철 그만 스탑스탑.

민철   (단호하게) 노!

린   민철~ (애교 부리며)

민철   (단호하게) 노노!

린   (토라진다)

민철   (귀여워하며) 린 젤 좋아하는 거~ 린을 위해 특별히 구했어
       요. 보리건빵~ (린에게 전해준다)

린   (전해받으며) 보리건빵 좋아요~

민철   이거 먹고 힘내서 다시 해요.

       린, 고개 끄덕이면 민철 린의 머리를 쓰다듬어준다.
       아에이오우 노래 커지며 민철과 린 계속 공부를 이어간다.

민철   오늘은 여기까지! 정말 잘했어요 린 (주변을 살피며) 벌써 어
       두워지기 시작하네요. 더 늦기 전에 가요. 린 데려다줄게요.

       린, 아쉬워하며 가려는데 민철, 생각난 듯 편지를 건넨다.

민철   참, 린 이거 받아요. 이건 린을 향한 내 마음이에요.

린   까이지?

민철   poem. 시에요 그대가 곁에 있어도 나는 그대가 그립다.

린   끄럽따.

민철   그래요. 난 린이 곁에 있어도 늘 린이 그립네요 하하하.

린   (이해 못하지만) 하하하. (따라 웃는다)

민철, 린의 손을 잡고 데려다준다. 조명 어두워진다.

산골소년의 사랑이야기 노래가 나오며 조명 밝아진다.

린, 등장해 앉아 편지를 꺼내본다. 더듬더듬 읽어보지만 어설프다. 어려워하며 편지를 넣고 공부를 시작한다.

린   (혼잣말) 아에이오우 조아해요 사랑해요 그리워요 결혼해요.

민철   (뛰어오며) 헉헉 린 많이 기다렸죠. 가요 데려다줄게요.

린, 반가워하며 일어난다. 둘이 걷는다. 민철이 노래를 불러준다.

길을 걸어가다 징검다리를 만난다. (3개) 마지막 징검다리에서 린이 휙 돌아본다. 민철, 놀라서 물에 빠지고 린에게 물을 뿌린다.

린, 놀라 반격하며 물을 뿌린다.

민철   (손을 들고) 항복.

린   봐줬다.

둘이 물기를 턴다. 린이 한기를 느끼고 재채기를 하자 민철이 자신의 외투를 걸쳐준다. 민철이 노래를 불러주며 다시 걷기 시작한다. 외나무다리 앞에 서서 민철이 바지를 걷고 물속에 들어가 린의 손을 잡아준다. 린 중심을 잡으며 걸으려 하지만 외나무다리 끝부분에서 중심을 잃고 쓰러지는 걸 민철이 안아서 도와준다. 그리고 도착.

각자의 숙소에서 린은 편지를 보고 민철을 위해 기도하고 민철은 편지를 쓰며 시를 낭독한다.

민철   내 안에 있는 이여

내 안에서 나를 흔드는 이여

물처럼 하늘처럼 내 깊은 곳 흘러서

은밀한 내 꿈과 만나는 이여

그대가 곁에 있어도

나는 그대가 그립다

무대 암전된다.

민철, 꽃을 들고 린을 기다린다.

린, 민철, 뒤로 다가오며 민철을 놀래키려 하다 민철이 먼저 놀래켜 깜짝 놀라며 토라진다.

민철, 린을 귀여워하며 꽃을 주며 달래준다.

이때 박상병이 나타나 작전이라고 이야기한다.

민철, 박상병을 따라가다 깜박한 듯 다시 린에게 돌아선다.

민철   린… 미안해요. 갑자기 작전명령이 내려와서 오늘 약속 못 지킬 거 같아요. (주머니에서 반지를 꺼내며 잠시 고민하다가… 무릎을 꿇고) 린… 나와 결혼해 줄래요? 전쟁이 끝나면… 함께 한국에 가서 살아요.

린   (민철을 바라보면 잠시 고민하다가 웃으며, 손을 내민다)

민철 (환호하며 린 손에 반지를 끼워준다) 린⋯ 고마워요⋯ 무사히 돌
아올 테니 걱정 말고 기다리고 있어요.

린   (웃으며 고개를 끄덕인다)

민철 (린을 한참 바라보다가) 이제 가야 해요⋯ 다녀올게요.

민철 퇴장하고, 린 웃음이 서서히 걷히며, 반지를 한번 만진 후
기도를 한다.
린, 솔로곡 전주가 나오면 서서히 일어나 노래를 부른다.

Ep.2
매일 반복된 어둠 속에서
당신의 손을 잡았던 그 순간 내 맘엔,
내 마음엔 불안이 사라졌었죠
아시나요
전쟁의 소리 폭풍 같은 나날
그 안에서 오직 당신만이
내가 붙잡을 유일한
희망이었어요
아시나요
당신이 떠나간 그날부터
매일 하늘을 보며 기도했어요
긴 세월 흘러도 당신은 여전해요

린, 솔로곡이 끝나면 상상 속의 민철이 등장해서, 민철과 린의 상
상결혼식 후 퇴장

무대 암전 후 총소리 포탄 소리 들리는 와중에…

박상병 (목소리만) 야… 최이병… 최이병 정신차려… 린한테 돌아
가야지…

총소리 더욱 커졌다가, 소리가 줄어든다.

박상병, 복부에 부상을 당한 채 총을 들고 힘겹게 등장한다.
중앙으로 힘든 발걸음을 옮기고, 무릎을 꿇은 채 총을 세우고, 힘
들게 버틴 후 허공을 바라본다.

박상병 (힘겹게) 최이병은 괜찮겠지?

박상병, 곧 고개를 떨어뜨린다.

잠시 후 부장저승사자 등장해서 박상병에게 다가간다.

부장저승사자 박명일… 박명일… 박명일… (세 번 부른다)

박상병, 벌떡 일어나며 부동자세를 취한다.

박상병　상병 박명일!! (어리둥절한 표정으로 자신의 몸 이곳저곳을 만져 본다)

부장저승사자　박명일 씨는 다른 전우를 구하려다 총에 맞아 1분 전에 사망하셨습니다.

박상병　꿈이… 아니었네요.

부장저승사자　네, 하지만 그 용기 있는 행동으로 귀인이 되셨기에 저승사자 특채에 합격하셨습니다.

박상병　저승사자요?

부장저승사자　네, 저승사자는 아무나 할 수 있는 게 아니고 박명일씨 처럼 귀인 정도가 되셔야 할 수 있는 일이죠.

박상병　(잠시 고민하다가 뜸을 들이며) 근데…

부장저승사자　궁금한 게 있으면 뭐든지 물어보셔도 됩니다.

박상병　연봉은 얼마나 되나요? 상여금은요?

부장저승사자 고개를 저으며 퇴장한다.

박상병　물어보라면서요!! 휴가는? 월차도 있나요?

박상병, 집요하게 물어보며 퇴장한다.
무대 암전.

무대조명 들어오며, 소장과 민철, 원래 자리에 앉아 있다.

민철　그때 부상이 너무 심해서 응급치료만 받고 바로 한국으로 후송됐어요. 부상이 완치되기도 전에 전쟁이 끝났고, 저는 한국에 린은 베트남에 남아 이렇게 헤어졌습니다. 그리고 지금까지 수십 년간 그리워하며 찾았지만, 만나지 못했습니다. 하지만 전 포기하지 않았습니다. 린한테 무사히 돌아간다는 약속을 지키지 못했거든요. 근데 시간이 너무 흘러서인지, 지금껏 찾지 못하고… 이제 이런 몸이 되었죠…

소장   친구가 아니라 연인을 찾고 계신 거네요.

민철   하하하 손 한번 제대로 잡아보지 못했지만, 사랑하는 사람이었죠. 죽을 때까지 눈도 못 감았는데, 그분이 오셔서 여길 찾아가 보라 해서 바로 달려왔습니다.

소장   그렇군요. 그분이 보내신 거라면 방법이 있을 듯합니다. 내일 한 번 더 사무실에 들러주시겠어요? 제가 한번 알아보겠습니다.

민철   그럼요. 평생을 찾고 기다렸는데 하루야 아무것도 아니죠.

소장   그런데…

민철   네?

소장   평생을 그렇게 만나지도 못하고 그리워하셨는데, 힘들지 않으시던가요?

민철   하하하. 사랑하는 사람을 그리워하는 게 어떻게 힘든 일이겠어요. 저한테는 항상 설레고, 기대되는 일이었습니다.

소장   (고개를 숙이며, 잠시 생각에 잠긴다) 그렇군요. (다시 고개를 들며) 하루만 기다리시면, 제가 꼭 찾아드리겠습니다.

민철   하하, 그럼 꼭 좀 부탁드리겠습니다.

민철 퇴장하고 소장, 다 식은 커피를 씁쓸하게 마신다.

잠시 후 노크 소리 들리며, 검은색 정장을 입은 저승사자들이 들
어온다.

소장, 일어나 고개를 숙이며 인사한다.

소장　어르신 오셨습니까.

부장저승사자　매번 그렇게 예의 차릴 필요 없다니깐.

소장　그럴 수는 없죠. 고매하신 저승사자이신데.

부장저승사자　아직도 날 원망하나?

소장　원망이라뇨… 이렇게라도 남아서 미나를 볼 수 있으니, 감
사드려야죠.

부장저승사자　(손을 내저으며) 마음에 없는 소리 그만하고, 이제 99번
째 인연인가? 나와 약속한 100번째 인연까지 이제 하나
남았구나.

소장　네, 자그마치 10년이었습니다.

부장저승사자　벌써 그렇게 되었어. 자넨 이제 결심이 섰나?

소장　(침묵하다가) 전… 아직 모르겠습니다.

부장저승사자　이제 결정을 내려야 할 거야… 시간이 다 돼가니.

소장　(잠시 고민하고) 저… 어르신… 하나 여쭤봐도 되겠습니까?

부장저승사자　그래… 물어보게.

소장　그때 왜 제게 기회를 주신 겁니까?

부장저승사자　이제 계약이 끝나가니… 머리가 복잡한가 보구나…
글쎄… 내가 왜 그랬을까… 잠깐의 변덕이었다고 하지…

긴 세월 같은 일만 하다보니, 조금 무료했었거든…

소장 아니… 그런 것 때문에?

부장저승사자 그런 것? 뭐든지 다 하겠다고, 제발 도와달라고 했던 건 자네였네. 이제 와서 후회라도 하는 건가? 계약을 무르고 싶은 건가?

소장 (고개를 숙이며) 아닙니다… 어르신…

부장저승사자 자네와 나 사이엔 계약밖에 없다네… 그걸 명심하게…

소장 네… 죄송합니다. (화제를 바꾸며) 그리고 아까 오셨던 분 그분이 찾는 분은 모셔올 수 있을까요?

부장저승사자 그 사람은 벌써 한참 전부터 그 남자를 기다리고 있었다네.

소장 정말 그런 사랑도 있군요.

부장저승사자 사랑이란 것이 어찌 한 가지만 있을까… 수천 수만 가지 사랑이 있고, 꼭 만나야 하는 사람은 이승과 저승을 뛰어넘어 언젠가는 만나게 되어있다네. 서로의 인연을 제대로 알아보지 못하는 것이 안타까울 뿐이지. 내일 그 사람이 오는 시간에 맞춰 보낼 테니 잘 준비하고 있게.

소장 네.

부장저승사자 (신입을 바라보며) 우린 이만 가자구.

신입저승사자 네.

부장저승사자 퇴장하자, 신입저승사자 소장에게 다가와 빵을 두 개 건네준다.

신입저승사자 (웃으며) 우리 최이병 좀 전해줘.

소장 (갸웃하며 빵을 받아든다) 빵을요? 알겠습니다.

저승사자들 퇴장하고, 소장 자기 자리로 가서 잠이 든다.
시간이 하루 지나고, 소장은 자리에서 일을 하고 있고, 미나 출근
을 한다.
미나, 자리에 놓인 종이가방에서 목도리를 꺼내보고, 웃으며 목
에 둘러본다. 기분 좋게 웃으며, 자리에 앉는다.

미나 곧 오시는 거죠?

소장 (소장 미나의 목에 걸린 목도리를 보며 몰래 웃으며) 네…

미나 어쩜~ 그런 사연이… 너무 아름다운 얘기 같아요.

소장 (고개만 끄덕이며 침묵한다)

책상에 놓여진 영혼등불이 들어오며, 민철 등장한다.

미나 의뢰인이 오신 건가요?

소장 네. 미나씨… 오셨네요. (소장 남자에게 다가간다).

민철 이제 린을 볼 수 있나요?

소장 네. 곧 보실 수 있을 겁니다.

잠시 후 아오자이를 입은 린이 사무실로 들어온다.

민철 (반색하며 여자에게 다가간다) 린! (손짓으로 엄청 보고 싶었다고 표

현하며) 보.고.싶.었.어…

린　　저두요. (약간은 어색하게) 민철씨 한국으로 치료 받으러 가고… 나 한국어… 공부… 하면서 기다렸어요

민철　(고개 숙이며) 너무 오래 기다리게 해서 미안해.

린　　(고개를 저으며 왼손에 낀 반지를 보여준다) 기다리는 시간… 하나도 안 힘들었어요. 민철 나 찾아올 거라고 믿고 있어서… 결국 이렇게 만나서 좋아요.

민철　(웃으며 반지를 꺼낸다) 프로포즈 하려고 항상 갖고 다녔어.

린　　(고개 저으며) 프로포즈 받았어요… (반지가 있는 왼손을 다시 들며) 괜찮아요. 많이 좋아요.

소장　이제 두 분이 함께 떠나시면 됩니다. 아… 그리구 (빵을 꺼내들며) 장례식장에서 만난 분 일행이 전해달라고 하셨어요.

민철　(빵을 받아들고 잠시 생각에 잠긴 후 크게 웃는다) 하하하 정말 고마운 분이네요.

소장　이제 진짜 마지막이네요… 두 분 그곳에서 행복하시길 바랍니다.

남자·린　(고개 숙여 인사하며) 정말 고맙습니다.

민철　그럼 우린 이만… 참 소장님.

소장　네?

민철　짐을 혼자 짊어지려고 하지 마세요.

소장　그게 무슨 말인가요?

남자·린　(웃으며 잠시 침묵)

조명 깜빡이며, 암전.

민철과 린, 퇴장한다.

조명 들어오며, 소장과 미나만 서 있다.

미나   가셨어요?

소장   네. 이제 막 떠나셨어요.

미나   (책상에서 반지를 발견하며) 이게… 뭐예요?

소장   (반지를 받아들며) 의뢰인이 두고 가셨나 보네요.

미나   저도 그분들 같은 사랑 하고 싶네요.

소장   글쎄요… 전 부럽지 않네요.

미나   이렇게 무뚝뚝 하다니깐.

무대 암전.

ep.3 인연애

소장과 저승사자 함께 사무실에 앉아 있다.

저승사자 이제 결정을 해야지.

소장   알고 있습니다.

저승사자 우리가 지금 같은 말만 30분째 하고 있는 거 알고 있나?

소장   아직 한번 더 남았지 않습니까!!

저승사자 그래? 그럼 100번째 의뢰를 하지. 100번째 의뢰는 바로
       너다.

소장　네? 그런 게 어디 있습니까. 전 원하지 않습니다.

저승사자　그런 건 중요하지 않아… 내 의사가 중요한 거지. 그러니까 준비해. 내일 다시 오마.

소장　아니…

저승사자 사무실 밖으로 나가고, 소장, 저승사자를 따라가며,

소장　아니 이런 법이 어딨습니까? 난 원하지 않습니다.

사무실 밖으로 완전히 나가버린 저승사자를 바라보던 소장, 다시 자기 자리로 돌아간다.

소장　(소리치며) 난 원하지 않아. (이내 고개를 떨구며, 자조적인 목소리로) 난 원하지 않는다구…

무대 암전. (그리고 10년 전)

진혁과 미나, 차에 앉아있고, 소장, 운전을 하고 있다.

진혁　이제 조금만 더 참으면 되잖아.

미나　알아. 오빠도 정말 열심히 노력한다는 거… 하지만, 난 좋은 집, 좋은 차 같은 거보다 오빠랑 같이 있는 게 더 좋단 말이야.

진혁　(운전 중 미나를 바라보며) 이삼 년만 더 열심히 일하면 우리

가게 차려서, 결혼도 하고, 함께 있을 수 있잖아. 조금만 더 참아보자. 알았지?

미나 오… 오빠… 앞에…

자동차 브레이크 소리 들리고 소장, 미나를 감싸안는다.
암전 상태에서 차 사고 소리가 나고 앰뷸런스 소리가 난다.

목소리1 무슨 사고죠?
목소리2 음주차량이 중앙선을 넘어서 반대 차량을 덮친 사고입니다. 남자 환자는 의식이 없고, 여자환자는 타박상만 있는데 정밀검사는 해야할 겁니다.

진혁, 병원복도로 나온다. 두리번거리며 사람들에게 말을 건다.
남자1 모르고 지나간다. 곧 저승사자, 진혁을 따라 들어온다.
진혁, 계속 말을 거는데 사람들 계속 못 보고 지나간다.
이 모습을 지켜보던 저승사자, 진혁에게 다가가 말을 건다.

저승사자 괜히 힘 빼지 말구, 이리오게.
진혁 제가 보이세요? 왜 사람들이 절 못 보는 거죠?
저승사자 자네는 교통사고로 지금 혼수상태야… 코마라고 하지… 언제 깨어날지 아무도 모른다는 거야.
진혁 그런… 아… 미나는요? 미나는 괜찮나요?
저승사자 자네 여자친구는 치료를 마치고 상태를 지켜보고 있지만… 어찌될지는…

진혁   나 때문에… 미나가… (남자 무릎을 꿇으며 괴로워 한다)

저승사자   계속 그렇게 있을 텐가?

진혁   (무릎을 꿇고) 미나 좀 살려 주세요… 제가 뭐라도 다 하겠습니다.

저승사자   그건 내 소관이 아니야. 난 망자들을 데리고 가는 역할이지…

진혁   제발 도와주십시오… 제 영혼이라도 걸겠습니다.

저승사자   흠. (저승사자 고민한다) 정말… 자네 영혼이라도 걸겠나?

진혁   네… 영혼이라도 걸겠습니다. 제발 미나를 살려주세요.

저승사자   좋아, 그럼 이렇게 하지. 자네에게 길 잃은 100명의 영혼을 보내겠네. 이승에서의 끈을 놓지 못한 영혼들이지. 그들을 잘 달래서 가야 할 길로 보내준다면, 내 자넬 도와주지.

진혁   네 좋습니다. 100번이든 200번이든… 무조건 해내겠습니다.

저승사자   과연 그렇게 쉬울까? 일단 자네 원래 몸은 여기 계속 있을 거야. 코마에서 깨어나지 못한 채로…

진혁   그럼 어떻게 그 일을 하라는 겁니까…

저승사자   아무 연고도 인연도 없는 다른 몸을 줄 거야. 자넨 그 몸으로 내가 시킨 일을 하면 돼. 그리고 그 일을 다 끝내면… 자네도 자네가 가야 할 길을 가게 될 거야.

진혁   미나만 살 수 있다면 그렇게 하겠습니다.

저승사자   그리고 자네 여자친구는 몸을 회복하는 대로 자네와 함께 일을 하게 될 거야. 하지만 자넨 절대로 그녀에게 자네 정체를 들키면 안 돼. 그렇게 내가 시킨 일을 다하고 나면, 그때 자네도 먼 길을 떠나야 할 거야. 그래도 괜찮나?

진혁 네… 괜찮습니다. 미나만 살려주세요…

저승사자 좋아. 그럼 우린 계약을 한 거야. 내가 얘기한 것 중 하나 라도 어기면 우리 계약은 즉시 파기일세… 꼭 지키길 바라 네…

진혁 네… 꼭 지키겠습니다.

저승사자 병원을 나가고, 진혁, 나가는 저승사자에게 고개 숙여 인사한다.

진혁 감사합니다… 감사합니다!!

조명 암전.

조명 들어온다. 소장, 사무실에 앉아 무언가를 하고 있다. 미나, 사무실로 들어온다.

미나 소장님! (짠하게 바라보며) 또 여기서 주무신 거예요?

소장 아… 준비할 게 좀 있어서요…

미나 (가방과 겉옷을 내려놓으며) 몸 상한다구요. 이제 나이도 있는 데, 건강도 좀 챙기셔야죠. (커피를 타러 감)

소장 (일어나며) 미나씨 잔소리도 그리워지겠네요. (소파로 이동)

미나 (커피를 타며) 어디 가세요?

소장 (소파에 앉으며) 미나씨 여기 잠시만 앉아볼래요?

미나	(아무렇지 않게 커피를 건네며) 왜요? 무슨 일 있어요?
소장	지금 우리가 하는 일이 너무 힘들어서 잠시 쉬어야 할 거 같아요.
미나	(장난인 줄 알고) 에이~ 10년간 매일같이 출근한 소장님이… 그런 말을 하니 이상한데요?
소장	미나씨 말대로 이제 몸 좀 챙기려구요…
미나	(의아해하며) 그건 맞는데… 그래두…
소장	(말을 끊고 책상으로 돌아가 앉는다) 좀 쉬다가 다시 돌아올게요…
미나	(그대로 앉아 당혹해하며) 그럼 언제부터 사무실 닫으시려구요?
소장	오늘 내려가려구요 미나씨한테 말 못해서 미안한데, 얼마 전부터 준비를 했었어요.

미나, 오늘 내려간다는 소장의 말에 벌떡 일어난다.

미나	(책상으로 돌아와) 너무 갑작스럽긴 하지만… (웃으며) 알겠어요. 몸이 우선이죠. (자리에 앉으며) 안 그래도 얼마 전부터 소장님 표정이 너무 안 좋아 보였는데, 잘됐어요! 이참에 푹~ 쉬시다가 오세요!
소장	그럼 오늘은 미나씨도 그만 들어가요. 전 누구 좀 만나기로 해서… 나중에 연락할게요.
미나	(계속 의아하고 걱정스러움) 네! 그럴게요… (일어서서 소장을 바라보고) 몸 잘 챙겨서 꼭 돌아오셔야 해요…
소장	(미나를 마주 보고 웃으며) 네… 그럴게요.

미나, 잠시 소장을 바라본 후 전주가 나오며 노래 시작된다.

미나 (소장을 바라보며) 긴 세월 그대를 기다렸죠. (객석을 보며) 내 곁에 있을 그대의 영혼을 위해 (앞쪽으로 이동 후 객석을 보며) 그 옛날 우리가 함께했던 그날들 위해 (소장을 향해 손을 뻗으며) 그대여 날 보아요. (소장 미나를 바라보다 앞으로 이동) (객석을 보며) 매순간 기도해 그대가 날 볼 수 있기를.

소장 (객석을 보며) 길었던 지난 십 년 수많은 영혼 위해 (미나를 보며) 오직 그대만 보며.

소장·미나 노래했던 시간 지나고 이제야
　　　　　우리는 향을 느끼고 두 손 잡고 노래 부르네
　　　　　서로의 숨결을 느껴 눈을 맞추고 노래 부르네
　　　　　지난 세월을 위해 영혼을 노래해 영원을 노래해 노래해
　　　　　영혼의 노래를 영원한 사랑을 함께 노래해

노래가 끝난 후 미나 가방을 챙겨 밖으로 나가고, 소장 멍하니 다시 의자로 돌아가서 앉는다. 잠시 후 저승사자 사무실로 들어온다. 소장 자리에서 일어나 저승사자에게 다가간다.

소장 (저승사자에게 고개 숙이며) 어르신, 오셨습니까.

저승사자 (고개를 끄덕인 후) 그래, 이제 결정을 내렸나?

소장 (저승사자에게 고개 숙이며) 어르신 덕에 미나를 10년이나 더 볼 수 있었습니다. 감사드립니다. 그리고 전 이제 마음 편히 떠나는 것으로 정했습니다. 매일 미나를 볼 수 있어 행복했던 10년이었지만, 그 시간 동안 병원에 있는 제 몸을 돌보는 미나를 보는 것이 힘들었습니다. 제가 떠나는 것으로 우리 계약을 끝내고, 전 마음 편히 떠나겠습니다.

저승사자 자넨 정말 그걸로 괜찮겠나? 이제 더 이상 미련은 없는 건가?

소장 네… 계속 미나를 보고 싶은 마음 간절하지만, 이제는 미나가 좋은 사람 만나 행복하게 살았으면 합니다.

저승사자 그래… 본인이 그렇다면… 그런 거겠지… 알겠네… 그럼 그렇게 하지…

소장 (다시 한번 저승사자에게 고개 숙이며) 다시 한번 감사드립니다.

저승사자 (고개를 끄덕이며 씨익 웃는다) 나도 누군가에게 지켜야 할 약속이 하나 있으니, 자네에게 선물을 하나 주도록 하지. 마지막으로 악수나 한번 할까?

소장, 저승사자 악수를 하는 가운데, 심장 고동소리 들려온다.
소장, 갑자기 가슴을 움켜쥐며, 주저앉고 저승사자 웃으며, 지켜본다.

무대 암전.
조명이 들어오면 의사 차트를 보고 있다. 이때 간호사 급하게 의사에게 다가온다.

간호사 선생님 606호 환자 깨어났어요!!

의사 응? 그 코마 환자 말이에요?

간호사 네!

의사 빨리 다른 선생님들 불러서 606호로 와요.

간호사 네!

의사, 간호사, 급하게 병실로 나간다.

에필로그

다시 10년 전 병원.

무대 한쪽에 미나가 붕대를 감고 의자에 앉아있다.

잠시 후 저승사자, 무대에 등장한다.

미나, 잠시 고민하더니 머뭇거리며 저승사자에게 다가간다.

미나 저… 어르신.

저승사자 넌 내가 보이는구나.

미나 (겁이 난 듯 움츠리지만 또박또박) 네! 집안이 대대로 신내림을 받았습니다. 전 신내림은 받지 못했지만, 어릴 때부터 영력이 큰 존재들은 볼 수 있었습니다.

저승사자 (의아한 듯 미나를 보며 미나 뒤를 돌아 반대쪽으로 이동) 흠… 그렇다면 이렇게 다가오는 게 얼마나 위험한 일인지 잘 알 텐데.

미나 (겁나지만 용기를 낸다) 어르신… 혹시… 명부에 적힌 이름이

김가 성인가요?

저승사자 그렇구나… 니가 그 남자의 연인이구나. 그런데 넌 별로 다치지 않았구나?

미나 사고가 날 때 그 사람이 다치지 않게 절 보호해줬어요… 어르신! 저와 계약 하나 하시지요…

저승사자 계약이라니?

미나 사자들은 명부에 적힌 영혼을 데려가는 것뿐만 아니라 영혼들의 간절한 소원도 이루어 주신다고 들었습니다. 어르신이 하셔야 하는 그 일 제가 도와드리겠습니다. 그러니 부디 그 사람을 데려가지 말아주세요. 이렇게 부탁드립니다.

저승사자 흥미로운 제안이구나. 하지만, 계약은 당사자와 이야기가 되어야지, 너와 할 수는 없단다.

미나 방법이 없을까요? 네? 네? 어르신 제발!

미나, 계속 저승사자에게 매달리지만, 저승사자 외면을 한다.

미나 어르신… 제발… 제발 도와주세요.

저승사자 이렇게 빈다고 해서 들어줄 수 있는 일이 아니야. 사자와의 계약은 상상할 수 없는 무게를 짊어져야 이루어지는 것이야.

미나 (굳은 표정으로) 어르신… 그렇다면, 그 사람과의 계약이 잘못되면, 저도 함께 데려가세요. 그렇게 하면, 무게 추가 맞을까요?

저승사자 (잠시 고민하며) 알겠네… 내가 당사자에게 직접 계약을 제안하지. 그 사람이 받아들인다면 내 그 사람에게 이승에서의 기회를 한 번 더 주지.

미나　감사합니다 어르신.

저승사자　고마워하긴 일러. 그 계약이 기회일지 아니면 오히려 그 남자에게 시련이 될지는 아무도 모른다네. 그래도 괜찮겠나?

미나　(잠시 고민하더니 단호한 표정으로) 네. 그 사람이라면 꼭 이겨낼 겁니다.

저승사자　그 남자에게는 네가 위독하다고 할 거야. 코마에서 깨어나려면 무엇보다 살려는 의지가 필요할 테니까. 너를 위해서라도 살려고 할 테지.

미나　네! 어르신.

저승사자　또한 자네는 그 사람 옆에서 영혼들을 인도하는 일을 도와주되, 그 어떤 것도 아는 척을 해서는 안 돼. 만약 그 사람이든 자네든 누구라도 이것을 어긴다면, 계약은 끝이네.

미나　네! 그렇게라도 기회를 주신다면, 꼭 해내겠습니다!

저승사자　과연 어떻게 될지 두고보자구. 자네는 그만 그 사람에게 가보게나.

미나　감사합니다 어르신… 감사합니다!

미나, 서둘러 퇴장한다.

부장저승사자　(시계를 보며) 이제 입사한 지 얼마나 지났다고 신입이 지각을 하네? 정신 교육을 한번 해야겠구나.

이때 신입저승사자, 헐레벌떡 뛰어 들어온다.

무대 암전된다.

사)대명공연예술단체연합회 대본쓰기 프로그램

대명동엔 작가가 산다 | 여섯 번째 이야기

초판 1쇄 인쇄일   2025년 10월 27일
초판 1쇄 발행일   2025년 11월 10일

지 은 이   (작품수록순) 배진윤·정휴준·경빈·김대환
　　　　　유지은·윤희·김상동
멘　　 토   김성희·김현규
편 집 인   사)대명공연예술단체연합회장 이동수
기획교정   사무국장 김현규
만 든 이   이정옥
만 든 곳   평민사
　　　　　서울시 은평구 수색로 340 〈202호〉
　　　　　전화 : 02) 375-8571   팩스 : 02) 375-8573
　　　　　http://blog.naver.com/pyung1976
　　　　　이메일   pyung1976@naver.com
등록번호   25100-2015-000102호
　ISBN   978-89-7115-894-4   03800
정　　 가   19,000원

주최/주관 : 사)대명공연예술단체연합회
후원 : 대구광역시